南城驚夢
郭乃雄

序

《舊夢》系列，就以這本《南城驚夢》最難寫。

時光的逆流而上，必須回溯得更遙遠，很多細碎往事，若非太模糊，就是太不堪回首，若非太空白，就是太重若千斤！

悲秋傷月的詩人說，時光帶走了一切，唯獨沒帶走我。事實恰好相反，時光帶走了我，卻把瞬息萬變的世界留下來。

懷著這份時光使命，我覺得自己是在撰寫時光的故事，也就是《南城驚夢》的故事，把逝去的年代盡可能在書中還原，自己好比考古家的深挖，一心要令本已湮滅人間，曾經輝煌一時的龐貝古城，獲得重光。

此書的內容，比其他兩本姐妹之作更加嚴肅及驚爆，故以「驚夢」命名。對熱愛越南華人掌故者，這是一本絕對不可多得的參考書，裡面所憶述的事跡，無所不包，足夠消磨你的一千零一夜。

書中的各個單元包括：豬仔籠新客、皇軍入侵記、亂世徵兵苦、吳朝入籍恨、富貴險中求、回頭百年身、湘江鎖夢魂、自由何價淚、恩怨江湖路、武林英雄事、舊夢新聊齋等，更有黃家大宅的「落日餘暉竹影殘，繁華落盡意闌珊」之遊園驚夢及帝國興亡。

這些遙遠事跡，如出土的蒙塵文物，重新還原，難免欠缺完整，尚祈各界高明不吝指正，舉凡唐突冒犯之處，統希一笑置之。

當你開始懷舊，你已經步入黃昏！是的，這份感覺有些淒然。記憶裡的南國季候雨，常沾濕了很多惆悵往事，即使那不是淚水，也會是伴我渡過長夜，不意溢出夜光杯外的葡萄酒。

衷心感謝與我一齊同行的人，他們幫我完成舊夢系列書，套用王家衛的對白：「我們已經走了很遠的路，已到了世界的盡頭，再多走一座燈塔那就是南極了……現在是時候讓我們一起回到現代吧！」

郭乃雄 2020年2月24日巴黎
rdv.saigon@gmail.com

目錄

序 5
遊園驚夢憶大觀 9
地產王國話興亡 26
八千里路雲和月 40
新客情牽大中華 57
皇軍來了的日子 72
入籍風波吳朝恨 94
亂世方知生男惡 115

紅塵富貴險中求 127
再回頭已百年身 147
湘江秋風鎖夢魂 165
幾許恩怨江湖路 173
回首武林英雄事 191
九死一生求自由 213
魂縈舊夢新聊齋 235

遊園驚夢憶大觀

天還沒亮，全體媽姐已經上下奔走，忙得團團轉。

今天是仲訓老爺子的壽辰，大宅門的人顯得特別忙碌，正門大廳雖無張燈結彩，但一幅巨形壽帳高高掛起，仍足以帶來洋洋喜氣，媽姐對每個祝壽細節用心打點，以保證壽禮進行萬無一失，盡善盡美。

除起了個早床，媽姐們還多花一些功夫，用篦子給自己先梳好一個漂亮髮髻，仔細抹上雙妹嘜刨花香油，髮絲光滑油亮，即便螞蟻在上面爬都會給累死。人人換上壽字暗紋白竹紗大襟衫及黑膠綢長褲，右脅下掛一條白手帕，全身一塵不染，各司其職，要在賓客到達之前一切打點妥當。

祝壽時間到了，慶字輩及元字輩各偕自己配偶齊聚大廳，女眷全體穿上繡金霞帔大馬褂，連金髮碧眼的洋媳婦也不例外，大家隨著長幼次序雙雙上前向老爺子和老奶奶下跪敬茶，並且用泉州話獻上祝壽吉祥語，一切禮儀舉止，恪守泉州家風。

經驗老到的順德媽姐，連走一步路，交換一個眼神也都充滿專業智慧，年長的總是跟著老主人寸步不離，她們最懂黃秀才的心意，每次子孫上前敬茶，媽姐必定眼明手快遞上托盤，上面是兩個法蘭西純銀打造大茶盅，後輩們接過隨即跪呈老人家，茶盅裡面是蓮子元肉茶及一粒雞蛋。兩老稍沾唇就放下，接過媽姐從旁遞來的紅包，轉送後輩們，嘉勉一番。

與拿破崙分屬同鄉的科西嘉人管家傑雷米，一早已準備好貴賓祝壽名單，他以大管家身分立於大廳入口高聲唱名，請貴賓逐一上前向主人祝壽。諾羅敦大道的七劃官老爺，理所當然盛裝光臨，這位法國專員的伴手禮通常會是一枚勛章或來自祖家的總統親筆賀函，對黃家賞足了面子。

以上是舊日黃家大觀園的一段生活小插曲。

「天上人間諸景備，芳園應賜大觀名。」南國榮遠府宅雖比不上曹雪芹筆下的大觀園，但黃秀才的滿腹詩書，倒也符合大觀園的另一意境：「園修日月光輝裡，景奪文章造化功。」

在《紅樓夢》的文采世界裡，大觀園好比一個音樂寶盒，收藏著榮國府的諸多人生變奏曲，黃家大觀園想亦不遑多讓。只不過這戶大宅人家作風低調，巨富而不炫富，他們不承認中國人，與華人也疏於往來。主人家把屋外鐵欄蓋得又高又森嚴，有心把外間的人言可畏統統拒諸門外。

童年常搬家，但總離不開黃家方圓一公里，幼時的我最愛攀上大宅門的臨街護欄，沿著一米高的矮牆邊緣遊走，好奇目光最愛越過鐵欄，四顧大屋的樓台門窗，還有鋪滿石卵的綠竹庭院，大人們說，主人家在庭院種植竹叢，是出於風水布局，寓意代代富足。

從鐵欄外仰望大觀園，陽台永遠是空無一人，偌大的屋子就是缺少人氣，空蕩蕩的陽台總是讓人聯想到女鬼梳妝之坊間傳聞。據說黃家女眷一入侯門深如海，多數不快樂，就連春暖花開的臨窗一望亦不獲允許。

不過坊間傳聞多屬不實，黃府女眷均受良好禮教，早年家祖母年輕守寡，帶同家姑母兩人上五小姐、八小姐的家打工，也到過黃仲讚位於六岔路的七家大別墅當庖廚，主人家上下均寬容對待，無舊家風慣有的封建階級觀念，對下人相當寬容，從無頤指氣使的嘴臉。

九少奶（黃慶桐原配）是妯娌稱頌的快樂大善人，有工人得了盲腸炎須入院開刀，九少奶慷慨助其解決醫療費，即便街外的人，九少奶也樂善好施。話說有牛肉丸小販，每天下午來大宅門外叫賣，宅內小孩耳朵很靈，一聞叫賣聲就嚷著要吃，大人著媽姐去買，因孩子眾多，一下子就把潮州大叔的牛丸吃光。有趟牛丸大叔不見好幾天，原來老婆臨盆，九少奶聞悉，著人送錢接濟對方。可見得，朱門大戶並非一片冷冰冰。

我家鄰居荷姐，給七少奶照顧孩子。抗戰爆發前，七少奶到天津探望娘家，把所有下人連荷姐在內也都帶上船，以便沿途照顧小孩。堤岸洗馬橋友記麵家的老闆友姐，早年給黃家打工，也曾隨七少爺一家北上天津，後來還轉往上海，得以見識十里洋場的花花世界。七少爺是黃仲讚的長子，很會賺錢，有乃父遺風。

外界對黃家第三代慶字輩後人，慣以第幾少、第幾奶之長幼排行稱之，至於各人的名字反而被忽略。慶字輩少爺的老么稱三十三少，但這不代表慶字輩少爺就有三十三位，正確來說只有三十位，四少慶桐實際是嫡系大少爺，是慶字輩之地位最高者。

然則四少爺前面的三位少爺哪裡去了？據悉最前的三位大少是黃文華胞兄伯圖的孫兒，純屬過繼關係，雖同為慶字輩，但不獲嫡系認同，無家產可分，亦無法籍可申領，留越時間不長，一早就被打發回唐山。

四少慶桐一家隨法國人撤退，很早就舉家移民法國紅酒之鄉的波爾多，五名子女除長子從商，其他四人均是醫生，不過長子的女兒後來也當上醫生，一門五傑皆為醫生，真的很了不起。

黃文華去世後，仲訓老爺子繼承大家長地位，他是典型儒商，除了搞地產生意，生活離不開詩詞歌賦（西貢鳳山寺所有楹聯牌匾全皆出自其手寶），他在有「海上花園」「鋼琴之島」「萬國建築博物館」美稱的鼓浪嶼買了很多地，連鄭成功訓練水師的日光岩遺址也買下來，正好滿足其舞文弄墨雅興，讓他可以在危崖削壁盡情刻字題詞，他在日光岩「閩海雄風」旁留下自己親題的「鄭延平水操臺故址」之石刻字，惹來一場大風波，飽受當地人圍攻。

廈門報紙猛批黃仲訓的題字是意圖宣示私有地權，目的霸占公地，要求政府制裁，但事實上日光岩地權確屬榮遠堂所有，並非霸占。當地人對黃仲訓的不滿，主要是因為這位前清秀才在日光岩豎起法國三色旗，標榜法僑私家重地，讓人聯想上海公共租界黃浦公園的「華人與狗不許入內」之恥辱。

魯迅當時在閩，亦差點中了唆使之計而加入聲討，還好他以不熟悉內情，拒絕淌進渾水。後來黃仲訓見法國大使出面亦無法把風波擺平，只好讓步啞忍，登報致歉之餘，還允諾開放鼓浪嶼給外界自由參觀。其實黃仲訓的確有意禁止閒雜人等進出其私家地，以保障環境幽美安靜，畢竟花間喝道，清泉濯足，是一件大煞風景之事。

查實「華人與狗不許入內」乃天大謊言，黃浦公園本來就是外僑專用，因遊人被狗咬傷，管理處針對此事豎起大告示：「The park is reserved exclusively for the foreign community, Dogs and bicycles are not admitted」全文無一字涉及華人，無奈大家以訛傳訛，變成了華人與狗之大風波。

「新中國」執政，鼓浪嶼情況反而不如黃仲訓年代，遊人須付費 118 元才可進去參觀，否則只能望門興歎！所以有網友埋怨，以前民國時代大地主開放給外人自由參觀，現在人民當家作主，反而要留下買路錢！

黃家後人說起此事也很氣，她說回去看望祖屋，竟被索門券。其實打著為人民服務的共產黨啥都講錢，別說黃家的鼓浪嶼別墅，即使女真人興建的蘆溝橋，歷千年都不收費，日本侵華期間亦然，今天在中共治下誰要參觀就得購 20 元門票，只有抗戰紀念日才不講錢，准免費開放。

黃仲訓留在鼓浪嶼的歲月不長，1934 年家中老二仲讚壯年早逝，業務乏人掌舵，黃仲訓遂告別日光岩，束裝返越，也從此不再踏足福建，即便百年歸老亦不要落葉歸根於鼓浪嶼或泉州，反而選擇越地作長眠之所。黃氏家族不認中國人，也不跟同鄉打交道，實不知是否跟當年日光岩的一段情意結有關？

網上資料說，日軍 1941 年夏天進駐南越，黃仲訓因拒絕附日而遭關禁，戰後始獲自由。惟此事在西堤報章從無報導，連黃家後人亦搖頭表示聞所未聞。

據瞭解，當年皇軍確實試過遊說黃仲訓附日，還三番四次派出大官及漢奸閩商張振帆、陳清江登門求見，冀說服黃仲訓出來跟華人做心理喊話（因大部分華人都是黃榮遠的租客），並幫忙宣傳大東亞共榮，但黃仲訓不為所動，砌詞避見，有時避無可避，就以自己三代均已歸化法國公民，並非中國人，況且黃家與華人素無往來等理由，婉拒日方的招降勸說。

黃家後人還記得，皇軍高官來訪時的響亮軍靴聲，走在法國花階磚上發出「咯、咯、咯」的清脆跫音，相當攝人。黃家後人說日本軍官有陣子死心不息，今天見不到人，隔幾天又來求見，堪比古代三顧草廬，惟次次皆無功而返，幸虧黃仲訓有法籍保護才倖免被逮。

話說仲訓老爺子的二弟仲讚，最擅陶朱之道，惟作風西化，他在大觀園面向甘密博士街（無禮街）的宅院，為自己蓋了一座純西式別墅，與大樓的中西合璧頗不協調，後來他又在半路堤岸共和大道的六岔路，興建占地四公頃，含七座大別墅的私人莊園，牆壁特別採用堅固且驅暑的歐洲花崗石建造，這在越南來說相當罕有，其時的建築全部採用本土空心紅磚蓋建，雖隔熱但不牢固。

黃仲讚莊園所在的街道，獲法國人命名為黃文華街（即 Hui Bon Hoa 街，吳廷琰上台易名李太祖街，無巧不成書，李太祖是跟黃文華同是泉州人），遺憾的是黃仲讚沒來得及住進該莊園，一場大病便駕鶴歸西。出殯之日，喪禮規模前所未見，巨型棺槨要前後左右四組方陣共計四十人合力掮抬才可移動，黑車素馬彷如賓虛場面，所經之處萬人空巷！

黃仲讚無福消受該七座大別墅，連其後人亦然，因遷入未久就碰上二戰盟機的空襲潮，別墅太靠近 OMA 軍營，為防池魚之殃，仲讚後人舉家搬到沙瀝或隴海的別墅安身。自此偌大西式莊園便如歷盡滄桑的百劫紅顏，遠離黃家的懷抱。吳廷琰一上台就徵用該莊園為國賓館，越戰時代阮文紹政府則用它來安置負責監督停火的波蘭、匈牙利、紐西蘭維和部隊。越共入城後，該七棟大別墅恢復成為越南的國賓館。

思想洋化的仲讚老爺子有個纏小腳的元配夫人，很能開枝散葉，為仲讚誕下 12 男 8 女，合計 20 個孩子，二老爺若不早亡他那一房人想必更熱鬧。元配夫人因六岔路大屋被徵用，唯有搬回甘密博士街的洋別墅居住，聽說留在她身邊相陪者，只有因打獵受驚嚇過度的三十少，而其他男丁大部分留在國外不歸，老太夫人最後也不留戀越南，移民香港終老。

仲讚在世時有一偏室，醋勁很大，有次因一點醋意，竟然拿起剪刀在仲讚面前作勢攻擊，雖沒傷到人，但老爺子已怒不可遏，就把該偏室逐出祖屋，但府邸中人於心不忍，最後說好說歹，把她們兩母女安置入住西貢麥西街（記功街）的外嫁女祖屋群，後來移民加拿大。

早年來越打拼的老唐山，多數接受不了腥味濃烈的越南魚露，而只吃家鄉豉油，然則深受前清舊家風熏陶的仲訓老爺子又會接受魚露嗎？

有一位元字輩小姐對我說，連在祖宅長大的她都不知祖父是否吃魚露，因為祖父母平時留在自己房內進膳，多數吃法國廚師烹製的法蘭西佳餚，連早餐亦只吃土司（烤麵包）、牛油、果醬或牛角包等，要不就是庵列或太陽蛋。換句話，這位前清秀才爺的日常飲食方式，跟洋人毫無二致。

大觀園治家極嚴，一切秉承舊家風，下一代人是不允許自由戀愛及逛街拍拖，人生大事必須遵循父母之命，媒妁之言，兒孫婚嫁需大家長一手安排，對象必定要門當戶對，對方財富多寡尚屬次要，但是家世一定要夠好。

老爺子為兒孫物色對象，當人選敲定了，就讓男女雙方見面，若無異議就擇定吉日交換介指辦喜事。我曾詢問一位黃家後人，這樣的盲婚啞嫁萬一找來一個痳子或醜八怪，如何是好？對方笑答，老爺子很會揀人，千挑萬選，容貌差一點還過不了他老人家的法眼呢。

大觀園的盲婚啞嫁，多數白頭終老，反而勇於打破封建，熱衷自由戀愛者卻以離婚收場。例如曾留學巴黎的十五少愛子，崇尚自由戀愛，曾經不顧家庭反對，娶了個出身寒微的「餛飩妹」為妻，但最終仳離結束。

黃家的姑爺及媳婦，不少來自南洋，多屬家道中落的名門之後，財力上難望黃家項背。不過當中也有例外，黃榮遠曾與另一大地主謝孖焉結過姻親之好。黃仲讚有一子娶板橋林姓富商千金，門當戶對也，林家亦是鼓浪嶼地主，戰時在台附日，受皇軍之命來越大舉搜購米糧，以滿足日本、台灣、侵華占領區的糧食需求，生意做得很大。

從前西堤大富之家盛行養妹仔，養大了就供主人充作奴婢使喚。但在黃家大觀園，除了黃文華元配的近身侍女，人們是見不到從唐山帶來的妹仔（婢女），有的是本地聘用的順德大良或寶安媽姐，小孩多，媽姐也多，因公家規定每一男內孫獲配置媽姐一名，全職近身照顧，由公家發薪，惟男外孫則無此特權。因媽姐帶大的關係，黃家第三代的白話不遜老廣府。

大宅門有那麼多媽姐，暇時自然是東家長、西家短，聊個不休，至於地位高的媽姐更加恃寵生驕，嘴巴不饒人，所以家道中落的可憐姑爺常吃勢利媽姐的白眼，他們每次踏入黃府，最怕應酬就是媽姐，一來自己的白話不靈光，二來媽姐喵嘴喵舌，話中有骨，姑爺聽了渾身不自在，很不是味兒。

十五少慶楣有個兒媳是賣餛飩麵出身，每逢踏進大宅門都碰上媽姐的風言風語：「哎呀！怎麼還有人敢踏入大樓，世上有些人就是缺乏自知之明！」當我問大觀園可有妯娌之爭，一位元字輩孫兒回答：「哪有妯娌矛盾？光是應付媽姐就夠受的了，姑爺不算慘，最慘是孫新抱，媽姐的氣焰最惡頂，有時擺出來的嘴臉，更甚於惡家姑！」

姑爺大多來自南洋破落戶，官仔骨骨，有富人習氣，但無打工經驗及耐勞，加上又不懂法越語，就連白話也是講得結結巴巴的，人際交往很吃虧，況且頂著黃家姑爺大帽子，求職非易。外界常說嫁入大觀園的媳婦終日悶悶不樂，但是入贅姑爺的蔡文姬心境又有多少人能了解？

大觀園人人歸化法籍，而且各有洋名字，然而矛盾的是，他們又堅持維護男尊女卑的中國古老家風。據家規所訂，外嫁女是沒權分享祖產，阿公明顯偏袒嫡系男孫，即使如此，唯正室男孫才可領全分，偏室所出的男孩相對之下只可領四分之一。正室男孫一律送進法國貴族學校就讀，非正室及非姓黃外孫，則入讀廣東人辦的廣肇學校，階級分得相當清楚。

大觀園有女孫出閣，多數不辦婚姻紙，理由是家規訂得很清楚，若一旦合法註冊，女兒是外姓人，只可一次過領一大筆嫁妝費，但從此失去阿公發放的福利。若結婚無註冊，即屬「同居」關係，不算外姓女，可繼續名正言順每月接受阿公「出糧」，大概幾百或一千法郎，相信足夠日常飯菜開支及聘一兩名傭人，至於屋租因屬阿公，可全免。

所有外嫁女獲分配入住舊伍倫街市的記功街、黎氏紅琴街、逸仙博士街的祖屋。我還記得，南越變天後，我在第 1 郡 19 坊醫療站服務（原為人民自衛隊辦事處），剛好與八小姐舊居隔街相對，當時黃家女眷樓房全被解放軍進駐，裡面還養了好幾頭豬。某天八小姐舊居發出持續慘嚎叫聲，相當驚人，我放下工作，跟其他好奇街坊跑去張望，一看才知幾個解放軍在屋內七手八腳屠宰一頭被綁在長板凳的大肥豬，豬血到處狂噴！黃府後人一定無法想象，乾乾淨淨的祖屋竟會有天變成血淋淋「屠場」。

相對姑爺們的委屈及不得意，大觀園的少爺們日子倒是過得滿春風得意。十四少慶榆、十五少慶楣、廿四少慶植、廿五少慶榛等，皆屬風流不羈之士。慶植乃名副其實的高富帥，在番衣街娛樂巷法亞銀行任分行經理，曾拜倒大世界選美冠軍曾南施的石榴裙下，有次他還牽了關海山的情婦到大觀園玩，為仲訓老爺子所悉，氣得七孔生煙，不由分說拿起雞毛帚子四處追著這名黃家賈寶玉來打，看得大觀園眾人想笑又不敢笑。廿五少聽聞也愛銀燈蠟板的夜生活，結識一位舞國紅顏知己，藝名叫江小薇。

十五少慶楣出入開著美國敞篷車「惡死無比」，甚富女人緣，他是六國舞廳的大客，出手豪爽，大受舞廳的人歡迎，每逢華燈初上，他的名貴座駕一到，喇叭按幾下，就會有人進去傳達，滿臉春風的舞小姐們爭著出來相迎，最妙的是他尚未踏進舞池，非常醒目的樂隊已開始用探戈節奏彈奏他最喜歡的「何日君再來」。林黛來越登台，聽聞他曾出重賞，只要記者們能為他邀得林黛到六國舞廳共舞一曲，所有記者將獲每人西裝一套作獎賞。

十五少的歡場派頭，令人想起大潮商翁業成（翁典南侄兒），其人一到，六國的舞小姐也是擁到門外歡迎，誰向他借錢均來者不拒：「錢拿去吧，等會給我留一張字條（借據）。」但離去時，色不迷人人自迷的他已經步履踉蹌，口袋裡的字條都不知飛到哪裡去了。

唸過巴黎索邦大學的十四少慶榆，是出了名的玩家，且經常與法國名流前往深山狩獵黑熊老虎，最遠一次是珍禽異獸四出的緬甸原始森林。除了十四少，其他好幾位少爺都有狩獵嗜好，喜與法國人一起騎著大象進入深山獵虎殺熊，那時華人有此貴族消遣還真沒幾個。大世界有人傳說常來耍樂的三十少，有次狩獵歸來大病一場，從此神智不清，有人指他被土著下降頭，亦有說一頭猛虎迎面撲向他，可能受到驚嚇，從此失常？

十四少慶榆日常也是以美國開篷車雪佛蘭代步，鋒頭之健不輸其弟慶植。已故法國名記者桑塞爾著書透露，黑人性感女歌星約瑟芬妮巴克（Joséphine Baker）來越在六國登台，十四少對她一見傾心，晚晚前往六國捧場，惟落花有意，流水無情。原籍新奧爾良的約瑟芬妮巴克是很富傳奇的歌影雙棲藝人，二戰期間當過法國情報員，和平後來越，每週日下午在加甸那街的皇后戲院，即後來的美心夜總會，登台唱歌勞軍，當時她的裙下之臣法越官員都有，華人則相信只有風流倜儻的十四少。

桑塞爾的書有他登門拜會黃仲評之記述（其時仲訓已物故，榮遠堂由三弟仲評當家），他說自己一拉響門鐘，兩名戴著白手套的錫克族包頭司閽快步走出來迎他入內，榮遠堂的恢弘氣派讓他如劉姥姥進入大觀園，主人用豐盛午餐招待他，用餐過程幾乎都是仲評一個人在講話，這位主人家的法文非常好，談吐得體，用詞高雅，當逸興高漲時，他還暢談巴士底大革命，還有雨果和夏多布利昂（Châteaubriand）等法國大文豪的著作，走筆至此，忽然想起習近平於中法建交五十週年訪問巴黎時曾語驚四座，說他年輕時博覽法國名著是如何多如繁星，我忍不住笑了。

桑塞爾說他在大觀園品嚐了一客以奶油白薯蓉作配搭的香煎腓利牛排，最精彩在於那瓶「酒王之王」皮德祿酒莊（Château Pétrus）出品的陳年佳釀，把整頓飯的氣派襯托得不同凡響。該法國記者不好詢問皮德祿的年期，但可肯定越南首富宴客的酒王絕不會是普通年期，以該戰後時空來猜，很可能是Millésime du siècle 的 1945。（按，一瓶號稱千年酒王的 1982 年 Millésime du millénair 皮德祿，2009 年在香港以近 10 萬美元成交，不過其身價怎麼都輸給 2018 年習近平在北京招待金正恩的矮嘴醬瓶茅台，一瓶可是 20 多萬美元，肥仔金一口氣喝掉三瓶。）

話說十四少為人豁達，無所不談，他在巴黎向敝友透露當年「遠走高飛」來法的內情，是由於幫家族匯一筆巨款來巴黎，卻給科西嘉佬吞掉，令他無顏面對家族父老。那時西貢的科西嘉佬雄踞黑白兩道，西貢巴黎兩地的黑錢走私多數靠他們，事實上黃榮遠跟科西嘉人關係頗好，還熱心科島公益，所以當地山城有街道以黃文華命名。不過也有人說十四少是因受親弟卅三少之槍擊事件影響，致遠走巴黎。

仲評的幼子卅三少，即黃家第三代的老么，很年輕就留學法國。越南富家子弟為躲兵役才去法國，卅三少去了法國卻跑去當傘兵，如越南皇太子保隆般投身北非戰場，兩人歷經槍林彈雨，仍可保住性命歸來。戰後卅三少返越，竟然持槍大鬧榮遠堂，還怒氣沖沖向天花頂連開兩槍，槍聲嚇壞大觀園上上下下，過慣寧靜生活的大宅門何曾見過這等驚心動魄事兒？

究竟啥原因促使這位黃家么兒鬧出家變，在祖屋開槍？

據卅三少向友人解釋，他是出於正義才開槍，當時他要求廢除一些老規矩如收人家過名費等，爭吵之下一時衝動開槍。不過亦有人提出另一版本，指他的鳴槍，查實就是為了想分家產，原因老祖宗為保基業千秋永固，訂下世代不准分家之規定，然而經杜明尼克那麼一搞，家族為息事寧人，只好打破成規，把 400 萬法郎給了他來換取事件和平落幕。

以前誰租黃榮遠的物業，手續簡單得很，只須前往當鋪（榮遠堂的俗稱）通報一聲，屋租單換上新名字即可，後來多了一項過名費，租金亦因過名而調升一成，其實在商言商，這也沒什麼不妥。

卅三少杜明尼克娶妻黃氏，巴黎朋友圈常以「黃公黃婆」稱之。座落巴黎歌劇院附近的著名飯店福祿壽，黃仲評占有股份，十四少和卅三少雖兄弟不和，偶爾仍會在該飯店出入，掌店的黃姑娘是大世界出身，也是李良臣的紅顏知己，手段了得。

南越變色後，巴黎來了很多印支難民，他們有了積蓄，開餐廳越來越多，亟需法籍華裔當持牌人，正好十四少和其兒子貝爾納是老法籍，跟法國人打交道也很有一手，順理成章受到華商的歡迎，兩父子在最高峰期各自為餐廳持牌達十四五家之多，每月持牌費的收入就很可觀。

惟花無百日開，人無百日紅，運氣再好也會有盡頭，當越來越多華人拿到法籍，可以自己持牌，加上十四少本人對追稅問題亦有戒心，開始不再幫人持牌，於是收入大減。這位昔日在越南徵歌逐色的大玩家，不知何時起消失於公眾視線之外。烏衣巷有詩云：「舊時王謝堂前燕，飛入尋常百姓家！」十四少算不算是王謝堂前燕呢？

走過鎏金歲月的大觀園，是多愁善感的夢境也好，是快活無邊的仙境也好，最終結局是避免不了「天下無不散之筵席」。

《遊園驚夢》裡的竇公館，當上上下下亮如烈火燃燒，這亦是最靠近尾聲的時刻，只要燈火一滅，多少光芒煊赫，瞬間消失於無形！

地產王國話興亡

中門大開，燈火通明，大清黃龍旗迎風招展，氣派輝煌如親王府的黃榮遠堂，是晚冠蓋雲集，熱鬧非凡。

七府公所全體理監事，人人長衫馬褂，腦後還拖著一條經過仔細梳理的「金錢鼠尾」髮辮，畢恭畢敬分立大門兩側，恭迎奉光緒皇帝命南來宣慰僑胞的欽差大臣王大貞。當這位五品商務郎中步下轎車，眾人眼前一亮，但見他，一襲白鷳補子對襟長馬褂，頭戴紅翎水晶朝冠，還有瑪瑙朝珠緞靴之高貴朝飾，官架氣勢好不攝人。王大貞尾隨著北洋水師提督薩鎮冰，還有一路護送朝廷命官南來助威的海圻、海琛兩艘戰艦官兵，他們昂首闊步以操兵步伐走進這座由已故首富黃文華一手興建的全越最豪華民宅。

王大貞、薩鎮冰與主人家同屬泉州鄉里，所以賓主見面先以家鄉話寒暄一番，然後跟其他逐一迎上來的華洋賓客致意。當晚整條阿爾薩斯洛琳街，萬頭鑽動，殖民當局派出大批「綠衣」維持秩序，路人翹踵引領，欲一瞻朝廷欽差風采，也乘便瞻仰剛落成不久的黃府大觀園。

此事發生於1900年，當時柴棍（Saigon）還未都市化，稀疏錯落的民舍多為木屋茅寮，到處是紅泥路及人力車、單車、馬車，堤城則被菜園果園、樹膠園、沼澤、池塘所包圍，所以當恢宏無比，氣派萬千的黃府大觀園落成，市民無不瞠目結舌，想不到世間竟有如斯富有人家。

黃文華者，何許人也？他是南越大地主黃榮遠堂的創辦人。

幼年常聞左鄰右里述說黃文華的發達史，說他發跡前挑擔沿街收買Ve chai（Ve來自法文的Verre，Chai在越文是玻璃樽），然後又如何從一個不識貨的人手裡低價買入一個純金香爐，賺了一大筆錢，便轉行開當鋪，進而投資地產，從此富起來。後來我發現該發達傳奇竟又出現在通合行老東主郭琰身上，不會那麼巧吧？兩個地產王國的發跡史都與純金香爐有關？

也許人們太喜歡聽阿拉丁神燈的故事了，所以凡白手興家的大富人都被賦予一個純金香爐的美麗傳說。

黃文華原籍福建廈門，先輩因愛慕溫陵有「濱海鄒魯」之美稱，既是國姓爺鄭成功的故鄉，又是晚清對外開放的國際通商大埠，於是舉家落籍泉州晉江，希望自家子弟日後有更多出人頭地機會。

黃文華弱冠之齡自唐山來越打拼，獲叔父引薦入 Ogliastro 洋行任職，那是科西嘉人開的大公司，生意無所不包，黃文華一邊辛勤打工，一邊進修法文。該公司座落西貢河傍，與廣幫天后廟相鄰，公司旗下的房地產涵蓋整條比利時大道，它如鄰耳行一樣，僱用不少閩籍年輕人。

泉州閩越人，據說是越南人的祖先，越南李朝開國皇帝李太祖就是泉州人後裔。可能基於這段歷史淵源，泉州人很早就來越打工，幸運者還進入洋行當小後生，黃文華正是其中的幸運兒，一抵越就獲引薦進洋行做事，並非如外傳他是 Ve Chai 收買佬出身。

Ogliastro 的科西嘉老闆返鄉養老之前，把該公司的典當業和百貨業分拆為二，移交兩名黃姓泉州員工承繼。老闆還幫二人辦理法籍，以便日後可自行持牌經營。所以我們上一代人常說，能不能發達除了靠個人努力，還得講究出門是否遇上貴人。

繼承 Ogliastro 的 18 家當鋪者，除黃文華外無第二人也，易主後的當鋪叫 Ogliastro Hui Bon Hoa，亦即加進黃文華的名字。老闆一家返回科西嘉北部山城養老，黃文華為表銜草結環，特地捐助兩萬多法郎給老闆家鄉做公益，所以今天該山城有一條馬路以 Hui Bon Hoa 命名，以誌其貢獻。

繼承 Ogliastro 洋貨業的另一黃氏員工，其名字已不可考，只知其子乃著名大律師黃安。早年留學法國的華人律師，除了黃安，就要數蔡襄源及趙英權，他們的社會地位不遜留法醫生，我有幸與趙翁結忘年交，他在越南執業，三十而立之齡，就獲得法國榮譽軍團勳章，歷任多屆中正醫院法律顧問。

傳說黃安尚有一兄弟叫黃熊，是南解首領黃晉發的同窗，二人在西貢合辦建築畫則所，不知何時加入了越盟，曾聯手綁架福建大米商陳慶思（陳清河的父親），勒索百萬元巨款，肉參還藏在黃熊在聖保羅醫院鄰近的別墅，雖然勒索得手，但事後被通緝，黃晉發遁入解放區，黃熊則到鄉間躲藏，到了吳廷琰上台，黃熊竟然當上總統府幕僚，再轉任黃榮遠公關，越共入城後，黃熊跟十五少慶楣共同留守黃氏王國到最後一刻。

黃晉發是南方臨時革命政府主席，屬南解四巨頭之一。據堤岸隆昌餅家後人鄧成洽在世時透露，黃晉發當初奔走革命，為逃避法國密探通緝，曾求庇其大叻娘家，即大叻廣肇幫長麥景生的大屋，麥家孩子還認了黃晉發為契爺呢。

閒話表過，回說黃文華承繼了 18 家當鋪後，銳意經營，業務大展鴻圖，所以早期華人對黃榮遠堂皆以「當鋪」稱之。舊日的西堤，當鋪比米鋪多，勞動階層無人不是「二叔公」的常客，如鄧寄塵所戲稱「週時去舉」。舊日當鋪的入門處一定設有大屏風，而櫃檯也比人高出一個頭，光顧者須把典當物舉起或豎起腳跟，這種傳統設計是別有用心，老闆可以用高居臨下姿勢壓低顧客的典當要求，令對方心怯而減少議價。

昔日家祖母算是黃榮遠當鋪的半個常客，她常光顧的那家當鋪後來改建為勝利冷氣餐廳，正好與天南餐廳隔街遙對。原因重親情的祖父經常要寄錢返唐山，而唐山親戚也以為我們在越南挖金，三不兩時就飛鴿傳書，催促寄錢回家鄉，祖父雖為銀行白領，亦變寅吃卯糧，苦了祖母，往往為了家鄉一封家書要拿家中東西去典當，到祖父去世時，身後無比蕭條，這些海外華人辛酸史，又豈是今天中國人所能體會一二。

黃榮遠堂的18家當鋪維持到吳廷琰上台便走進歷史，原因新政府推行新政，對當鋪利息嚴加約束，劃一限制在一釐之下，而且當鋪只許越籍公民才可經營，那時黃氏帝國的業務重心集中在地產，於是乾脆退出典當業，把所有當鋪轉讓越南人。據黃家後人說，他們家的當鋪主要做商界的生意，因當時銀行融資未普及，佃戶開耕前需要資金購入種子肥料，就拿田契來當鋪作抵押，收成之後，再拿變賣所得把田契贖回，貿易商人亦如是，至於平民百姓的日常典當屬蠅頭小利生意，服務性質大於發財。

除典當業，黃榮遠也做廢棄物資「喊欄」，即競價收買Lac Xon。越文的Lac Xon出自英法文混合字L'Auction，即拍賣會。Lac Xon也有「落」價兼賣「Solde」意思。有一年殖民當局要汰換兩萬台發報機，有法國人建議黃榮遠堂參加競標，把該批廢棄品買回來，然後全部拆卸，取出裡面的貴金屬，以高價出售，榮遠堂多虧這筆來自

Lac Xon 的收益，得以進軍房地產。看來坊間傳說黃文華收買破爛，買著一座純金香爐，應該是與此一「喊欄」收穫有關。

黃文華為謀日後更大發展，積極與法國官場建立關係，對落難官員不吝施以援手，所期待的，當然是對方的日後投桃報李。廿世紀初殖民當局為西貢制定都市計劃，準備開發舊伍倫爛地，並建造一座新街市來替代位於阮惠大道被焚毀的舊街市，一名曾受惠於黃家的法國官員，把該計劃通水給黃榮遠堂，讓其先一步把規劃土地全買下來，待都市計劃上馬，爛地與荒地一夜之間變成黃金地皮，從而奠定黃榮遠堂之地產王國地位。

今天共產黨對黃榮遠堂的評價，由吸人血的地主階級平反為對都市拓建立下巨大貢獻的民族資本家。事實確為如此，濱城新街市及西貢救急醫院（法屬稱黃文華醫院），加上慈裕婦科醫院、皇后大飯店等，全是黃榮遠堂一手興建。

濱城新街市落成於 1914 年，開幕之日，舞龍舞獅，敲鑼打鼓，慶祝長達三晝夜。黃榮遠堂送給西貢市民的這座街市，是全印支第一座鋼筋水泥建造的室內市集，殊非容易釀成火災的簡陋木棚市集可比。潮商郭琰興建的平西街市，相對黃榮遠堂的創舉，遲來了 14 年。

1974 年阮文紹政府曾舉辦比賽，公開徵求濱城街市重建之最佳設計，奪標藍圖為一座兩層高的建築物，可惜戰局加劇，美援又大幅縮水，國家財政空前吃緊，以致重建計劃胎死腹中，也幸虧如此，濱城街市得以保留原貌迄今，成為胡志明市的美麗地標，也見證著華人對都市的卓著貢獻。

泉州人天生有生意經頭腦，黃氏家族出巨資打造全印支第一座鋼筋水泥大街市，自然不會只求奉獻而不求回報。

濱城新街市誕生之前，原有的大街市位於 Charner（阮惠大道）運河區，即後期國家金庫 Kho Bạc 的所在，因失火燒成了廢墟，殖民政府考慮換上一座鋼筋水泥街市，地點選中西貢火車站的大片荒地，黃榮遠堂自薦出資興建，條件是興建地點的周邊地皮產權須為黃榮遠堂擁有，供其興建房舍商店收租，殖民當局一口答應了，故街市竣工之日，周圍店鋪亦崛起如雨後春筍，涵蓋黎聖宗街、阮忠直街、嘉隆街、黎利大道、阮惠大道、武夷危街等區域，為黃榮遠堂帶來了巨大財富。

西貢新街市落成啟用不久，又輪到堤岸書信館原址的舊街市也毀於一場大火，通合行東主郭琰也向殖民政府毛遂自薦，願出資興建平西新街市來換取周邊地皮的產權，亦即跟黃榮遠模式比照辦理。黃榮遠和通合行均屬商界陶朱，官民合作創造雙贏，完全穩賺不賠。

完成了西貢都市計劃，仲訓秀才爺挾巨資 120 萬銀元進軍廈門鼓浪嶼的萬國別墅區（集合英美法德西挪等國領事館及官邸），投資興建別墅 54 座，古人「腰纏十萬貫，騎鶴上揚州。」黃秀才是：「腰纏百萬銀，渡海買泉州。」秀才爺在景色如畫的日光岩終日與人詩詞酬酢，快樂不知時日過，越南地產業務就交由二弟仲讚克紹箕裘。

秀才爺在有「海上花園」之稱的日光岩蓋建瞰青別墅自住，還刻意配套一座「厚芳蘭館」，含意頗深。其實「厚芳蘭」就是「舊伍倫」之美化譯法，藉此紀念黃氏王國發跡之地。

為了回饋舊伍倫，黃秀才在阮太學街興建了一所女子中學名為城志女中，落成之後交由西貢福建幫來管理。黃秀才還在阮功著街大金鐘隔鄰捐建鳳山寺，連粵人創辦的廣肇學校地皮，聞說亦為黃家捐出來。至於簡繡山主理的逸仙學校地皮，是否為黃榮遠堂捐獻？則無從稽考。

舊伍倫是越文 Cầu Ông Lãnh 之譯音，意指「領兵將軍橋」，原因該橋樑係由土添總領兵阮玉昇下令興建。但另一版本則說該橋乃順化皇朝駐西貢領事館（提探教堂原址）領事阮誠意所興建，故稱「領事翁橋」。

1930 年代大蕭條，越南亦不倖免，西堤商店十室九空，黃仲讚趁機大舉收購地皮，其王國版圖因此迅速擴張，以致二戰爆發前西貢嘉定兩萬餘屋舍，平均每五間就有一間屬黃榮遠的收租物業，整條水兵街、參辦街、安南街等旺鋪民舍，幾無一不是黃家物業。

黃家雖是大地主，但無大地主的惡形惡相，租金一般都很低廉，故那年代的人從無付租壓力，遠比現代人快活，升斗市民不但解決了棲身問題，還行有餘力儲下本錢，供日後做點小生意，自己當老闆。

回憶1975年變天，政治逆流席捲乾坤，有錢人沒誰不惶惶終日，只因公安隨時會登門抄家。黃榮遠雖有法籍保護，但一樣遭受衝擊。當時全國掀起階級大批鬥，媒體鋪天蓋地而至的，全是土改運動的鬥爭口號，殺氣騰騰，字字驚心，那年代管你有無做過壞事，有錢就是有罪，有錢就是反動，有錢就是階級敵人。

為配合革命政府的資產批鬥運動，華文解放報天天點名批鬥華人富商，連「自己同路人」的潮商陳城也被點名上綱上線，成為第一個被關進牛棚的犧牲品，一生積德好善卻落得如此下場，陳城的遭遇固然讓人浩歎，不過他像其他許多進步人士一樣，路子是自己選的，所以淪為階下囚，也沒啥好抱怨。

在那個競相向革命政權邀功獻媚的瘋狂時空，華文解放報當然不會放過黃榮遠堂，即使對方三代都是法國公民亦然，報紙連續多天開足火力，報導黃榮遠堂的工人批鬥大會，所謂工人大會，僅30餘人而已，不過華人從來不缺識時務的「俊傑」，這些「俊傑」在批鬥會力數黃家數代勾結法國人，濫收過名費，透過租金吸吮勞動人民的血汗云云。

那時我天天追看華文解放報的批鬥報導，入目盡是中共土改運動的口吻，那真是一個令人畏懼且厭惡的年代，不過黃家仍應慶幸，越南人即使怎麼清算地主，仍遠不及中國人的殘暴，當年老毛發動土改，山西愛國首富牛友蘭被親兒子用鐵絲貫穿鼻子像牽牲口一樣遊街示眾！抗日有功的牛友蘭最後絕食自殺，其六親不認的兒子則當上江蘇省副主席。

解放軍進駐黃家大觀園期間，但見人面全非，軍車頻頻進出，頗似戰爭片的臨時作戰總部。面向甘密博士街的黃仲讚西式別墅，平時已經夠荒涼的了，變天後更覺凋敝詭異如聊齋電影裡的古宅，夜間常有革命歌聲及琴聲裊裊傳出，入耳淒涼，我雖局外人，目睹如斯情景，也禁不住戚戚然，對時局感到非常悲觀。

據悉，當時十五少黃慶楣、十三少黃慶杋被軟禁，與解放軍一同生活在大觀園。其他慶字輩、元字輩（黃元奇除外）等早已離越，大部分人來了法國，少部分散居港台美加，大當家黃仲評在變天前先一步赴台定居，老人家目睹帝國蒙塵，精神大受打擊，1976 年冬病逝台北。

解放軍進城之日，慶楣適逢輪任公司負責人（兩年一屆），所以要留下來守護家園，亦因此變成末代宣統。曾在六國暨麗苑當過媽媽生的麥大姐，有次跟我在巴黎閒聊，提及老朋友十五少，說他解放後常來她位於介安坊的家聊天解悶（十五少是六國舞廳的常客），儘管大變天，十五少對局勢仍然樂觀，認為越南會走中立，家族資產有法國政府保護，不會有事的。然而當運動如驚濤大浪洶湧而至，是無人可以倖免的。麥大姐笑他如果越南真的走中立，黃家只你留下來，那麼整個江山非你莫屬矣！

據了解，十五少慶楣在新政權的咄咄相迫下，日子並不輕鬆，原因榮遠堂在六七十年代逐步脫產，越共估計套現達數十億元，何以這筆巨資不見存入銀行？而且無影無蹤。據說來抄家的幹部還找來地雷探測器在大觀園上上下下，各個角落來回測探，試圖找出黃家的地下金庫，結果當然毫無所獲。

原來黃氏家族自法國人束裝返國後，有感靠山不在，加上吳廷琰倒台後政變頻生，黃家為未雨綢繆計，便開始減持物業，套現所得當然是想辦法匯出海外，以策安全。

還好，當時法國大使館堅持不撤，一直留守西貢，努力保護僑民財產，革命政府表面雖疾言厲色，但對法國人仍始終客氣，最後折中是各讓一步，新政權把黃榮遠的物業悉數充公，但會支付兩千萬美元作補償。只是後來有無切實履行？或履行程度多寡？實非你我局外人所能知曉。（聞說越共補償由嫡系男孫瓜分，外嫁女分毫不獲？）

早在變天之前，法國駐越大使館已敦促僑民盡早辦妥財產申報，以防萬一，黃榮遠堂向法國外交部申報的財富是阮文紹貨幣的 800 億元，差不多 4000 萬美元，此數目當然沒包括黃家過去廿年的脫產套現。

我家關仔位於甘密博士街口，與黃家大觀園僅一街之隔，所以大觀園內有一女幹部常來我家購物，她是中央派來的稽查團隊，目的要對黃榮遠的財產進行全面統計，記得有次她來光顧，與我閒聊，曾忍不住讚歎南方人太富庶了，大地主財富之鉅，遠超他們想象。

相對其他華商之掃地出門，自殺的自殺，坐牢的坐牢，黃大地主一家算幸運多了，產業雖斷送仍不致於一無所有，起碼人家新政權因你是法國籍而願通融及答應賠償，反觀其他華僑華人則孤立無援，猶如棄兒，資產被充公，還須下放到新經濟區開墾，叫天不應，呼地不靈，哪有什麼祖國來拯救？

與黃榮遠堂相距一條街的銅鐵商鄭水渺，與黃家同屬鄉里，但彼此命運卻別若天壤，鄭先生無法籍保護，結果死在勞改營。另一也住在西貢的閩商洪鑾銘，不堪被抄家而在浴室淋汽油自焚身亡。

所以黃榮遠家族不認中國人，雖惹來微詞，但亦無可厚非，一來這戶巨富之家確非中國籍，二來亂世之中認中國人是沒好處，尤其是家大業大者，大禍臨頭之日誰來保護你？所謂偉大紅色祖國，有事起來還不是裝聾作啞？順便一說，南越未變天前，華人最怕是警察深夜來查戶口紙兼抓兵役仔，但大觀園卻從無此恐懼，警察來到也只是留在門外按鈴，要求守門公給他們看看戶口冊就拉隊走人，不敢踏進大觀園一步。

若干年前返越，刻意住進與大觀園隔街相對的青松酒店，方便自己倚欄憑弔這座沒落王府，除此之外我亦重臨面向阮文森街的大觀園護欄，沿著矮墻漫步，手指同時輕撥欄杆，彷彿撥動結他的琴弦，心底是多麼渴望能夠尋回童年的快樂音符，仍記得這片護欄及矮牆曾經是我幼年最愛攀爬的地方，當時的心境頗似崔護，滿懷「人面桃花」之慨歎。

最想不到原本立在平西街市的郭琰銅像，竟會成為大觀園一具庭院擺設，郭琰泉下有知必大怒也！只因黃郭兩大家族一個是泉州，另一個是潮州，早年兩者關係是同行如敵國，聞說黃榮遠堂曾經放話，通合行若出售一棟房子，黃榮遠堂就立刻將其買下，只要你賣，我就買。但是解放幹部哪管你們兩家「王不見王」？結果亂點鴛鴦譜，湊成「黃郭一家親」。

大觀園昔日還收藏兩雙巨大象牙，長近兩米，是大觀園小孩最喜在上面攀爬嬉戲的「大玩具」，如今兩雙巨牙花落誰家？殊堪尋味。據說大觀園象牙之珍貴，連越南總統府節慶大廳的一對迎賓象牙也相形見絀，故有人猜測前者象牙應該來自非洲的原始巨象。

和平後，中華總商會會長陳立矩率團赴南京向蔣委員長祝壽，欲情商黃仲訓出讓其中一雙象牙，以便帶去南京作壽禮，黃秀才的回答是此乃鎮府之寶，絕不割愛。結果變天之後，該兩雙鎮府象牙從此下落不明。

花開花落，月圓月缺，象牙別抱，王國焉在？今天的黃榮遠堂，人面全非，每逢星夜寥落，庭院的春月和老樹，不知仍否掛念昔日大觀園的老幼主人？或只落得「多情堪歎春庭月，猶為離人照落花」？

✻ 後記：據作家歐清河指出，晚清欽差大臣王大貞，與黃文華次子仲訓同受業晉江翰林李清機帳下，兩人於光緒丁酉年（1897）一起拔貢進國子監，暇時經常聯袂暢遊山水，詩詞唱和。後來王大貞高中貢士，赴京任官，而黃仲訓則遠赴安南助父從商，彼此分道揚鑣，天各一方，闊別十餘載後竟又越地相逢，那份他鄉遇故知的喜悅，毋庸細表也。至於黃仲訓在鼓浪嶼的大別墅，傳說是跟菲律賓一位施姓福建富豪在船上賭博贏回來的，我曾就此事向黃家後人求證，對方表示坊間傳言甚多，不可採信。

八千里路雲和月

光緒十六年（1890）清廷派出定遠、濟遠、致遠、鎮遠、來遠等五艘新型戰艦由北洋水師提督丁汝昌率領，浩浩蕩蕩出訪南洋，宣揚大清國威，第一站的停泊就是南越的柴棍——西貢。可惜該支艦隊乃短命水師，訪越賦歸未久，便在甲午戰爭全數覆沒，丁汝昌亦吞鴉片自殺。

1907 年 7 月兩艘德製的海籌、海容號，由何品璋率領南來西貢訪問，停泊九天。翌年海容崔護重來，這次同行是海圻號，排水量 4300 噸，裝備約 30 門大炮及 5 具魚雷發射管，由薩鎮冰率領，護送欽差大臣王大貞來越宣慰僑民，目的反制孫中山及其同盟會在海外的革命宣傳。

兩艦進入森蕉碼頭，獲法國海軍隆重歡迎，賓主互鳴禮炮致敬，艦上官兵還登岸拜訪諾羅敦街七劃樓，即今之獨立府。七劃樓特頒令放假一天，讓市民參觀戰艦。

清廷艦隊三度訪越，宣揚國威，主要是針對同盟會在越南日益活躍，並多次策動內地起義，故才遣派商務大臣王大貞來越，給越地華人做思想「消毒」工作。王大貞除出席榮遠堂的盛大歡宴，還拜會堤岸廣東街七府會所，努力和僑界套感情。

早在王大貞之前，清廷已有駐法公使胡維德訪越，利用過境等候船期前往馬賽之空檔，拜訪七府公所，胡氏鼓勵僑民效法南洋華社，合力籌建總商會，共謀福祉。胡維德代表朝廷捐出 1500 法郎，存於法國東方匯理銀行，作為日後商會購置會所之用。胡維德到了巴黎，仍不時來信探詢商會籌創進展事宜，並責成劉六、李長等兩位粵閩米商帶頭鼓吹，盼總商會早日瓜熟蒂落。

抗戰前夕，西貢又迎來中土軍艦，這次是國軍的自由中國號，又一次吸引無數華人前往白藤碼頭瞻仰國軍威容，當然這次來訪的艦上官兵都不再拖著土裡土氣的長辮子，他們集體前往西貢聖母教堂的法國陣亡戰士碑獻花（龜池原址），還參加中華總商會的歡宴，其所到之處均有華人夾道歡呼，大家都欣欣寄望自由中國號能夠英勇抗戰，擊退日寇。

越地華民雖無「賣豬仔」的經歷，但是異鄉扎根總有很多寄人籬下之辛酸，所以當踏上國軍戰艦，心情難免百感交雜。家父也曾登艦，付費1元，當時物價極廉，1元可購一大袋白米，一客牛扒或燒雞大叻生菜亦不過1毫，白粥伴油炸鬼只需1仙。

只可惜，自由中國號來越時威風八面，惟戰爭才開打就不堪一擊，很快就被改裝為貨船出售，買家竟是越南附日閩商張振帆（中華總商會會長）和潮商朱繼興（堤岸潮州幫長暨遠東日報創辦人），他們合資把自由中國號改裝成穀米運輸船，專門做日軍生意，往返越台之間，後來在香港水域被接獲情報的盟機炸沉。

和平後的 1945 年 9 月，西貢白藤碼頭再度上演華人的澎湃愛國熱情，只不過這次就無過去三次的歡天喜地了！

當時盟機每天在西貢上空散發傳單，說明國軍和英軍分北南兩地受理日軍投降，但是民眾看不懂英文，加上接收外國廣播的收音機早已被日軍沒收，民眾主要靠「路邊社」傳遞消息，所以以訛傳訛，以為國軍艦隊日內會抵達西貢白藤碼頭（事實上國軍艦隊歷經八年抗戰已然全軍覆沒），於是大街小巷沸騰起來，整個碼頭及森磨大道天天人潮洶湧，大家準備上演古人「簞食壺漿，以迎王師」之動人場面，不少人還攀上電線桿以掌遮額，窮目遠眺，個別者還配備了望遠鏡，看到天涯盡處的幾縷舟煙就大呼國軍來了，十足哥倫布發現新大陸的樣子。

如是過了兩周，終於有兩艘軍艦靠岸了，但登岸軍人並非大家引頸鵠候的國軍雄師，而是白布包頭的印裔英軍及少數啹喀兵，大家才恍然盧漢的廿萬國軍沒來西貢，而是去了河內。國軍南下受阻是羅斯福的意旨，目的把北緯 16 度以下的南越留給法國人日後捲土重來。

敝老友岑錦洪是舊街市安合燒臘店老闆，他生時最愛向我憶述其親眼目睹英印軍登陸之情境，安合距離白藤碼頭僅 400 米，所以他對英印軍大鬧碼頭，看得一清二楚。他說那些包頭英印軍滿臉于思，行為粗野，甫登岸就如同一群色中餓鬼，見到女人就追逐調戲，拉手拉腳，女人家嚇得四散躲避，華人本來要迎接勝利國軍，豈知卻迎來一批豺狼猛獸！和平了，卻是另一場噩夢的開始，局勢比起日軍進駐更令人膽寒。

當時正宗英軍駐守西貢，華人聚居的堤岸則由紀律敗壞的英印軍負責，他們駐紮堤岸石仔廠內，於是新馬路一帶的民眾可慘了，終日被這些包頭「摩羅差」藉詞搜捕越盟，強闖民居，滋擾動粗，劫財劫色，肆無忌憚，惡行遠甚皇軍。

侵害堤城華人婦孺，又豈止英印軍一夥？軍紀差劣的法國外籍兵團亦如強盜。當時法國不甘心越南受降儀式被排斥，不理盟軍約束，逕自派遣白帽子兵團強行登陸，這夥雜牌軍有非洲人、阿拉伯人、德國俘虜等，盡皆亡命之徒，再加上自梅山砲台集中營釋放出來的法兵，一時之間各路惡人大會師，整座堤城陷入「有皇管」的黑暗狀態。

戰後不少德國俘虜被法國人拉夫，派來越南補充兵員，這些前納粹軍人經常在堤岸美拖火車站（今為順橋大廈）到處流竄，打家劫舍，有次他們在總督芳街大陸餐廳吃罷霸王餐，洗劫店主，還辣手摧花，強暴老闆的千金。檳榔、蓄臻、朱篤、茶榮、美拖等下六省地區亦因山高皇帝遠，更是法兵蹂躪之重災區，據中華總商會統計，華人被法兵屠殺有約1500名，房屋倉庫被搶被焚，更不知其數。

據《西貢三十年》記述，軍紀蕩然的英印軍見堤岸書信館一帶買賣興旺，竟光天白日悍然入屋搶掠，連華人的鹹魚臘肉、鴉片煙槍也不放過，行徑彷如蝗蟲過境。西貢廣泰和藥房東主曾柏堅在堤岸中和橋附近設有藥材倉庫一座，價值不菲，也逃不過英印軍的翻箱倒櫃，夾萬的50萬元現款不翼而飛，曾氏差點要破產，其他華商亦損失慘重。

在這期間，流血事故頻繁，廣肇醫院天天擠滿傷亡民眾，何允中及馮風等多位前廣院醫師均應院方號召緊急歸隊，協助駐院醫師吳伯淦（同慶大道永安和藥房的駐診醫師）、梅朋霜等勠力同心救治每天湧來的數百受傷難僑。

據中華總商會統計，光是頭兩個多月，被英印軍殺害的華人有80餘人，強暴婦女18人，暴力侵害有350餘宗，華人財產損失1300萬元！總商會提供的數字最為可信，比國府駐越單位和盧漢部隊的統計要高得多，反映越地華民離鄉背井之「八千里路雲和月」，是如何血淚斑斑！

當時的婦女最怕路經新馬路虎嘜啤酒廠，因英印軍駐紮在鄰近的石仔廠，聽說有好幾名女路人不慎誤入虎穴，曾被英印軍強擄入軍營發洩獸慾。另有一次，兩名英印軍在同區白鐵街市姦淫擄掠，惟上得山多終遇虎，這次遭憤怒群眾亂棍打死，衣服還被剝清光，曝曬街頭，惟當時無人想到毀屍滅跡，致留下手尾後患，石仔廠英印軍聞訊傾巢而至，縱火焚燒白鐵街市，見人就殺，飽逞獸性始去，稍後捲土重來，繼續清鄉，焚屋百餘棟，無家可歸的數千災民被逼棲身各大廟宇及七府公所，民眾因擔心英印軍繼續大開殺戒，入夜行人絕跡，堤城恍如鬼域，為恐怖氣氛所籠罩。

白鐵街市被燒成廢墟，人心憤慨，提起英印軍無不破口大罵，越盟和華聯則趁機策動群眾罷市罷工罷課，並且以土製「菠蘿」襲擊街上行駛的軍車，奈何最後倒霉者仍是華人，只因英印軍一見越盟投擲東西，就從軍車向四周亂槍掃射，造成許多無辜死傷，說來很可悲，華人戰時躲得過日軍的刺刀，戰後竟躲不過英印軍的機槍及越盟的手榴彈。

針對白鐵街市的慘劇，進步人士湯明指揮的新僑劇團（和平街市健青體育會之前身），協同聯合工會領袖譚星及布日新，揭竿而起，號召群眾遊行示威，隊伍由侵油出發到水兵街，群集七府會館門外高呼打倒英印軍口號，並譴責國府護僑不力。

事實兩位商會長何羅、鄭錫祺均曾向西貢英軍總部交涉，後者應允設華僑事務處來調查華人傷亡事故。當時七府公所收容了很多災民，社會各界動了惻隱之心，每天前來捐助米糧衣物的善心人絡繹不絕，充分展現華人恫瘝在抱之愛心。

那時國府駐貢總領事尹鳳藻急如熱鍋上螞蟻，多次向西貢英方主帥格拉西（Gracey）交涉，同時也呼籲華人發揮守望相助精神，組織民間團練救人也自救，於是便有了「中國童子軍團華僑自衛隊」之誕生。

西貢榮遠堂大當家黃仲訓、新振發東主蔡石聯袂奔走，促成福善醫院借出場地供童軍作訓練之用，由滯越黃杰將軍舊部負責團練教務，童軍分配到各主要路口看守，所持的裝備是長棍及哨笛，一遇英印軍出來作惡就大吹哨子，號召群眾包圍對方。故當時的童軍非常威水，學校有童謠常唱：「童子軍揸碌棍，打死人賠十蚊！」

童子軍出來維持秩序，日曬雨淋，任勞任怨，然而左翼華文報章不但沒半點嘉獎，還惡意抹黑童軍趁火打劫，同時亦污衊團長林鷺英（領事館武官）說他把童軍人數由100名灌水至300名，目的上下其手，把華僑每月捐助的12萬元經費中飽私囊云云。

1946元旦過後，英印軍陸續離去，越盟加倍活躍，每天清晨在富壽跑馬場集合，手拿長竹尖，赤著雙腳，口喊軍令「木鞋、木鞋（越語的一二、一二）」操步，人們嘲笑把竹尖當武器的越盟怎敵得過法國人的洋槍洋炮？偏偏越盟就是靠竹尖奪得江山。家住舊妹的大姨丈曾親眼目睹有法國「黑嘢（暗探）」在舊妹落單被伏擊，慘死於竹尖下，有法國人徒步過橋，被推下河裡，當要游上岸，卻被守在岸上的越盟用竹尖刺死。

戰後越盟發動圍城，封鎖西貢嘉定對外交通，越盟欲效法中共的長春圍城，切斷大城市的糧食供應，目的製造恐慌氣氛。

那時父親偕祖母經常要自第一郡徒步走很遠的路，前往時為農村的舊邑，向農民購買鴨蛋及豬油。後來華人為解決糧荒，遂以「捐助革命」方式來換取越盟通融，獲准在堤岸丐來（吉萊）設立米糧發售點，換句話有錢能使鬼推磨就是，誰知糧食發售站之設卻觸怒殖民當局，華人常被濫捕，罪名是跟越盟「打籠通」對付法方。當時西貢無汽油供應，公共運輸停擺，祖母每天要到半路堤岸的黃仲讚七家大別墅上班，只能徒步往返，疲累可想而知。

當時越盟到處投擲「土製菠蘿」，誤殺許多無辜良民。水兵街新陶園餐廳對面的隆盛金鋪老闆羅連芳，某晚率子前往梅山街新嘉禾里弔祭雙胞胎兄弟羅連芬，即巴哩街華盛金鋪東主，豈知乘三輪車返家途徑精武體育會卻飛來橫禍，不知哪裡丟來一枚「菠蘿」，把羅家父子及三輪車夫當場炸死！嗚呼，雙胞胎兄弟竟變同年同月同日亡，還賠上一名後繼香燈，殊為人間慘劇。

回說自從英印軍大鬧西堤，堤岸各校紛紛興辦童軍部，尤其大陸淪陷後，蔣介石提倡毋忘在莒，勉勵全民皆兵，為反攻大陸作準備，海外華校的童軍活動辦得如火如荼，童軍督導多數聘退役國軍出任，挑選高班男生接受軍式操演及授予野外求生技能如觀星星辨認方向，紮營結繩，鑽木取火等，並且發揚團隊紀律精神，童軍不啻半個小軍人。但凡童軍督導一般都有軍佬的牛脾氣，我的廣肇母校王振東老師就是其中一個典型，性格牛精，經常體罰學生，他的辦公室擺滿童軍用的長棍，叫人聯想起古代的公堂，豈不也是擺滿了殺威棒？

擔任校內風紀的童軍，每當下課及放學，就出來維持秩序，長棍用來攔住人潮及車輛，誰不守規矩，童軍大哥哥就抄下誰的學號向訓導主任打小報告，這種舉報文化在今天來說很有爭議性，但無可否認，凡童軍蓬勃的華校，搞滲透的「進步學生」特別少，童軍的「正能量」是不容忽視，後來共產黨來了，童軍被打成美帝產物，遭全面查禁（1993 年解禁）。

話說戰後西貢中國銀行、上海匯豐銀行、渣打銀行、東亞銀行重開，華人對銀行亦恢復信心，紛紛要把掩埋地下或藏於屋樑瓦頂的鈔票翻出來存進銀行，尹總領事考慮到華人每次上銀行須揹著一兩大布袋鈔票，隨時會遇上攔路劫匪，於是籲請各華校派遣童軍在各通衢大道路口持棍站岡，保障民眾出入安全。

舊日越南的公立學校多為瓦頂平房，操場沒錢鋪水泥，一般為凹凸不平的紅土地，學生則赤著大腳板上學，但華校童軍卻一身卡其布料的土色戎裝，頭戴童軍帽，腳穿黑皮鞋，還有長筒襪子，所以往往招來越南學生的妒忌與敵視，我有位就讀穗城的老友，就是因為身上的童軍服，每次路過和好街越南學校就被該校學生追打及吐口水，幸好當時其藤篋藏著大算盤，一打架就使出他的青城派「鐵算盤」功夫來退敵。

穗城童軍名聞遐邇，這得歸功童軍主任吳其照，他是中央陸軍學校畢業，曾留學日本，在日軍進駐期間他和簡繡山因屬國民黨員而被抓去坐牢。吳其照一生反共，其操演口令只喊向右轉和向後轉，從無向左轉，他的外號叫「吳雞」，其帶領的童軍順理成章叫「雞仔」。我在巴黎認識一位姓馮的「雞仔」，他是吳其照的愛將，出了名是穗城的「包打聽」，大家常說笑，穗城沒共產黨滲透都是靠這名「雞仔」頻頻打小報告。這位馮同學的父親是開藝鴻、藝華校服店，分別位於阮豸街、梁如學街，幾乎包辦各校童軍制服及配飾，每年開學，生意應接不暇，由於博愛校服也是童軍款色，所以我也是藝華的顧客。

英印軍造成華人損失上千萬元，但是真正造成華人一煲清袋是「龍嘜紙」的作廢。話說5萬日軍以和平進駐口號入侵越南，接管所有邊界運輸，比這更荒謬的是，日軍尚向戴古元帥收取駐軍費用，亦即變相強逼法國給日軍發行如「象嘜紙」「龍嘜紙」等戰時大鈔，供其以劫掠方式搜購越南米糧。說穿了，就是強迫法方代日方發行戰時軍票！

「紅頭黑腳龍嘜紙」是指鈔票的黑爪紅龍圖案，乃500元面額，除紅龍之外，還有黃龍和灰龍。但在民眾眼裡，這類變相軍票大鈔，全無早期發行的100元香爐紙那麼吃香，原因這些戰時發行的貨幣全無黃金或白銀作本位，價值庶幾是零，惟日方就是靠它搜購物資及發放軍餉。

龍嘜紙之印刷全部就地取材，承印公司是廣東街美華印務，因美華技術比較先進，使用塑膠製版，所以法國人就把500元紅龍、黃龍、灰龍紙、200元藍帶紙委託美華包辦。但戰時紙質油墨奇缺，加上美華本身是印商標而非印鈔，故印出來貨幣經不起流通就發霉破爛。那時廣東街除了磨剪刀，造祭帳，賣藥材之外，印務局亦成行成市，計有黃植生的亞新（其後轉讓給中華總商會祕書長張文和，易名為華僑印務）、馮鐸的聯群、周和的嘉華等。

岔開話題，黃植生是越南印刷業先驅，廿世紀初堤城還未有印務局，更勿說商標招紙之印刷，到了黃植生與曾信、曾富兄弟在侵油開東亞印務（曾信是太極螳螂派掌門人趙竹溪的親家，後人在巴黎開利民印務局），率先引進省港鉛印技術，從此西堤商品的招紙印刷，可在越南本土解決而無需求助省港，大大節省了經營成本。

當戰爭接近尾聲，日本人自知難逃亡國厄運，個個抱著一大堆龍嘜紙到大世界、六國、麗苑等聲色場所花天酒地，藉此自我麻醉，有人見到日本軍曹酒後在賽瓊林焚燒龍嘜紙，亦有軍曹把一包包龍嘜紙硬塞給六國舞廳的小姐，以博紅顏歡心。

我在巴黎認識一位曾經在麗苑任職伴舞的麥姬大姐，她說麗苑因與日軍憲兵部（中華總商會）近在咫尺，所以每晚都有皇軍到來買醉，這些亡國敗兵最愛聽 China No Yuru，全晚樂隊須反覆彈奏，沒其命令不准停下來，無奈一曲《支那之夜》奏罷，傷感更大，令人憶起櫻花雖美，卻飄零易逝，正是：「亡國破家皆有恨，捧心無語淚蘇台。」所以蘿蔔頭越聽越傷心，到了最後相擁哭成一團。

當法國人重返越南，第一要務就是廢除龍嘜紙。早在戰時，市民已對龍嘜紙沒信心，用而不存，但商人做買賣可沒這個自由，收到的龍嘜紙只好藏起來，如今驟聞家中保險庫的藏鈔全面作廢，心中之震撼真如晴天霹靂。

和平後南圻最高專員換上波拉埃（Bollaert），中華總商會設宴慶祝其抵越履新，尹領事趁賓主觥籌交錯之際向波拉埃進言，盼殖民當局對龍嘜紙作廢之事收回成命，或退而求其次，准灰龍黃龍鈔能夠跟紅龍鈔比照辦理，亦即可兌換新鈔的七成幣值，免除華商蒙受慘重損失。豈知波拉埃一聽馬上收斂笑容，鐵青著臉指責華人持有大量龍嘜紙，是靠戰時投機倒把，發國難財得來的，而且華人還暗中資助越盟跟法國對抗云云，意思似乎說華人破產是活該。

波拉埃發言之不留情面，彷如一巴掌刮向所有人，聽得尹領事及其他買辦商家面面相覷，尷尬萬分，雖然該法國專員未免太出口傷人，但其直言不諱，倒也點出了戰時商界的真相，自古至今，無商不奸，更何況是亂世之中？

在大換鈔進行期間，東方匯理銀行發生「六君子」盜竊廢鈔事件。事緣該銀行保險庫堆滿已完成兌換並等待送去燒毀的廢棄龍嘜紙，但有六名財迷心竅的華人職員下班後躲進保險庫，翌日早上再溜出來，惟離去時他們身上夾克的口袋已塞滿龍嘜紙離去（他們佯稱發冷要添外衣），再伺機回來兌新鈔。惟事件很快東窗事發，銀行華務經理蘇天疇鑒於「六君子」一旦被法辦，肯定難逃偵探樓的毒打，遂下令他們把賊贓嘔出來，再將其充軍香港。後來此事被法殖民當局知悉，雷霆大怒，炒掉很多華人員工。

龍嘜鈔兌換之爭持不下，最後連人在河內的盧漢也出馬交涉（盧漢走私鴉片，擁有很多現金，自然不甘蒙受損失），法國人忌憚盧漢手握重兵，態度軟化，原本全部作廢的小面額舊鈔，可獲通融准予兌換，但設族群配額規定，越人和華人的兌換總額分別為600 萬和 700 萬，法國人配額則為 200 萬元，如此分配雖不盡人意，但聊勝於無，算是摔一跤仍可撿回一把砂。

但越人不甘心，自己人口遠多於華人，兌換配額卻低於華人，因此越人對華人更加有成見及心懷妒忌。但越人又怎會知道華人的損失，豈是 700 萬兌換配額所能彌補？

法國人還對國軍帶進來的關金，嚴禁交易，令華人空抱大堆關金，無法脫手，慘不堪言。

別以為法國人對華人另眼相看，若有事發生，他們對待華人照樣翻臉無情。1946年3月6日法軍登陸海防，遭國軍大炮重擊，坐鎮西貢元帥府的達尚里安上將竟遷怒堤城華人，下令駐守梅花砲台的坦克於深夜向堤岸出發，似要血洗堤岸作報復！幸虧駐越英軍統帥格拉西及時勸阻，告以20萬國軍尚在北越，倘大開殺戒，國軍將聯同越盟揮兵南下把法蘭西逐出越南，達尚里安這才如夢初醒，鳴金收兵！

法軍艦隊在海防紅河口與盧漢部隊爆發衝突，事件起因是法國按照與胡志明簽訂的Accord de Saintny-Ho Chi Minh之協定精神，派出Leclerc將軍率領艦隊開往海防，擬登陸接管越北，但遭盧漢國軍從岸上開炮襲擊，交戰結果，國軍竟然重創兩艘法國軍艦。（中法交鋒似墮入胡志明之設計）

據法國人揭發，南越的英印軍已全部撤離返國，但盧漢的受降部隊仍然一拖再拖，死賴越北不走，原來是要等待收割越寮邊界的罌粟田。難怪外界指責這名國軍投共叛將是帶著兩支槍去打仗，一支是手槍、另一支是鴉片煙槍。

盧漢投共之前曾派密使會晤美國駐昆明領事，要求美國支持雲南獨立，盧漢還說雲南物產豐富，且自產鴉片，美國只須聲援而無需給予金錢援助，盧漢投共前夕還向蔣介石領了 100 萬銀元的軍費，所以老蔣在日記極度自責知人不明，錯信了反骨仔盧漢。

早歲華人對來訪的中土軍艦，懷有很特殊的感情，但是若論給華人帶來最高的榮譽感，那就非台灣雷虎小組莫屬了。

1960 年臨過春節前，吳廷琰飛台訪問五天，期間拜會蔣介石達七次之多。吳廷琰向蔣透露無意讓美國插手內戰，並且抱怨美國政界左派思潮氾濫，是靠不住的盟友，南越政府有意邀請國軍 10 萬雄師來越剿共，蔣介石聽了心癢癢。惟該計劃卻激怒華盛頓，也為吳氏帶來殺身之禍。自那年起台越軍事互動頻繁，雷虎小組同年來越表演，令華越人士振奮不已。

還記得雷虎小組來越表演的那天，全城騷動，有人說靠近飛機場的巴繞（Bà Quẹo）是最有利觀看之地點，於是人人蜂擁前往。當時誰都沒見過噴射機表演，對雷虎小組的驚險花式飛行，自是歎為觀止，人們還天真地認為就靠這幾架噴射機，反攻大陸有望了！

那時我在西貢廣肇學校唸書，雷虎小組表演的早上，全校師生集體前往廣肇體育會大球場的空曠地，欣賞 12 架雷虎小組的精彩飛行表演，美國軍機也來湊興，低飛掠過學校天台，發出天搖地動的巨響，當天我和同學們全都拍痛了手掌心，我們只顧忘情欣賞，卻意識不到一場綿延 15 載的血腥越戰正逐步拉開帷幕，我們每個人很快就要面對兵役的煩惱。

講到華人與空軍，回憶抗戰方興，西堤華人曾掀起回國報考幼空之熱潮，近千人在領事館報名，經篩選後，僅 259 人體檢過關。中山學校的體育風氣最盛，因此中選者多為該校的健兒。

當時為護送這 200 多名小孩到重慶，華商合資包下五個火車廂。其時兆豐行老闆暨中華總商會理事長陳立矩最熱心出資，他除了鼓勵華人子弟回國投考少年空軍，還呼籲華商每天省下飯菜錢一成，捐贈抗日。

陳立矩還動員華人汽車技工投身滇緬戰場運輸。當時內地中國人懂開車不多，偏偏滇緬戰爭亟需開車及修車人材，而越南機器行的師傅因得自法國人傳授，修車工藝出眾，也懂開車，正好滿足滇緬戰場的運輸需求，這些熱血越南華僑後來在大陸卻被打成美帝特務，下場悲慘，中共惡行之罄竹難書，可見一斑。

陳立矩畢業上海震旦，在海防開紡織廠起家，南撤西貢後，開設兆豐行，獲法國人授權代理白美麗和黃美麗香菸，暢銷全越，家父說當時兆豐行日進斗金，每天都把一大麻袋的現金存入東方匯理銀行。難得陳氏熱心公益，還擔任過兩屆中正醫院董事長。愛子錫勇，南越易幟後定居巴黎，聽聞買了一家飯館叫玉泉樓，上任老闆正是曾經為江青兩次自殺的上海影藝界才子唐納。

閒話表過，再回到報考幼空之往事，據堤岸趙光復街惠宣學校校長劉鏡生的著文憶述，當年他和兩百多名報考幼空的學生自西貢啟程前往四川，臨行前僑界送別場面感人，他永遠不忘父親帶著十個火水桶的餅乾趕到西貢火車站送行之依依不捨情景。

出身堤岸中山學校的溫鑄強、溫鴻章、譚金城、黃斐華等均是越華幼空，四人後來在八年抗戰屢立奇功，獲封「越南華僑空軍四騎士」之榮銜。溫鑄強 1955 年在大陳島大撤退之役，駕機掩護兩萬多義民撤離大陸，無奈離岸作戰太遠，燃油不足，陷入米格 15 的包圍，終殺身成仁。台灣花蓮美侖山鑄強學校之命名，就是為了要紀念這位越南華僑空軍。

當年在重慶照顧越華幼空的趙嘯天教官，亦為越南華僑，父親趙桃是西貢船務公司老闆，曾追隨國父奔走革命。趙嘯天畢業西貢法國航空學校，然後赴重慶參軍，他跟另一越南華僑盧易彪同隸屬陳納德指揮的飛虎隊，後者在武漢慘烈空戰為國捐軀。巴哩街泉興行老闆林一屏的弟弟，亦為飛虎隊成員，戰後擔任教官，因學員操作失誤，連累他也墜機而亡。

新客情牽大中華

吃過第一次鴉片戰爭敗仗之後，清廷被逼開放五口通商，表面是蒙受不平等條約之屈辱，但也幸虧這項「屈辱」，中國人幾百年來作繭自縛的閉關鎖國政策，從此被洋人的堅船利炮所打破，結果反而造福蒼生，讓先輩得以到外國創業紮根。

閉關鎖國政策被廢除，連天下最愚昧的海禁令（尺板不得出海，違者輕則發配邊疆，重者全家斬首正法）也壽終正寢，從此中土面貌出現巨變，對外通商蓬勃，連帶越南的 S 型海岸線也因大眼雞帆船的絡繹靠岸而呈一片熱鬧，在從事貿易之同時，大眼雞還給越南送來一批批善良勤勞的唐山新客。

大眼雞與華人移民史密不可分，無大眼雞就無華人的開疆拓土。唐山新客渡海來越靠它，中土大小商品及建築器材輸越也靠它。順化禁宮、會安古城、天后廟、明鄉廟、借庫廟、二府廟的飛檐斗拱、琉璃竹瓦、古木樑柱、人獸脊飾等建材無一不靠大眼雞的海路運輸。

1930 年代全球大蕭條，許多唐山新客處境淒涼，平東米較及洋雜商戶倒閉成風，新客無工開，自然無錢繳納昂貴的人頭稅（堤岸華人遭歧視，人頭稅高於西貢），出門一旦被「綠衣」查獲，就得面臨移民局的驅逐，新客凡是廣東人，就移送穗城會館，凡潮州人，就移送通合行，殖民當局責成這兩機構負擔遣返，法國人是一分錢也不支付。

由於被驅逐的人數與日俱增，負擔船費及補助金的穗城會館越來越捉襟見肘，甚且瀕於破產邊緣，會館乃號召商界共謀建立抽分制度，以濟時艱，辦法是大眼雞抵越的每船貨物，一律按價百份抽一，所得充作會館經費，幸虧大眼雞頻繁往返，讓「阿公」得以從中抽分，終於化解了財政危機。

時代不斷進步，大眼雞遇上鐵船的競爭，很自然由盛而衰。唐山新客紛紛捨大眼雞而選擇更安全便捷的大中華鐵船，在往後的廿餘載，大中華一直確保海上絲路人貨往來的暢通，新客和大中華儼然是連體標誌，人們初識寒暄，一定會問閣下是哪年乘搭大中華來越的？

若干年後，另一鐵船鯉門，也加入競爭，通合行包括元利輪在內的十數艘客貨鐵輪，亦頻繁往返於西貢、汕頭、廈門、香港等。法輪「美西美」「藍煙囱」也穿梭西貢香港上海之間，拜海上運輸日益發達之賜，堤岸人口直線上升，由二戰前的 15 萬到和平後增至 40 萬，堤岸百商雲集，儼如越南的小廣州。

太平洋戰爭爆發，日軍封鎖中國海岸線，香港水域滿布水雷，新客赴越之水路完全被切斷，鯉門沒生意，只好賣給南洋作貨船，大中華戰後雖仍繼續航行，但沒幾年就因鐵幕垂落而完全停擺，從此以紅黑白油漆作標誌的大中華，像老兵一樣凋零消失。

當年乘搭大中華或鯉門的人，今天仍活於世上者恐寥寥無幾，至於能夠用筆記述往事，更是絕無僅有。先輩來越是如何漂洋過海？對現代人來說，遙遠得好比另一個銀河系的故事。

據老一輩人所述，大中華和鯉門均是老爺船，吃水量分別是 3000 和 1000 餘噸，船身不大，很多老唐山的精彩傳奇就以這兩艘船作起點。兩百多人有緣同船，但命運迴異，上了堤，登了岸，既有人平步青雲，買田買地，亦有人際遇多舛，落魄他鄉。

太平洋戰爭爆發前，每名新客只須付 5 元越幣（那時越幣高於法郎及港幣），就可從香港西環登上大中華或鯉門渡海來越，只不過睡的是艙底地板，即集體打地鋪，擠迫如沙丁魚，那時的人十有八九是老煙槍，船艙人聲之嘈雜，空氣之混濁，自不待言。

不過新客若付得起 40 元船資，可入住乾淨私人艙房，且有法式牛排供應，當時米鋪大夫月入不超過 10 元，船資 40 元等於大夫四個月薪。當年廣肇醫院主席何禹疇透過廣州方便醫院禮聘何少中、馮風、梅朋霜、陸順堂等名醫來越為廣院駐診，提供的正是這類有牛排供應的上等私人艙房。

海上航程歷兩日半，每到午晚膳時間，船上包伙食的廚師就會走下艙底，在人群裡鑽來鑽去，用粵語大聲重覆詢問：「邊個食飯就開聲？」誰付了錢，等會就有人把叉燒飯或白切雞飯送來面前，一般只花幾占紙（幾分錢），經濟抵食，味道還不差。

大中華抵越最先靠岸是頭頓，再由「駁寨」老手引領進入內河，歷經九曲十三彎，半日光景才在森蕉登岸。當時先輩們初來埗到，但見沿岸荒涼，瘴氣迫人，再加身處異邦，言語不通，難免有前途難卜之忐忑，一聽森蕉之名，倍感「心焦」。

新客登岸後，魚貫走進一座俗稱「豬仔籠」的鐵皮屋頂營寨。馮興街一位老中醫曾寫下其通關經歷說，越南關員一身藍制服，把警棍插在腰間，粗聲粗氣，對新客動輒喝斥推拉，而洋人關員則趾高氣揚，擺出大大官威，對唐山新客鄙視如被賣去南洋的豬仔，不高興時會喝令新客弓背佝僂，像阿駝般在他們跟前走過，亦即不能挺直身子走路，跟美洲黑奴相比，華人只差沒套上手腳枷鎖。

法國關員侮辱華人新客，除了基於白人優越主義作祟，部分原因不排除跟黑旗軍名將劉永福有關。

劉永福在紙橋戰役等多場交鋒大敗法軍，斬殺法國名將，故法國人對黑旗軍又恨又怕，連帶也敵視唐山新客。劉永福打洋人的歌謠：「劉二打番鬼，越打越好睇！」從前在民間唱到街知巷聞。劉軍以黑白七星旗作標誌，法國人一見就喪膽，後來不知是否因為劉營有人出來教功夫（黃飛鴻是劉營總教練），所以越南舊日獅團必用黑白七星旗來展示本堂口的八面威風，遺憾今天武林界已不識傳統，七星旗的黑白被換成五顏六色。

廣東防城人劉永福，出身洪秀全的太平天國，後來歸順阮朝出任三宣副提督，抗法屢立大功，越南群臣面對法國人的步步進逼，曾有恃無恐說：「咱內有劉永福，外有大清，法國人何足懼哉？」劉也是台獨之父，流亡台灣時曾自封台灣民主國大總統。

國文老師葉習之最喜歡給我們講述劉永福的事跡，他說法國人在中越邊境強制通關華人蹲在大藤籮，當牲口來量體重，劉永福以牙還牙，下令法國人入境諒山或鎮南關，無需印指模，改為印屁股模，亦即要法國人當眾脫褲子，讓光禿禿的八月十五塗上黑墨，再在白紙留下每人的「黑葵扇」！劉永福的禮尚往來令法國人氣得七孔生煙，只好承諾互不惡搞。但法國關員始終悻悻然，所以在森蕉碼頭對唐山新客一點也不客氣。

回說擠在豬仔籠的唐山大兄們，為等檢疫及辦理入境手續常須呆上大半日。白天烈陽高掛，鐵皮屋的高溫令「豬仔籠」變成烤豬爐，新客被烤得舌燥唇乾，營內備有大水缸，多數人顧不得水是否乾淨或有無沙士蟲（孑孓），先舀水喝幾口再算，木舀子是共用，非常不衛生，曾經有人因此而死於急性痢疾。

負責審查入境表格的越南女職員，逢人就索賄，法國關員雖在場叉腰監視，亦不過裝腔作勢，一元五毫茶錢是非給不可的「江湖規矩」，不識相的新客會被刁難，或被「罰」留在「豬仔籠」過夜，充作蚊子的晚餐。

往來越南多趟的「舊客」最有通關經驗，一早在行李準備妥一些不值錢的胭脂衣襪或花露水等，讓女關員順手牽羊，以換取通關方便。有些新客是五六人一組自港出發，由水貨客親自帶領，此人跑慣江湖，手段圓滑，所有關卡均打點妥當，故一抵埗就像趕豬仔般把新客帶離營。

講到「豬仔籠」那就不能不講發生於戰後的「李福林將軍之子」的烏龍趣事，話說某年「豬仔籠」有新客疑染霍亂身亡，法國人立即如臨大敵，把「豬仔籠」的新客悉數轉移堤岸知用學校集中隔離，總之要遠離西貢，別讓法國人有機會感染。新客形同被囚禁，人人叫苦連天。

當中有一「豬仔」不甘失去自由，便向知用校長唐富言動腦筋，欺對方是老實人，乃自稱抗日名將李福林將軍之子李經緯，希望能享特權可自由離營，此事傳到西貢冰羅蘭街（巴士德街）中華領事館，剛獲自由恢復視事的尹總領事信以為真，哪敢怠慢，立刻驅車到知用探望，同時向法國當局關說，把這名自稱廣州市長李將軍之子接出來，奉為上賓，給他換上全新西裝革履，再陪同拜會中華總商會暨七府會館，一個本來無人聞問的「豬仔」，一夜之間變成新聞人物兼社會名人，說不威風就假。

戲子出身的李經緯口才了得，與人寒暄應對，有板有眼，尹總領事還帶他出席7月14日法國國慶酒會，把他介紹給洋官員認識，對當時多數為草包的華人來說，李經緯能夠參加洋人雞尾酒會，跟殖民大官寒暄握手，就是大人物一名，新聞紙亦似寫小說般天天連載這位李公子的八卦瑣事及拜訪活動，庶幾把他當作明星藝人。

跟尹總領事一樣，老華僑多數是老實人，但也不無人云亦云、跟紅頂白之輩，他們對祖國「名人」滿懷孺慕，想盡法子攀附，當時還有熱衷攀龍附鳳的人想把女兒許配給這位「哎呀」名將之後，更有人把金飾現款託他帶返唐山轉交親人，更有領事館某館員託以名貴金錶，求他轉交南京某官老爺，目的當然是透過孝敬之舉，博取日後平步青雲。

據老報人史人浩敘述，當時堤岸有某報老闆，託李經緯在香港訂購鯨魚牌新式滾筒印刷機一座，並主動把大筆訂金交託於他，只因對方吹牛說自己胞兄是省港緝私船隊長，貿易貨運有其兄長手令大可直出直入，豁免關稅，故其經營的貿易公司年年發大財，華人聽得撫掌稱羨，紛紛雙手送上金錢，要求入股其公司，李大炮有感自己鴻運當頭，財星高照，樂得大小通吃，照單全收可也。

豬籠入水，盆滿缽滿，李大炮意識到是時候見好就收，否則東窗事發必難脫身，於是他託辭家父有令，須盡早賦歸，船期一到此君果然立刻鬆人，惟那麼一走，就好比騎了城隍馬，再也不回頭。

可憐沒帶眼識人的華商還競相設宴給他餞行，李大炮飽嚐山珍海味，還收受大家的順風利是，他本人陶陶然如置身黃粱一夢，當初提著一個破舊藤篋箱子登上大中華，原本要去一個人地生疏地方落班，演一些跑龍套的閒角，只求三餐溫飽便滿足，豈知道卻糊里糊塗被捧為「大明星」，很多人還爭相給他送錢呢。

李經緯一去全無音訊，華僑終於醒覺自己上了老千的大當，什麼名將之後根本就是拆白黨。有靈通人士向省城打探，得悉大老粗李福林有18個老婆，但子嗣無李經緯，對方說奉父命來越探親，奇怪從未見其在越親人亮相，況且據查證，開口閉口都「丟那聲」的「爛口李將軍」，根本無親人在越。

後來省城有人來函踢爆李經緯的真實身分乃戲班小子，乘搭大中華來越，無非想找戲班落腳棲身，豈知卻遇上豬仔艙爆發疫症，當時為求盡早脫身，便胡亂編造身分，以為通關後就沒事，哪料斜刺裡殺出唐富言和尹鳳藻兩位程咬金，使得他的牛皮越吹越大，勢成騎虎，再加上當地華人也實在太好騙，李大炮有感人生如戲，既然帝皇將相演慣了，也就不妨多演一齣《李虎將之子越地尋親記》，周旋名人之間，見招拆招。最可憐是尹總領事因此事吃癟，廣受責難，羞愧得不敢見人。

老報人史人浩爆料說，食髓知味的李大炮後來崔護重來，尹總領事一聽嚇到臉青，急忙找人送錢給他，軟硬兼施，打發他盡速離越轉往金邊去，以致想請他噹噹「老拳大餐」的華僑始終無法如願，私下恨得牙癢癢。

李大炮離去之初，其西洋鏡尚未完全拆穿，報界因而爆發兩派筆戰，一派質疑李經緯是大炮友，另一派則堅信李公子絕無花假。在法亞電台主持節目，筆名叫水也先生的池信深，正屬於後者。此君外號肥佬池，能言善道，靠張嘴在電台搵食，故還有外號叫「大炮池」，所以當「大炮池」遇上「李大炮」，格外惺惺相惜。擅長打筆戰的中華日報總編輯余超群寫了一首七言絕句，把池水深大大挖苦一番：「水也先生信到深，自稱跟過李福林，小小拋磚引玉計，騙盡西堤報中人。」

查李福林將軍是目不識丁的正牌大天二，為了裝有學問，常作狀翻閱報紙，卻因把報紙倒置而鬧笑話。貴為將軍的他最喜演講，有次照稿子唸了頭幾個字就口啞啞，氣得當眾拍桌子大罵：「丟那聲，邊個寫埋啲字咁深，鬼識唸咩！」轉身著其副官接手代唸，但不忘好心提醒對方：「後生仔，好鬼多深字，你唸唔唸得曬呀？」

以上的新客趣聞，給當時社會上了寶貴的一課，教訓大家要帶眼識人，做人勿跟紅頂白、見高就拜、見低就踩，盲目攀附的結果有可能變賠了夫人又折兵。

西貢武夷危街的稅務總局，在法屬時期是移民局，亦即華人口中的新客衙門，每個唐山新客一離開森蕉碼頭就得來這裡辦身稅紙，常駐衙門的孖薦會為新客填寫表格，然而這些衙門駁腳的中越文相當水皮，遇上翻譯不來的姓名就亂給人家冠上阿牛、阿狗、蘇蝦、阿妹、阿花、阿仔之粗鄙叫法，反正新客不懂越文，又抱著過客心態，只要把紙張辦妥就行。

新客衙門右鄰有一家平民旅店叫公來棧，那是我家同鄉長輩鄭華興所開，裡面房間多數是兩格或三格的碌架床，專為新客提供棲身之所。鄰近廣肇公所街的郭源棧，也是新客落腳點，但主要服務潮州老鄉，兼營匯錢寄貨及家書代轉往返唐山。當中以公來棧生意最好，因店東的兒子鄭玖在新客衙門當孖薦，所以又叫孖薦玖，新客有事靠他幫忙，所以報到之後順理成章做了他家的住客。

新客衙門橫跨武夷危和公所街，左翼圍牆緊鄰黃叔抗街，沿街都是露天理髮攤，他們的工具是一具手動髮刨、一把剃刀、一塊刮皮、一碗爽身粉、一壺稀釋又稀釋的古龍水、幾支耳挖、然後是一面大鏡子。家祖母叫這行業是「大牆（樹）掛鏡」，常帶我來這裡理髮，老師傅剪得很細心，簌簌的剪刀聲很有節奏感，一把剃刀更是刮遍整張臉蛋（除了雙眉）。

新客安頓之後，第一件事就是來這兒理一個靚頭，然後開展人求事之新里程。舊時的人謀生，很重視端正儀容，切忌似「阿飛」，兩邊髮鬢一定要刨到「寸草不留」，否則會被人譏為長毛賊，而老闆就算怎孤寒，對伙記仔每月兩次的理髮錢是非給不可。

舊日社會人情味濃厚，初來埗到的新客即使舉目無親，又或身無分文，一般仍可有瓦棲身，不致淪落街頭，蒙受風吹雨打。

例如位於西貢廣肇學校街角，即悅來茶室隔鄰就有一家由潮商辛奇臣所設的散仔館，除了給居無定所的碼頭咕哩提供臨時住所，平時也收留新客，誰能吃得苦，隨時可到辛奇臣承包的森蕉四號碼頭開工，有了收入，日子當然不再彷徨。

西貢另外兩家散仔館分別位於蔡立成街和黎功喬街，前者收容裁縫業的台山人，後者收容餐廚業的海南鄉里。我上過黎功喬街海南散仔館找我家廚子「啤爹」，一到下午裡面就坐滿人，或高談闊論，或下棋打牌，廚子汗味滿佈屋內。

潮州人以吃苦耐勞見稱，故昔日碼頭全屬潮人天下，辛奇臣和翁典南更號稱碼頭兩大老虎，只是前者子孫缺乏克紹箕裘，以致港口地盤漸為後者所接管。辛奇臣為人四海，無地域觀念，本身是潮州人，卻熱衷捐助廣肇學校及西貢天后廟，他送幾個兒子入學，都是捨潮州義安，而擇粵人廣肇。

女性新客，多數獨沽一味打住家工，她們初來埗到會找上潮州街和羅腰街的姑婆屋求助。當時上流社會對媽姐需求很大，連官宦之家也聘媽姐，一來夠體面，二來夠安全。女新客無需是正式自梳女，只要穿上大襟衫和蓄一條長辮，不愁沒富戶僱聘。順化皇城及西貢獨立府的深宮也有媽姐的大襟衫身影，南芳皇后來法定居也把幾名忠心耿耿的唐山媽姐帶在身邊（據說南芳皇后是廣東媽姐帶大，她外祖母是廣東人）。

為何法國人偏愛聘用華人媽姐？事緣 1908 年鎮南關曾發生過一宗駭人投毒案，有越盟喬裝女傭，在法軍伙食投下大量砒霜，幾乎把一支法國炮兵殲滅掉，200 人中毒暈厥，70 人救不回，事後殖民當局到處抓人，連孫中山先生設在越北的革命根據地也無端受累，幾乎毀於一旦！從此法國人不聘越人任庖廚，所以海南廚師及媽姐大為吃香。

家祖父抵越時，雖屬新客，但不算舉目無親，我們有位曾姓姑丈公在西貢新街市西班牙街（黎聖宗街）開華記茶餐廳，家祖父就借華記暫作棲身。姑丈公很重鄉情，在屋後設有宿舍，常收留中山新客，等於半個散仔館。

家祖父通文墨，求職不難，未幾離開華記，前往章揚街 Cầu kho（直譯是貨倉橋）一位同宗長輩開的木廠任職管賬。因有內河運輸之便，章揚街沿河有多家廣東人開的木廠、柴碳廠、磚瓦廠、砂石廠，醬油廠等。若干年後，家祖父轉往東方匯理銀行在大買辦蘇天疇麾下任職文牘。

專做鳳凰單欉生意的古都街慶豐茶莊，常有潮州新客借宿，舊日每逢開飯時間，慶豐就會有不速之客到訪，管家得臨時增加碗筷，即使不是新客，而是路過者，只要打個招呼也可進來飽餐，主人家守住一份「鄉情比茶濃」的人情味，你肯來我家吃飯，是給我面子。

薄寮，蓄珍、河仙等省分，八成人口是潮州老鄉，他們做的農糧雜貨，如魚得水，成績斐然。每次老闆上堤岸辦貨，慶豐茶莊林老闆就會順口探詢鄉下有無需要人手，在那個講義氣的年代，朋友開到口，一般不會托手肘，於是新客一個接一個獲安排到薄寮扎根，很多人熬出頭來，成了富商巨賈，他們亦以過來人身分回饋其他新來鄉里。

其他潮州茶莊如護記、煌記、錦記、文記等也都一樣熱衷照顧自家鄉里，平時儘管省吃儉用，一講到接待家鄉來的新客，無人會吝嗇，而且視之為做人的起碼情義。再說那時的唐樓又大又深，多幾個人打地鋪或多擺幾張帆布床，一點也不成問題。

堤岸水兵街佛有緣齋菜館和中華油漆行的樓上，是一組相連互通的房子，此乃平泰廣肇義祠捐建人馮星符老醫師的物業，這裡也是收容粵人新客最多的宿舍，名字叫同德堂，新客到了這裡食住無憂。

馮星符的愛子馮安是留法建築師，手上工程多到做不完，所以同德堂新客大多投身「三行（木工、泥水、油漆）」，久而久之，該散仔館變成了「三行」的人力資源中心，幫助過不少人。只可惜同德堂的坐辦不但爛賭，且染上痲瘋，還串謀馮家不肖成員密謀奪取祖產，好好的一座同德堂搞到七國咁亂，結果關門大吉。

新客當中也有遇人不淑的女子，她們被賣進梅山街妓寨，變作鴇母的搖錢樹，不認命的女子會千方百計找上穗城會館求助，希望能早日脫離火坑，返鄉與家人團聚。遇此情事，馮星符老先生必親自處理，每次均能把她們送返香港保良局。廣肇善堂後來在銘石慈雲女院增建難女室，正是由大善人馮翁出資，以鶴山同鄉會名義捐贈，那是一座可收容十數人的平房，用於暫時安置走投無路或剛跳離火坑的飄零女子。

既然有唐山新客，那麼誰是唐山舊客？

那得追溯 17 世紀明朝敗亡的年代，廣東高廉雷三州總兵陳上川、龍門防城守將楊彥迪拒絕降清，各自率部逃亡入越，那兩次的大遷徙堪比鄭和下西洋，三寶太監動用 64 艘大船，陳上川和楊彥迪的船隊亦各有 50 艘之眾，浩浩蕩蕩登陸會安，阮朝君主不想他們留在順化，乃命其南下開疆拓土，把真臘人趕出其家園，所以越南今天擁有富饒的南方，唐山舊客居功至偉。第三批唐山舊客是莫玖帶領的舊部，他們遷徙至河仙開創「港口國」，把「海上大明」搬到越南來。

不論舊客或新客，全都來自海上，華人因此有 Ba Tàu 之稱謂。Ba Tàu 譯自法文的 Bateau（船），不知何故會變成華人的貶詞。其實 Ba Tàu 跟 Boat People 無兩樣。所以越人貶低華人為三船，毫無意義，只因你自己也是船民。

越人跟華人，本是同根生，千百年前是一家。不說大家不知，越南歷朝開國君主無一人不是唐山客。講述越南歷代皇朝興亡史，其實就是講述漢人在越南的治國史！

史書記載：甌駱國君主安陽王是古蜀王子，入越滅文郎，取代雄王自封為王；南越國君主趙佗為河北人；建大瞿越國兼開創越南首個統一皇朝的丁先皇是廣東人；李太祖（李公蘊）和陳太宗（陳煚）等是福建泉州人；吳朝始祖吳權是蜀人；莫太祖（莫登庸）是東莞人；胡朝開國君王胡季犛是浙江人。前黎太宗皇帝是四川人，後黎黎太祖是福建人；「兩阮紛爭」的「西山三傑」阮岳、阮侶、阮惠（隨母姓）是胡季犛第四代子孫，亦即浙江人。阮福映是福建人；後黎中興朝的兩大岳婿權臣阮淦和鄭檢均福建人；締創第一共和的吳廷琰曾向閩籍畫家吳公虎透露其先祖是文天祥的福建人舊部；越人也曾把越國大美人西施說成越南人，更勿說孔夫子了，人家大成至聖先師是在越南永隆出世呢！

總言之，越華一家，越人體內的血液九成九是來自唐山客。

皇軍來了的日子

1939 年元月，戴笠出動軍統的「十八羅漢」到河內追殺汪精衛，豈知誤中副車，曾仲鳴做了汪的替死鬼，汪氏夫婦隨即登上法輪福林哈芳號離越，再換日輪北光丸號全速逃往上海。

「十八羅漢」是由第一號殺人王陳恭澍率領，裡面既有神槍手，也有下毒專家，當中有一人叫方炳西，二戰後南來堤岸隱居，一家數口住在阮豸街一戶人家的閣樓，房東是服務越華報的陳姓老報人，眾所周知越華報是國民黨辦，方炳西順理成章成為該報顧問，當時堤岸華人識得方炳西身分者少之又少（戴笠到河內指揮刺汪，全程由方炳西開車護送）。

1939 年巴黎已淪陷，貝當元帥成立維琪傀儡政府，積極親德，消極友日。儘管有此關係，法國在印支的勢力仍然遭到日本蠶食，刺汪事件之後，日軍入越部署南進，完全不把法國印支總督戴古放在眼內。

戴古個性軟弱，懾於皇軍淫威，目睹海防華商如源泰林等被日軍洗劫一空，戴古自始至終噤若寒蟬。據說源泰林準備輸華的物資價值上千萬元，但因漢奸告密而遭皇軍全數充公，對重慶政府構成很大損失。

海防華人多災多難，戰前被日軍洗劫，戰後復遭兩次巷戰蹂躪，一次是盧漢國軍與重返越南的法軍交火，另一次是越盟與法軍在唐人街爆發巷戰，後者之役，華人死傷近千，失蹤兩三千人，兩百多房子被烈焰焚成廢墟，災情遠遠甚於 1968 年的戊申堤城戰火。當時臨危不亂的袁子健總領事高舉中華民國國旗，帶領海防華人老幼逃離戰區。

戴古為人是否怯懦無能？光憑他出賣尹鳳藻之事就已暴露無遺。

1941 年 9 月 25 日皇軍開入西貢，第一時間就是趕往西貢 Barbé 街（黎貴敦街）中華領事館，擬逮捕尹鳳藻及其部從，惟尹領事等人已先一步逃亡大叻，因該避暑勝地乃法國租界，外人進出須持通行證，照道理留在大叻會較安全。

日軍在 Barbés 街撲了一個空，就抓留守館員郭強等人，帶返知用學校晝夜用刑迫供，然後又向戴古施壓，戴古不敢得罪皇軍，把尹領事逃亡大叻之事密告日方，後者立即派遣兩大軍車官兵北上追捕，其時尹領事已轉移崑嵩省藏身，但最終還是逃不脫追捕，被轉送北方富良縣杜氏別墅軟禁，直至越南重光，歷三年另九個月。據說看守尹領事的軍曹是一名中國通，態度溫和，常與尹領事切磋詩詞歌賦，亦虧如此，尹領事才不致於落得如駐菲律賓、馬來西亞外交人員之下場，他們全遭毒手，無一倖存。

日軍對待南越華人，遠無在星馬地區之殘暴，原因越南盛產穀米糧食，日軍亟需越南人的合作，以滿足其前線後方的吃飯需求。當時越南所有穀米出口必須交由西貢三井、大林、大南等日資公司壟斷收購。

越南雖是亞洲糧倉，但忽然之間多了日本、台灣、滿洲國那麼多張嘴吃飯，自是僧多粥少，以致後來一場大洪水，越南便出現大饑荒，其時北方災情慘烈，冷血日軍竟下令禁止「南米北調」，釀成餓殍百萬。幸虧美國及時扔原子彈，迫日本投降，否則南方穀米繼續為日人台灣人的洗劫式搜購，餓殍恐怕不止百萬之數。

當時南方米較有百餘家，一半集中堤岸平東華人手裡，可憐的貧瘠北方，米較只有六家，全越吃糧就是要靠南方。

戰時南方米較商一直是入侵者的懷柔對象，給他們提供生意甜頭及安全保障、並且承諾代為追討被沒收的資產等，華商無人不動心，也許大家起初會為「被動」親日感到內疚，但時間一久就處之泰然。正如進戲院看映畫戲，開場向汪精衛及貝當頭像致敬，起初渾身不自在，惟多幾次就習慣成自然！

據估計，戰時越南來了 4000 台灣人，占駐越日軍五分之一，台人有些是正規日軍，更多是卑微的馬伕、軍伕、軍屬、此外還有給侵略者為虎作倀的台商及浪人。據外務省記載，日本投降時，駐越日軍已由數萬減至 4000 人，在越台人則仍有上千名！若非 1945 年元月發生沉船慘劇，在越台人會更多，其與日軍的比例肯定超過三分之一。當時一艘滿載台灣醫療人員的貨輪自高雄出發到越南，到了頭頓外海，遭盟軍戰艦轟沉，247 人葬身大海，僅 90 餘人獲救，死者全是醫生，是台灣醫療史最慘重的傷亡。

據史學家陳碧純的記載，戰時來越做生意的台商，以板橋林伯壽最具代表性。林氏偕其任職皇軍高官的長婿吳鴻裕，奉台灣總督府之命來越收購穀米。兩岳婿一抵越就拜會同鄉黃仲訓，原因林黃是鼓浪嶼舊識，同屬當地大業主，林氏還入住黃仲訓在河畔興建的 Majestic 大酒店。

仗著台灣總督府、日本防衛省、外務省作後盾，林伯壽在越創辦的源遠米較，具有「御用達」之特權。平東、平西、八里橋、迪吉等米較商必須與其合作，無權說不。同為閩南人的西南米較東主、穀米商會主席張振帆，也正好自廣州灣返抵西貢接受招撫，亦全力配合日人政策，加入林伯壽的米糧大搜掠。

至於與林伯壽交情深厚的黃仲訓本人有無附日？據我向黃家後人瞭解，對方說祖父一直婉拒日人的合作要求，其推搪的藉口是黃家上上下下都是法國公民，對華社極為陌生，故幫不上忙。汪偽駐越代表張永福、簡道墉、漢奸張振帆、陳清江等亦曾多次登門求見，冀能動之以鄉情，黃仲訓均盡力託辭迴避，見都不見。

當南洋變人間煉獄，越南與泰國則偏安一隅，特別是華人聚居的堤城，夜生活照樣多姿多彩，梅山街秦樓楚館充斥，水兵街亦賭檔遍佈，每當夜幕低垂，賭檔的煤油燈一點亮，民眾即如撲火飛蛾向大光燈圍聚，更勿說大世界的夜夜笙歌了。

日據年代，民眾除了爛賭，還普遍染上福壽膏之癖好。據法國檔案資料記載，1940年代堤城有煙館50家，分布參辦街、先川街、賽瓊林一帶，煙館出名有如雲、景陽岡、飄然、仙風等，癮君子浮沉毒海，不識人間何世。據說黃杰將軍（回台後歷任警備總司令、台灣省政府主席）當年落難南國，有人見到他偶爾會出入賽瓊林一帶的煙格。酒樓響局徵歌逐色，出飲花此去彼來，川流不息，整個社會笑貧不笑娼，胡天胡帝，醉生夢死。

當南洋戰事日熾，日軍在越南的換防亦趨頻繁，許多日軍在等候調動期間，到處溜達，吃遍街頭巷尾的雲吞麵、炒粿滷味等，他們蹲下來大快朵頤，離去前必付賬，一角錢也不欠。據老輩華人憶述，小販初見蘿蔔頭，很是害怕，見慣了反而欺對方傻頭傻腦，付賬時多索一元幾毫，這好比狐狸與獅子的伊索寓言故事，只有不瞭解對方才會產生畏懼。

堤城若干橫街小巷如先川街、匠人街等，屋子仍然保持廣州西關大屋的「趟櫳門」，既透風也透光，屋內大廳有人開桌打麻雀，街外人可一目了然。試過有日軍路過，心生好奇，禮貌要求戶主讓其進去作壁上觀，戶主不敢不從，只是有蘿蔔頭在旁，四圈麻雀任誰都會打得如坐針毯，翌日該日軍又招來同袍加入觀戰，戶主不堪困擾，第三天掛起免戰牌，連「趟櫳門」也掩起來，任日軍怎麼拍門都不回應，此一空城計竟然湊效，從此日軍不再來了。

當時西堤還有個「奇景」，每日傍晚四五時許，中華總商會憲兵部就有大批日軍結隊跑出來，奔上察路中衝街做徒步跑操練，人人背心短褲，毛巾圍頸，額頭綁上一條紅印白布條，模樣如孝子，邊跑邊唱。西貢舊街市森磨大道及河傍比利時街亦有此「奇景」，駐守白藤碼頭的三號部隊和信治部隊，每天夕陽西下之前一定結隊出來跑步，華人目睹皇軍賣力操練，很不是味道，一股國破家亡，何日方休之傷感，乍然浮上心頭！

某個燠熱難耐的晚上，廣肇醫院忽然闖進好幾輛日軍大卡車，上面載滿臭氣熏天的中國苦役，原來衛生惡劣的苦役營爆發霍亂，日軍害怕蔓延，立即把病人統統丟給廣肇醫院，管它能救回多少人命，其實抬下車的病人有不少已經氣絕，太平間一夜之間堆滿屍體，所有遺體均保持赤裸，相信是為了便於醫官檢查死者大腿鼠蹊有無腫核。當時還發生一件滑稽事，日軍把霍亂歸咎芒果，下令沒收街市所有芒果，那年全西堤的人沒芒果可吃。

送院病人當中有一人是廣州西關人士，他向馮風醫師哭訴本身遭遇稱，老婆和他在西關逛街，莫名其妙被擄，跟著被關進船艙，送來越南給皇軍當苦役，夫婦被分開囚禁，他從此再無對方音訊，他深夜常聞被台籍馬伕輪暴的女人慘叫聲，聽得他心膽俱裂，五內如焚，擔心自己老婆亦遭不測。

獲廣肇醫院自死亡邊緣救回來的中國苦役，過不多久又被日軍當成牲口運往南洋充當炮灰（幾乎有去無回），僅部分人留越，但也不代表安全，後來發生三九事變，他們被日軍抓去攻打堤岸梅花砲台及第四郡公安衙門（即後來的第五郡），實際上是給日軍充當人肉盾牌，每次交火，少有人能倖存下來，人間悲劇，真莫過於此。

在越台兵雖愛狐假虎威，還不算殘暴，印尼台兵才是魔鬼化身，他們專責虐待及處決戰俘，有個叫董長雄的台兵，戰後被戰俘指證殺人如麻，遭盟軍法庭判處絞刑。此外還有個叫李光輝的台兵戰後匿藏印尼深山長達卅載，1974 年才走出叢林，不過堅持效忠天王的他，對媒體仍然口硬宣稱：「日本沒戰敗，我要回日本。」

隨日軍入侵越南的台人，一般受過北京話、閩南話、廣府話的訓練，他們給憲兵部充當耳目，每次日軍上門抓人，他們陪同翻譯。華人若出事，家人會趕緊給台人送上金錢厚禮，懇求他們疏通憲兵部救人。當時有人因在背後偷偷講日軍的壞話，立即招來對方一頓毒打，原來該日軍是聽得懂粵語的台兵。

戰後有不少台籍漢奸歸化為閩商，繼續營商或投靠法國人做事。台灣拓殖社的台籍間諜還留越娶妻生子，當中有吳連義者，和平後跟部分日兵加入胡志明領導的越盟，繼續跟法國人開戰，這些人至死不肯放棄當皇民，然而他們對天王的忠心耿耿，沒換來日方的認同，戰後大撤退，很多台兵台諜被日方禁止登船。

戰時雖有華商依附皇軍發財，但亦有熱血青年加入華僑義勇軍或追隨邢森洲投身地下工作，當然越南的華僑義勇軍純屬小巫，跟星馬義勇軍的大巫是沒得比。還好，越南出現過永大行十七烈士、北方七十二烈士、會安十三烈士，在南洋抗日史冊裡，越南華人不至於完全交白卷。

講到堤岸永大行十七烈士事跡（按，永大行原址就是後來的同慶大道倫敦飯店，位於中行村巷口），不能不提近年出現的一個新說法，就是十七烈士之死是出於大漢奸張振帆所害，此說或可解釋戰後有那麼多漢奸不自殺，唯獨張氏和陳清江二人要自殺。

戰後西堤沐浴於勝利喜悅之中，忽然爆出張振帆、陳清江畏罪自殺的噩耗，全城皆感錯愕，有那麼多為虎作倀的台籍漢奸都不自殺，何以張陳傻到要吞槍自盡？據學者陳碧純揭發，張振帆是因出賣永大行十七烈士的行藏，擔心被鋤奸團抓送重慶打靶，故先行自我了斷。

張陳自殺之事，應追溯 1941 年的 9 月，其時尹領事有感日軍入侵越南迫在眉睫，為防範未然，趕緊護送愛國僑領到廣州灣法租界暫避風頭，當中有張振帆、顏子俊、朱繼興、何羅等人。所以當日軍鐵騎入越之後，欲找有頭面的華僑合作，發現全都人去樓空，大怒之下把僑領的在越家人統統關起來，再差遣汪偽僑務特使張永福前往廣州灣遊說逃亡僑領回貢，允諾只要誰回歸，誰的身家性命保證毫髮無損，僑領個個動心，未幾便紛紛整裝賦歸，公開附敵，西堤親日組織也冒起如雨後春筍。

日方最緊張的目標人物是西南米較東主張振帆，此君留學法國，身分銜頭包括七府會館十幫幫長、中華總商會會長、堤岸福建幫幫長，南圻穀米商會會長，且獲重慶遴選為國民參政會參議員，正是日方亟需拉攏合作的對象。據陳碧純的說法，張振帆回越是獲重慶授意，要他將計就計，扮演周佛海的角色，假意附日，暗中為重慶做事，表面上從事國際應酬，實則暗地掩護永大行的地下工作。

孰料事機不密，日軍獲漢奸告密，大怒之下把張振帆兩名花容月貌愛妾收押，威脅張振帆若不供出在越重慶間諜行蹤，就把張的「大喬小喬」送進堤岸梅山街及西貢森磨大道的「春乃家」（即自由太平洋書院及交通銀行原址）做慰安婦，張只好向日人低頭，供出永大行的祕密，袁均機關所立即派台籍間諜譚大同在永大行對面（麗聲戲院隔鄰）設牙醫所，日夜監視。據悉譚氏能說流暢粵語，曾多次陪同皇軍威脅要徵用廣肇醫院，然而這名大漢奸戰後人間蒸發，無人知其下落。

1944 年 10 月 20 日晚上，大批憲兵衝進永大行逮捕陳宇敬等一眾抗日烈士，且在廁所暗格搜出發報機，其他幾位不在場的烈士，稍後也都在西貢火車站落網。事件中一名小夥子陳毓墀剛好出外買宵夜，成為永大行的唯一漏網之魚，多年後他把自己的死裡逃生經歷，發表在台北自由僑聲。

據說永大行的物權為堤岸中國磨粉廠東主黎少達所有（曾任教中法學堂，資深報人黎繹榮叔父），有人說他是藍衣社出身，所以蔡林和謝靜生提出租借永大行作祕密聯絡站，獲他一口應允。陳宇敬也在拉架街開西餐廳，由胞妹陳麗端、李文山喬裝侍應，常駐收風。

烈士當中有霍健來者，是金邊五洲客棧老闆、廣肇惠學校校董，永大行事發之時，他在金邊忙於籌辦黃曼莉的明星話劇團在金山戲院登台，某夜日軍大隊人馬自西貢兼程趕至，把霍氏引誘到戲院外逮捕，強行押返堤岸中華總商會，與其他烈士一起囚禁。

兩周後，所有烈士被帶到潘廷逢街播音台門外空地處決，後來證實處決地點是邊和橡膠園，日軍令烈士各人自挖墓穴，然後一一斬首。據說指揮行刑的日本軍曹在埋屍地點種植一樹，後來就靠該樹辨認，起出烈士忠骸，但有兩烈士遺體失蹤，莫非兩人於千鈞一髮時刻獲日軍放走？又或逃出生天？

十七烈士之首陳宇敬，留學法國，就義前在西貢狗仔行（Descours et Cabaud）任職買辦，若非被內鬼出賣，其諜報員的行藏本該萬無一失。狗仔行表面是一家大五金貿易公司，實際是法國總參謀部的第二情報室（Deuxième Bureau），裡面臥虎藏龍，諜影幢幢。

二戰進入尾聲期間，每天中午時分盟機例必飛來落彈。家父大年初一上堤岸拜年，曾在半路堤岸 Nancy 街市遇上空襲，必須跳進擠迫不堪的防空壕躲避，他還記得街市中彈焚燒，死傷枕藉。西貢潘佩珠街亦挨盟機轟炸，有一印度老闆全家葬身火海。家父當時在東方匯理銀行上班，聽法國同事說，銀行天台架設防空炮，盟機一來，防空炮立即向天開火，操控射擊的日軍與炮架互鎖一起共存亡。

當時西堤富人若非在家內搭建沙包避難室，就是舉家遷往美拖、沙瀝、土龍木鄉間避難，特別是堤岸書信館和水兵街一帶的富人紛紛送家中婦孺落鄉。名中醫陸順堂、馮風等也遷往美拖，而美拖確為避難首選，只因美拖火車站就在堤岸大水鑊，乘搭方便，加上美拖有不少廣式茶樓，愛享受一盅兩件者，在美拖無一或缺，買一隻騸雞回家做白切雞，亦不致於像西貢要十多元那麼「揦脷」。

反常的是，當都市人紛紛逃往美拖，美拖的美景旅店老闆娘卻逆向跑來西貢辦貨，但遲不來，早不來，偏偏在盟機轟炸西貢新街市時來到現場，結果半座街市被炸塌，美景老闆娘亦不幸葬身瓦礫。

當時謠言滿天飛，一下子傳盟軍要轟炸左關發電站，一下子又說目標在食水廠。某天大水鑊醫院一帶居民也躁動不安，人人收拾細軟，慌忙遷出住所，原來有傳言說盟機將空襲當地的三個巨大儲水塔（粵人慣稱大水鑊），隨時會水淹七軍云云。

那時廣幫元老馮星符在新成街大煙囪腳開了一家建築器材公司，家裡白建一座寬敞地下防空壕，可容納親朋戚友及街坊鄰里一起來避難，但有心水清者提醒大家，萬一大水塔被炸，新成街將變澤國，躲在地窖豈不被淹死？馮星符老先生一聽，立即轉往羅庵陶瓷加工區的大別墅暫作棲身。

但還未來得及動身，忽然一大隊日軍登門求見，指揮官一見馮老先生，軍靴一合，咔一聲立正見禮，其身邊是南僑俱樂部主席陳清江，他客氣表示皇軍欲徵用馮老在富林的「十老會」別墅作為憲兵辦事處。該別墅為廣幫十元老平時打牌耍樂之處，不知如何為日軍查悉，要求徵用。既然肉在砧板上，馮府只好允其所求。到了日本投降，馮老也不敢把別墅要回，因聞說日軍將其別墅改裝為嚴刑拷打的拘留所，難保日後不會冤魂不息。

越南是日軍南進的樞紐，經常有一萬數千兵馬進出，日軍為解決士兵居住問題，不但要徵用學校及巨屋大宅，即便貧民窟也不放過。舊妹市姑江街有中華巷，九成住戶是「一家八口一張床」的貧戶，然而日軍一聲令下，全巷都要清空！西貢金珠戲院對面的一列房屋，曾一夜之間變成日人居所。和平街市亦然，日人鵲巢鳩占，把該街市變成了小東京。1970 年代和平街市又變成小台北，入住不少台灣官員技師。

當時在越南的日軍日僑，大力宣揚「雞蛋論」，目的說服大家接受其大東亞共榮政策。他們常在和平街市及西貢大陸酒店表演打雞蛋，說雞蛋未打之前，蛋白佔上風，包圍了蛋黃，但攪拌之後，蛋白不見了，剩下只有蛋黃，說明戰爭的最後勝利必然屬於黃皮膚的大東亞。但法國人對該雞蛋論，大多嗤之以鼻。

日據的那些年，物價天天漲，一罐雀巢煉奶由戰前的 1 角錢炒到 8 元，奢侈品如拔蘭地，一瓶由原價 2 元飆升為 400 元！那時盤尼西林還未面世，最受歡迎的花柳聖藥是德日研發的「606」針劑及「606 大掃把」藥膏，其次是白濁片「大健皇」，全都以十倍價格狂飆，但梅山街的尋芳客照買不誤，真個風流何價。

真藥材的炒賣，獲利已極豐，若是假藥材炒賣，其一本萬利更加不用說了。其時香港外海被水雷封鎖，運輸停擺，藥材貨源中斷，黑市價天天瘋漲。據老人家憶述，有人試過在大世界一晚輸掉相當兩公斤當歸的成千元，簽下賬單，翌日就把貨倉的兩公斤當歸拋售，結果扣除賭債，尚有500元可找，原來相隔短短一晚，當歸又漲價五成！

愛華酒樓對面的印度布商，因布料之奇貨可居，沒誰不發大財，當中有一家諧音為「暗戀生沙淋」的布商，老闆還娶了好幾個唐山人老婆。其時西洋布料漲價數十倍，等閒人穿不起，於是洋行白領紛紛卸下殖民式的奶白或啡色西裝長褲，改穿俗稱黃斜的卡其短褲，家父在法蘭西銀行上班，所有人員一律穿黃斜短衫短褲，頗似「大頭綠衣」的打扮。

舊日有那麼多福建人當漢奸，或許是由於台灣人來越活動之故，基於同聲同氣，在拉攏工作上乃事半功倍。日人在堤岸洗馬橋腳創辦南風雜誌，鼓吹親日，社長白永沛和其他員工均是台灣閩南人，南風筆桿子有林覃萍、林真、林宴春等合稱「南風三林」，聽說都是閩南人，也有人說林宴春是潮州人。

日本投降後，文化界親日分子全都下鄉躲避鋤奸團，南風雜誌的林覃萍屬其中之一，他說風聲過後才敢返回西貢，照舊投身新聞界，還任職國民黨媒體越華報，他也追隨忠義堂坐館蘇洪師傅擔任文膽，報界同行都說此人口才不俗，見縫插針，這類人不論什麼時勢均能生存。

有閩商溫偉南者，中法銀行大買辦溫如才之愛子，新加坡華僑，上海震旦畢業，精通法日英語，戰時投靠皇軍，有人說他任通譯，也有人說他專事策反，其每次出席中華總商會活動，必一身皇軍官服，懸掛佩刀一把，昂首闊步，非常神氣。不知何故此人戰後竟逃過鋤奸團的清算，且在六國舞廳任經理，妻子溫太是美國華橋，戰後自美來越定居，還把兩子送入西貢廣肇學校就讀，這位溫太曾在雲景舞廳任舞女大班，歡場中無人不識。惟溫如才就不得善終，晚年在堤岸金錢樓附近被倒退貨車撞倒而喪生。

除了閩籍商人，廣幫名流附日有梁康榮（中國日報創辦人）、劉增（幫長兼大世界業主）、何羅（南圻中華總商會會長）、關熾亭（河內商會長）等，這些人家大業大，再沒什麼比保住身家性命更重要。李光耀何嘗不一樣？猛學日文，就是為了替日人做事，戰後新加坡民眾到處追殺漢奸，不管李光耀有無為日本人做事，但他的確在該時間跳上英國貨船，去了倫敦，後來還在劍橋讀完法律歸來。

堤岸袁均機構所每逢招聘人手，應徵者眾，個個等著當漢奸，但也有人是假意投敵，暗中替國民黨辦事，在該機關所擔任情報局長的名報人史人浩，料是這類雙面人。其他報界名人趙志昂、鄺魯久亦曾服務袁鈞開辦的新東亞報，編字典的李文雄則投靠南風，他們是否雙面間諜？確叫人一頭霧水。中國日報記者霍建來、呂棠、許誠等，表面為皇軍做宣傳，實則重慶間諜，三人後來在永大行事件殺身成仁。

汪偽為了遊說張振帆返越附日，特委派南洋辛亥革命先驅張永福出馬，到越南展開活動。張氏原籍廣東饒平人，亦有說他是汕頭人（當過汕頭市長），乃新加坡樹膠園大老闆，與陳嘉庚合稱南洋兩大樹膠大王。他經常設宴邀請西堤名流暢飲，猛套交情，本土商人則仰慕對方是國父老友記，又是南洋樹膠大王，紛紛上前攀關係，他還以半個潮汕鄉里身分遊說潮州幫長朱繼興變節。

據國府檔案資料披露，除了朱繼興附日，遠東日報創報社長蔡某亦有跟進，並留在廣州灣幫日人刺探消息。馮風在其《西貢三十年》還披露報界尚有一位鄔姓報人也親日。此姓甚罕，又是報界人物，故很自然令人聯想此君可能就是遠東日報總編鄔某。

1944 年 8 月 25 日巴黎重光，駐越日軍擔心法國人下一步就是重返越南，與在越法軍裡應外合，對日軍全面反撲。其時盟機對西貢加緊轟炸，日方研判這未嘗不是盟軍登陸之前奏，乃決定先下手為強，擇定 1945 年 3 月 9 發動「三九事變」，正式篡掉整個印支殖民政府。

事變當天傍晚，日本駐印支大使松本俊一赴西貢七劃樓晤總督戴古商討白米貿易事宜，7 時告別，該大使忽然轉身給戴古留下最後通牒，命令法方於晚上 9 時正，亦即在兩小時內，必須解除所有武裝，接受日軍指揮，否則日方將採取軍事行動。

當時戴古還不太認真對待日人的最後通牒，欲以拖待變，以為事緩則圓！但是一板一眼的日本人哪吃這一套？時限一過，日方統帥土橋勇逸見未收到戴古發來的 3.3.3 電報（Ok 代碼，No 是 7.7.7），立即下令採取 Mei 行動，成隊日軍直闖七劃樓，逮捕了戴古及所有大小官員。

其實三九事變早有徵兆，當天所有戲院賭場一早已接獲日軍命令入黑前須停止營業。西貢的加甸那街，波拿街、薩尼街等整晚均見大軍車來回奔馳，車上滿載男女老幼白人，原來日軍展開 La Raffle，逐門逐戶搜捕法國僑民，把他們押送森蕉碼頭及梅花砲台集中囚禁。

堤城入夜亦槍聲卜卜，中華總商會周圍一帶更草木皆兵，日軍的長槍全都裝上長刀，在七府街口及書信館門外布防，翌日清晨市面冷清，早茶雖照開，但茶客個個忐忑。總督芳街娛樂戲院、水兵街第四郡行政廳（中國銀行原址），均張貼皇軍憲兵部的緊急通告，宣稱由於法國人不合作，日方全面接管越南，呼籲民眾守法，生活照常，通告還警告誰人盜竊，一律把手腕砍下來！

據說中法學堂門外有三輪車夫在街上撿了一枚貨車掉下的菠蘿，卻落在中法學堂門外日本守兵的眼中（該校被徵用作日方軍部），結果該車夫被日兵砍掉一手。至於盜竊貨倉者，那可是死罪，傳聞有數越人盜竊輪胎被抓，結果他們須挖坑自埋身軀，只露出頭顱，方便日軍斬首。從前春節隨大人到駙馬廟上香，常遇見沒手乞丐在廟外行乞，祖母小聲說他們的手是因偷東西被日本仔砍下來。台灣日據時代亦一樣，凡偷東西必被砍手。

三九事變發生，南方法兵不戰而降，北方法兵則頑抗到底，諒山指揮官羅伯上校，事變當晚前往敵營跟日軍上校共進晚餐，以為憑著餐桌上的樽俎折沖可把干戈化為玉帛，然而酒過三巡，壁上五音鐘響過九下，即9時到了，日人立即露出猙獰面目，揮刀把羅伯及翻譯的頭顱砍下來。

諒山同登之役，千名法兵以一敵十，逾半陣亡，被俘500人，包括樂蒙尼上校在內，日軍不顧國際公約竟將俘虜統統就地斬首，洶湧的鮮血填滿了狼煙四起的高原戰地壕溝。總督戴古於法國重光後被召回巴黎接受軍事審判，罪名是應變輕忽怠慢，引致己方在「三九事變」傷亡慘重。

三九事變給法兵帶來諒山慘敗之恥，說來湊巧，那天剛好是中法戰爭「諒山大撤退」之60週年，那年黑旗軍馮子材大敗法軍於諒山，4萬大軍準備乘勝追擊，直搗昇龍城，奈何當時清廷不明軍情，竟糊里糊塗簽下「中法條約」，本國人打勝仗，反而把越南藩屬拱手送給法國，滑稽乎？

三九事變陣亡法兵約 2650 人，淪為階下囚者有 3000 人，當中包括西貢偵探樓專責檢閱華文報章的情報官竇丹，後來獲釋回國，竟然一病不起，來不及完成明代馮夢龍的《喻世明言》《警世通言》《醒世恆言》等中國民間小說法譯本就撒手塵寰。老報人黎繹榮是竇丹的翻譯助手，他說殖民時代有兩位中國通，一位是竇丹，另一位是中法學堂首任校長羅珀少校，其妻張金鳳，乃四大平喉張月兒及富商李良臣太太張蝶兒之堂妹。

三九事變同年 8 月，廣島長崎吃原子彈，裕仁天皇宣布無條件投降，但西堤民眾仍朦查查，直至諾羅敦街日本新聞處貼出通告，才立即一傳十，十傳百，起初無人知道原子彈是什麼，只見日方在通告強烈指責美帝用原子彈屠殺大量平民，手段殘忍，違反人道。民眾才意識到原子彈一定是很厲害的武器，暗中竊喜，日本人也該有今天的折墮。

其實別說越南民眾，連當時毛澤東對原子彈也是不識貨，曾不屑稱原子彈是紙老虎，還斥責黨內同志觀察只憑表面，不如一名英國貴族。全世界相信只有老毛這個土包子取笑原子彈是紙老虎。1964 年中共試爆原子彈成功，美國左翼記者史諾問老毛可還記得詆毀原子彈是紙老虎，老毛非常尷尬，支吾其詞避答。老毛曾試圖慫恿赫魯曉夫向美國宣戰，說美國是紙老虎不足畏，但赫魯曉夫笑說這頭紙老虎可有兩隻原子彈門牙呢！

日本吃過原子彈翌日，東方匯理銀行一大清早的窗口現身一名叫米歇爾（Michel）的法國職員，向街外揮舞法國國旗，並且向樓下街道高呼 Vive la France，Vive la paix！但很快就被一隊日軍衝上銀行抓人。家父在銀行上班，目睹一切，領會戰爭終於結束了。

三九事變發生前，日軍強制全城民眾交出家中的收音機，不過仍有少數人不從，米歇爾是其中一人，他把收音機藏起來，深夜偷聽國外廣播，所以他是最先一批獲悉日本投降的人。

戰爭一結束，盟機一連幾天飛臨西貢，空投戰爭結束了的傳單，全城終於爆發狂歡，家家戶戶競相點燃鞭炮慶祝，堤岸不分晝夜瀰漫了鞭炮的硝煙，賽瓊林門外圓環更搭建舞台，由滯越省港伶人輪番登台，通宵演出粵劇慶祝蔣委員長領導八年抗戰勝利！

戰後的鋤奸團曾活躍一時，梅山街尾有一對砂煲兄弟叫陳珊珊和江海龍，乃花縣人士，賣武出身，江氏在文武大臣街口開跌打醫館，當時馮文傑還未在巴哩街設館，區內一帶的跌打生意由他包辦，名氣不弱。和平後兩人宣稱獲重慶授權組鋤奸團，開著一輛車頭插了青天白日旗和鋤奸團幟號的老爺車，招搖過市，四出拍富商的大門，勒索錢財。中醫公會在中國戲院舉辦建國籌款，兩人還登台表演氣功，風頭甚健。

戰後報紙紛紛復刊，揭發漢奸罪行成為每天的熱聞，若干記者編輯可能窮怕了，紛紛鑽空子發財，他們加入國民黨辦的媒體如正道報等，以撰文揭發作恐嚇手段，四出敲詐商界，當時大買辦蘇天疇就經常有記者來求見，他們客氣說剛完成一篇聲討漢奸的特稿，欲求蘇買辦過目賜教，內容矛頭指向誰，蘇天疇豈有不知之理？無奈之下，只好從抽屜拿出大信封將對方打發走。蘇太太於戰時確曾偕名流太太團，一齊前往共和球場給日兵獻花，然而在鬼子刺刀下，心底即使有一萬個不情願，也不得不從。

南和興船務公司東主兼潮州幫長翁典南，戰後被國民黨列入漢奸名單，原因翁氏乃船運界龍頭，旗下駁塞貨船數百艘，有人指責他曾幫助日軍運送穀米，事件鬧得沸沸揚揚，幸虧其子翁業宏，黃埔軍校出身，戰後以軍官身分復員返越，後來還獲派巴黎擔任國府駐法武官（退役後出任越南紗廠總經理），其妻李梅是宋美齡的義女，就憑這些響亮銜頭，翁老先生最終安然無事。

老實說在那個求助無門的亂世，翁氏一介商人，面對日軍的咄咄相迫，焉能螳臂當車，向侵略者說不？據坊間傳說，就連總商會的何羅、鄭錫祺，在刺刀底下也曾敷衍或應酬過日本人，不過他們也憑這關係幫助過不少華人解決危難，若遽爾指責他們是漢奸未免太隨便。

相對星馬漢奸一個個橫屍街頭，越南漢奸算很幸運。日軍惱怒新加坡華僑義勇軍的頑抗，沒與12萬英軍一齊棄械投降，所以一開入城就進行屠殺，14天內殺人逾萬，整場戰爭華人遭殺害5到10萬，戰後憤怒的民眾到處追殺如喪家之犬的漢奸及日兵，有成萬人被活生生打死。法國重光的頭一年也有成萬人被民眾私下處決，交際花則被剃頭遊街，備受凌辱及侵害。

反觀越南，除了張陳二人自殺外（據說河內也有一龔姓僑領自盡），不聞有其他漢奸被秋後算賬，他們仍然馬照跑、舞照跳，繼續扮演社會名流。據聞廣幫幫長鄺仲榮生時曾說過一句滿腹牢騷話：「下次有戰爭，要做漢奸，不要做烈士！」

入籍風波吳朝恨

禁止從事魚肉買賣。
禁止從事雜貨買賣。
禁止從事柴碳買賣。
禁止從事燃油買賣。
禁止從事當鋪買賣。
禁止從事布料買賣。
禁止從事銅鐵買賣。
禁止從事米較買賣。
禁止從事五穀買賣。
禁止從事運輸買賣。
禁止從事仲介買賣。
禁令排山倒海而至，觸目驚心嗎？

為了強迫華僑入籍，1956 年 9 月 6 日吳廷琰透過 53 號喻令頒布以上 11 項買賣禁令，警告華僑若不入籍，所有買賣休想經營。其時吳廷琰的身分仍是首相，尚未正式登上總統寶座，但已急不及待磨刀霍霍指向華人，反而法國人、印度人、爪哇人，雖與華僑同屬外僑，卻獲豁免禁令之外。

鐵腕治國的吳廷琰，還給 11 項禁令祭出嚴厲配套，禁令的前半部在 6 個月內貫徹實施，下半部則於 12 個月後相繼生效，有觸犯禁令者一律嚴懲，罰款由 5 萬元至 500 萬元，越人若給華商充當持牌代理人，一旦查獲，必須面對半年至三年的刑罰。

其實諭令真正實施又豈止 11 項？剃頭燙髮、南無道士、棺材燈籠、茶葉汽水等本不屬禁令之內，但警察執法由他們說了算，要禁就禁，從無溫和疏導，不從者就封鋪抓人。

該 53 號諭令還擴張到華校及華人醫院，老師若無官方發給的合格教員證，一律不許授課，很多教中文的華僑老師，本身來自唐山，對越文一竅不通，如何經得起越南教員證的考核？那豈不要癱瘓所有華校的中文授課？

1957 年 8 月，徐勁、夏筱峰、彭綿秀、王爵榮、李煥、王賓楹、秦教中、劉備誠、左達明、王婉芳、楊叔暉等 12 位華醫，接獲越南醫師工會的停業通知，理由是華醫尚未歸化越籍。國府公使館出面向越南衛生部交涉，才稍獲放寬，但換上另一刁難措施，就是華籍醫生必須落鄉服務公立醫院，月薪兩萬元，跟本土醫師一視同仁，工餘才可在外面私人行醫，若表現良好，半年後可獲准回首都行醫，限期一年，期滿再申請。由於華醫很多被逼落鄉服務，造成堤岸五幫醫院幾無華醫駐診，連華人辦的產育院也受停業威脅，做接生的「執媽」人人自危。

面對吳廷琰政府之反覆無常，蔣恩鎧公使常一籌莫展。吳廷琰、阮玉書、阮文瓚等人經常口徑不一致，善變且賴皮，據說大脾氣的蔣公使有次氣得把公事包擲向阮玉書的總理辦公室玻璃門，然後悻悻然離去。

當時的阮玉書一身兼三職，既是副總統，也是國務部長（總理），又是經濟商務部長，他在馮興街中華總商會召開華商會議，說政府已有全盤計劃，大家別指望以拖待變，政府立場堅定，入籍政策會貫徹到底，諸位要否繼續營商？決定權在諸位手中。

對於泰山壓頂的 11 項禁令，華人一改過去逆來順受之溫馴，以不合作運動來回應，雖云大家已成俎上魚肉，但人人不畏損失，以消極的罷賣方式來杯葛政府！

丫字橋正興屠場未落成之前，西貢屠宰牲口就靠華人控制的阮太學街屠場（城志學校隔鄰），結果因響應罷市，連屠場也關門停業。街市的鮮肉、糧油、雞鴨蛋、雜貨等華人攤檔若非退回牌照，就是轉讓越人，大家咬緊牙關，以焦土方式欲迫使政府讓步。

華人展開焦土鬥爭，放任街市十室九空，雖有越人填補空缺，但開鋪僅一兩月就結束，當時越人懂做生意者寥寥無幾。其實華人本身也付出很大代價，歌壇舞榭、戲院酒樓，晚晚拍烏蠅，入夜街道水靜鵝飛，華商茶飯不思，頗有天大地大無處容身之哀歎。

據中華總商會統計，當時華人雜貨店有上千家停業，越人接手不到總額的一成，市面可以沒金鋪酒樓，但不能沒雜貨店，對民生影響極大。華人司機勿說不准開巴士及計程車，就算開車送貨也被禁止，當時的堤城恍如今天的平壤：「有路無車」。

吳廷琰的禁令讓經濟蒙受極大摧殘，越人紛紛失業，反映受害者不局限華人，素無積穀防饑習慣的越人，叫苦連天，當華人仍在吃「穀種（儲糧）」，越人已經三餐不繼。

當時大家準備台灣撤僑，亦防財產被吳廷琰充公，所以紛紛把銀行存款提走一空。據官方資料記述，由1956年11月至1957年7月各家銀行存款被提走15億元，相當貨幣總流量的六分之一！據說越幣在香港外匯市場也遭受狙擊，匯率由1956年底的36越盾兌1美元，8個月後貶為90越盾兌1美元，黑市匯率更跌破100大關！

貿易公司倒閉成風，銀行壞賬暴增，資金周轉嚴峻，越商見勢色不對，組團向吳廷琰進諫，籲入籍政策勿操之過急。華盛頓也派人來貢勸吳氏兄弟勿過分打壓華僑，恐危及亞洲反共聯盟的大團結，而且越共中共都樂見西貢和台北的關係破裂。

當時華人小販手停口停，陷入困境，國府公使館和穗城等華校發動募捐救濟 20 萬華人小販，以示同舟共濟精神。當時校方要求每位學生捐最少 20 元，若學生說自己雙親無能為力，校方會約見家長施壓，無奈其時所有人都泥菩薩過江，很多學生的父母也是罷賣的街市小販，自顧尚且不暇，何來餘力支援其他人？

中正醫院西醫師劉備誠為保住行醫執照，甘願吃苦，下鄉到歸仁開診所，殊不知後來連他自己也不想回西貢了，原來他的診所天天塞爆來求醫的村民，個個盛讚他是再世華佗，本地越南軍醫看了很不是味道，使盡辦法逼劉氏返貢，免他長留歸仁，令本土醫生冇得撈。劉備誠是在一艘豪華郵輪認識了越南兆豐行老闆陳立矩，大家同屬震旦校友，一見投緣，適逢陳立矩籌創中正醫院，遂邀劉備誠來越為中院懸壺濟世。

早期的南越是無本土華人西醫，所有西醫師均為蘇浙人士的「外江佬」，他們畢業上海震旦，並曾赴法深造。在廣院駐診的外江醫師夏筱峰，後來娶了越妻，本打算在越落地歸根，惟南越大變天，故只好移民法國終老。

唯恐天下不亂的越媒，指越南入籍法遭到東南亞華僑聯合杯葛，致令 4 萬噸越南大米運到香港被打回頭，轉往新加坡又吃閉門羹，這些假新聞的確挑起本土人的民族情意結。事實上貨物一落船，出口商即可兌現銀行信用狀，把錢拿到手，而身為買方的香港，沒理由付了錢卻不收貨？怎麼都說不通嘛。當時的潘光旦博士對華僑入籍持相反意見，他擔心頭腦精明華僑一旦成為公民，以後越南的命運更加受其左右大局。

像其他新興國家領袖，吳廷琰最愛玩弄民粹，為了建立民族英雄形象，吳廷琰對打壓外來族群，永遠只有升級而無適可而止，這人就只差沒做出印尼蘇哈托的血腥大清洗。吳廷瑈夫婦心腸很差，竟建議把拒絕入籍的華人關進集中營。恰逢香港天文台雜誌陳孝威將軍來拜會，力勸此策猶如德國納粹黨，一旦實施，南越將喪失國際的支持。

當初能夠赴美尋求支援，吳廷琰全靠三位貴人之助，他們就是前北洋將軍陳孝威、台灣樞機主教于斌、意大利裔神父雷震遠。

為逃避越盟及法國人的夾殺，吳廷琰 1950 年流亡海外，政治生涯陷於低谷，差點要去羅馬出家，幸虧獲得雷震遠神父的指引，先後認識于斌大主教和香港天文台雜誌社長陳孝威，聽說經于陳之穿針引線，吳廷琰赴美拜會政界教父——紐約紅衣主教斯貝爾曼（扶植過南韓李承晚），透過他跟中情局長杜勒斯搭上關係，並取得其信任，回越奪權，掃蕩平川，再藉假公投把保大皇廢黜，從此南越河山成為吳朝天下，所以陳孝威和雷震遠是吳廷琰的大貴人。雷震遠留在西貢創辦自由太平洋學校，並在入籍風波扮演調停角色，但作用始終有限。

1956 年 10 月 26 日是吳廷琰的總統就職大典，西貢市政廳廣場舞龍舞獅，喜氣洋洋，觀禮台有兩張特定貴賓椅是留給陳孝威和雷神父。只不過慶典上有一幕街頭劇，是一個唐山新客挑著竹籮，下身圍著草蓆，以剛來埗到的大鄉里模樣出場，舉止滑稽，明顯是要藉此貶低唐山來的新客，未知陳孝威看了有何感想？

素喜錦上添花，陳孝威最愛給政界大人物送贈吹捧詩詞，為了賀吳母九秩大壽，他撰了一幅對聯送吳：《白水起真人，撫黎庶同登壽域；瑤池登皇母，看兒曹整頓乾坤。》遣詞用字，離不開中國人的瑤池聖母，也不管吳母本身是一名虔誠天主教徒。

除了于斌大主教和陳孝威，本土華人如李佳衡、黃亞生、馬國宣、阮樂化、郭松德等均先後幫過吳廷琰，若無他們的義氣相挺，吳廷琰說不定終生只是一名普通神父，但吳對華人的恩義卻以強迫入籍作回報，此人如劉邦，鳥盡則弓藏，卸磨即殺驢。後來他們兩兄弟逃出嘉隆府，即使走投無路也無面目向中華民國駐越大使館求庇。

吳廷琰曾向宗兄吳公虎畫家透露，自己是華裔，先祖是文天祥的福建舊部。然而雙重性格的他卻憎恨華人，也許他想藉排華來自我塑造愛國者形象，希望贏得北方人認同，為未來可能落實日內瓦條約而舉辦全國大選預先鋪路，華人對他只是犧牲品。

其實華人被強制入籍，追根究底，在於中共的輸出革命，插手人家內戰之故。吳廷琰擔心華人會成為中共的第五縱隊，而這項憂慮普遍存在各東南亞國家，若中共不奉行馬克思路線，不推動全世界無產階級起來革命，相信人家不會排華。

黃亞生部隊掃盪平川，戰鬥力出色，也啟發了吳廷琰，何不強迫華人入籍，再把他們送上戰場剿共？另外有人說華校童軍合辦的反共大遊行，從共和球場出發徒步操往西貢，步伐整齊，氣勢昂揚，比南越軍人有過之而無不及，令吳更加希望華人入伍，效力共和國。

另有說法又稱，吳廷琰任首相期間某天到下六省視察，傍晚回程路經大水鑊醫院，囑咐司機開上總督芳街、孔子大道、同慶大道，環繞堤城遊車河。吳發現華燈初上的堤岸一片昇平，街道五光十色，酒樓戲院生意滔滔，女人穿大襟衫及旗袍，漢字招牌隨處可見，吳氏滿肚酸溜溜，開始鑽牛角尖，認為越南人在前方吃苦打仗，華人卻留在大後方發財及夜夜笙歌，還完整保留生活習慣，吳氏遂決心同化華人，男丁適齡就得入伍！

總統府華人事務專員阮文璜是出了名的排華大將，此人每現身堤岸必張牙舞爪，威脅誰不入籍，就沒收誰的牌稅紙，或乾脆送上一頂親共紅帽子！其最專橫一次是威脅華人餅家，稱老闆若不入籍，連嫁女餅也不准售。南無道院亦然，道士若不歸化，連打齋捉鬼也被禁止。長生店老闆也遭其恐嚇，要就入籍，要就棺材生意別想做。有傳聞說，阮文璜因自幼被華人父親遺棄，故憎恨父親，連帶也憎恨華人。

阮文璜最為華人熟知的，是大鬧知用學校，他用手槍指著唐富言校長胸口作狀恐嚇（勞子雅老師說，當年偵探樓法國公安大鬧義安學校，也曾大模斯樣交叉雙腿放在他的桌子上，一邊講話一邊用手槍柄「咯咯咯」敲打木桌），唐校長曾與日兵周旋，戰後又被左翼學生用鐵錘敲頭，所以他不為所懼，與阮文璜發生頂撞，崇正總會會長鍾裕光在七府公所也大膽頂撞阮文璜，還好那年代無勞改營，也無秋後算賬。

入籍期限迫近，阮文璜加緊在西貢市政廳召見各行各業代表，連何允中、曾柏堅等醫師亦邀為座上客，會議由何富明任翻譯。阮文璜和國務部長阮玉書最喜歡互唱雙簧，前者拍檯拍凳，演大黑臉，當國府公使出面干預，後者就走出來唱白臉來打圓場。

可憐華僑有段期間連睡覺也不安寧，三更半夜常有保長（鄰家長）引領兇神惡煞的「綠衣」來拍門查戶口紙，假如哪戶人家未入籍，警察就疾言厲色，高聲恫嚇，華僑不懂越語，被嚇得囁嚅老半天說不出話來。家父的身稅紙就是在查戶口時被警察沒收，翌日前往舊伍倫警察局欲領回，結果要在警局繳費兼印指模，辦妥入籍才獲准離去。走進警局是華僑，步出警局是越南公民，人生的一切變化，原來在於一道進出的門。

蔣恩鎧是被阮玉書氣走了，華僑只好把希望寄託在新任大使袁子健身上，希望國府能盡力護僑，護不了僑就撤僑，一些不耐煩等候的人，已開始移民金邊或永珍謀生，僅少數人願返已被赤化的唐山。那時的照相館生意滔滔，人人需要大頭照來辦理華僑證或撤僑紙張，公使館天天人山人海，登記收費 20 元，山大斬埋有柴，公使館忽然多了一筆意外之財。

1957 年 2 月 28 日是入籍登記的最後期限，自願入籍僅百餘人，反而登記撤僑的人數多達 14 萬，吳廷琰暴跳如雷，馬上升高打壓。左翼團體趁機煽動華青指責國府出賣華僑，知用和義安的進步學生受老師唆使，在校內張貼打倒吳廷琰和袁子健的標語，鬥爭運動，一時風起雲湧。

同年 5 月 3 日，一批憤怒工人學生包圍西貢公使館，催促袁子健立刻驅車前往總統府跟吳廷琰協商，有約 50 多名憤青還強占公使館歷時三天（左翼組織誇說有成千人），搗毀設備，跟外面警察形成尖銳對峙。公使館屋後的鴨蛋巷居民因憐年輕人的困獸鬥，偷偷把麵包汽水隔著圍牆丟進公使館後院，給抗爭者充飢解渴，袁子健後來也著人給青年人送水及食物。

三天對峙時間一過，南越警方取得袁子健的授權，闖入公使館見人就抓。但另一說法則稱，袁子健答允確保抗爭者的安全，入夜用大貨車把抗爭人群載到堤岸大光戲院門外，待戲院散場就把車上的人放走，讓他們混入觀眾人潮中逃逸。左翼南亞日報記者張英，後來著書坦認當年包圍公使館的行動是解聯在幕後一手策動的。

風波平息後，華社的政治風向從此出現很大轉變，因共產黨的分化及宣傳，華社由親國府轉而親共，並寄望後者革命成功，屆時華人即可恢復華僑身分，不必再為兵役煩惱，部分天真華人還加入了地下活動。

1957 年 8 月 1 日國府撤僑行動起跑，然而才開始了兩個梯次就碰上吳廷琰訪美歸來，他得知阮玉書給撤僑亮綠燈，竟大怒喊停。吳廷琰嘴巴說不入籍就請走人，但到人家要走，他又反悔說台灣撤僑得先撤獄中的華人共產黨員，台灣當然拒絕，撤僑變兩頭唔到岸，最終不了了之。

國府撤僑本來預訂兩三萬人，結果僅撤 578 人就落幕，當中有 46 人是自費撤僑，他們比兩梯次撤僑還要早，裡面有個年僅 7 歲的祥仔，他是廣肇公所董事施潮根的愛子。祥仔的最年幼撤僑紀錄，直至 1978 年 8 月被 6 歲的郭忠健打破，健仔是國府「仁德撤僑專案」之最年幼者。

吳廷琰破壞撤僑的殺手鐧，也曾被卡斯特羅使用，你美國要收容難民嗎？我就把本國的囚犯、傷殘、精神病患送去美國。中共 1978 年與越南交惡，派船撤僑，亦被越方要求優先撤走獄中兩百名親中僑黨。道義上，中共的確有責任撤走他們，但中共對他們棄如敝屣，不予聞問。

想當年，華人寄望國府撤僑，個個以為就快去台灣，於是臨急抱佛腳惡補國語，堤岸的國語速成班馬上應運而生，古汝驅老師在梅山街百川學校辦的國語夜校班晚晚爆棚。葛蘭在《空中小姐》唱的「我愛台灣同胞呀，唱個台灣調，海岸線長山又高……」傳遍全球華校，也成為大家的國語學習入門，我初學國語亦先學唱《台灣小調》。

為了說服華僑融入越南大家庭，記不起是哪份越文報，竟發表孔子是越南人之驚人偉論，該報還說孔子非山東曲阜出世，而是在南越永隆！所以 19 世紀福建明鄉人潘清簡在翰林院編纂國史時在永隆興建孔廟，且年年舉行春秋二祭。舊時越南仕人參加科舉，即使中了個小秀才，也會帶領全村老幼齊齊拜祭孔子，酬謝文曲星對本村的庇護。

南方本有三座文廟（孔廟），除了永隆，還有邊和及西貢草禽園各一座。草禽園的孔廟有胡璉大使親題的「萬世師表」牌匾，每年孔聖誕均見天主教徒的阮文紹來此上香，以示尊儒。吳廷琰 1960 年赴台拜訪蔣介石，也曾吐露他要提倡孔學反共之理想。可惜變天後越中交惡，越南積極去中國化，萬世師表像被搬走，孔廟變雄王廟。與孔廟相對的博物館也被去中國化，楹聯：「南天國粹千秋在，越地物華萬古存（最初版本是：「亞東古董美術稽實學，越南人種博物得奇觀」）」被鏟除。連張永記中學大門兩邊的漢字：「孔孟綱常須刻骨，西歐科學要銘心。」也一樣不倖免。近年政治氣候開放，永福省帶頭復興孔教，當地新建的孔廟據聞耗資1500萬美元。

舊時西堤華校盛行敬拜孔子，我入學首日曾在孔子的鏡像前手執毛筆，由曹碧雲老師從旁引導書寫「上大人、孔乙己」，然後給班上同學分派「見面禮」糖果。

二戰前的華校，每月的第一天各校都會把全校學生召集起來，一齊向孔子鏡像行禮，孔聖誕當晚熱鬧如元宵燈節，各校有燈籠大遊行。

話說撤僑壽終正寢，入籍成了定局，大家亦想通了，既然選擇越土作為安身立命之所，何不歸化越籍，跟越人一起打拼？山不轉路轉，路不轉人轉，最重要是順應時勢，反正兩個中國都救不了華人。

當入籍期限進入倒數，人們由起初的堅決抵制，一變為競相趕在期限前辦妥入籍，穗城動員學生在隔鄰婆廟擺設幾張桌子，幫忙華僑填寫入籍表格，有時學生忙不過來，姓名一欄填上阿牛、阿狗、阿妹、阿花……反正華人都不懂越文，無暇細顧，只求盡快把紙張辦妥，免得被罰。

不諱言，有很多老唐山對入籍懷有巨大心理障礙，覺得歸化為越民是有辱祖先，有些阿公辦入籍時仍堅持穿四袋唐裝，以示身在曹營心在漢，但也因此招來越人衙差的挖苦：「哈哈，阿伯，入籍後要學吃 Nước Mắm（越南魚露）啊！」阿伯情何以堪，乃可想象。

有位唐山大叔梁君，在九江是「大天二」，入籍時滿肚子氣，在印下指模的一刹那，突然血氣猛湧，暈倒現場，差點得了半身不遂。大買辦黃履中因入籍之事，亦五內如焚，尤其目睹自己創辦的中山同鄉會接獲解散令，竟然氣到一病不起，撒手塵寰。

華人歸化了越籍，照道理幫產應等同越南公民財產，享有法律保護才對。然而吳廷琰卻不如此想，仍把華人的幫產視為外僑資產，威脅要全部充公。吳廷琰對待華人之不可理喻及忘恩負義，由此可見。

吳廷琰解散中華理事會和所有同鄉會，接下來向華校開刀，嚴格限制華語授課時數，規定女生須穿越南長衫，跟男生一樣每週一都要行升旗禮。華女穿 Áo Dài 變越南妹，很多華人家長接受得非常辛苦。

那時校方每逢接獲教育部官員將來巡視之通報，全校如臨大敵，老師為免教育部找麻煩，催促我們七手八腳把華語課本藏起來，但教室一目了然，如何收藏？大家只好把課本往懷裡、屁股、褲管裡亂塞，個個變小胖子。當年全校之緊張兮兮應變，今天回想起來，覺得滿好玩的！

入籍之後的堤岸，輪到越文班應運而生。李文雄在借庫廟對面的振中學校開辦 Việt ngữ tam nguyệt thông 即「越語三月通」速成班，主要教日常會話，例如：Ông có bạc lẻ không ?Tôi có bạc cắc và giấy một đồng. Ông làm ơn đổi dùm cho tôi một tấm giấy cent（Giấy cent 是法式越語，指 100 元大鈔）等。

李文雄實應多謝吳廷琰，拜其入籍政策之賜，他的越語速成班生意滔滔，除此之外他還給華校老師包辦教育部認可的教員證。義安、崇正、穗城、鶴山等不少華文老師都來光顧振中買此「吃飯證件」。我朋友在振中讀完速成班，竟也能買得一張教員證，有資格當人之患！

順應時勢的越南之聲，增設越語教學節目，敦聘李文雄，崔瀟然、施達志輪流主持，非常叫座。我最記得施達志老先生的越北煙屎腔廣播，無時無刻不痰上頸，相當難聽，給大家留下很深刻的印象。

論越文國學造詣，李文雄堪稱首屈一指！李氏是越南曠世巨著《金雲翹傳》的「金學」專家，凡收聽過他在電台主持教學的聽眾，想必仍會記得李老師吟誦《金雲翹傳》六八詩歌之娓娓動聽：Trăm năm, trong cõi người ta, Chữ tài, chữ mệnh, khéo là ghét nhau. Trải qua một cuộc bể dâu, Những điều trông thấy mà đau đớn lòng（生年不滿百，才命兩相妨，滄桑多變幻，觸目事堪傷）……抑揚頓挫，腔韻悠揚，讓人聽出耳油。

巴逼街市的賴錦越語速成班，每逢入夜也是朗朗書聲盈耳。佛山酒樓所在的匠人街有黃龍會考班，專為應付小學聯考而設，考中率很高。法屬時期華人不讀越文，到吳廷琰上台才惡補，以前華人普遍不懂越文，誰若考獲一張越文小學文憑，可當白領文員，那時的小學文憑是須要通過聯考，跟中學的「秀才會考」差不多，華人考面試一定要把吳廷琰的幾首個人崇拜歌曲唱到爛熟於胸，不過華人常栽在 Chánh tả 默寫這一關。

Cầu Kho 街市的阮文魁學校開辦初中夜校，有不少堤岸青年報名入讀，美心夜總會的劇作家黃詩書年輕時也曾在該校任教越文，聽說此人很有音樂急才，在志和監房大夥兒淋浴，也能即興作曲。該校的黃攸老師，留學上海，英法文俱佳，專長英文劍橋會考，當時英文未成大氣候，有資格教英文劍橋會考的華越老師如鳳毛麟角，堤岸有何文英和溫志達，西貢就要數黃攸，不過黃老師的英語，一開口就是越法混雜的濃重怪腔。

1962 年獨立府被叛變空軍炸塌一半，吳廷琰立即飛台求援，請求國軍派人來越為其御林軍加強空防訓練，以致當時獨立府每到吃飯時間，總有一桌子是留給台灣軍事顧問團。說來吳廷琰也真夠臉皮厚，對華人咄咄相迫，竟還好意思向中華民國求援。

吳廷琰求完台灣，轉身又求美國給予援助，俾能收購由張維岳等華商集資創建的越南紗廠之 51% 股權，不過他又浩歎政府即使有錢也欠人材接管紗廠。還好有顧問向吳氏進諫，越南紗廠初獲成就，仍須繼續增資擴充，不如耐心點，等它養肥了才吃掉。

吳廷琰的顧問還說，華人六家醫院全是賠錢貨，所有大小醫療器材添置，以及醫師護士工人薪資，開支龐大，全須華人自掏腰包支付，醫院一天無捐獻及資產收益，一天也撐不下去，政府無必要收歸國有，徒增財政負擔，吳廷琰覺得言之成理，這才暫緩凍結或充公華人的醫院及幫產。事實上，華人的六家醫院對社會貢獻至鉅，廣院有病床 900 張、六邑和福善各有病床 600 張，大家均維持一個共同默契，就是無論如何要保留三分之一床位供免費服務，造福對象不分畛域族裔，一視同仁。

吳廷琰有兩大詬病，除了專制獨裁，還縱容家人斂財弄權。早年侵油區安平街尾有一別墅，乃大軍閥七遠的華人軍師何聚（鬼仔聚）所持有，吳廷琰沒收後，改裝成臭名昭著的黑衙門，交由其胞兄吳廷瑈自順化遙控，警權隻手遮天，連全國警總 OMA 也不放在眼內，衙差全是順化中圻佬，專向華人擇肥而噬。近在咫尺的同慶老闆曾被召進裡面喝咖啡呢，後來該衙門遷往華華學校，名聲更加狼藉，華商聞之色變。

吳廷琡身為聖牧司鐸，又是順化教區主教，卻滿身銅臭，所作所為盡是邪惡之事。當法國人撤退，財產要帶出境非常不容易，他們只好求助這位嗜財如命的主教出面關說，事成之後，重酬孝敬，自不待言。

包攬中圻所有肉桂木材生意，吳廷琡仍不滿足，尚把黑手伸到南方搜刮油水，他當過永隆代牧主教，在當地很吃得開，所以法國人在永隆留下的橡膠園全落入他手。此外，西貢阮惠大道的 TAX 集商行及自由街的 Albert Portail 書局（春秋書局）亦被這名主教巧立名目，據為私有。

吳廷琡也跟弟婦瑈夫人共同染指福隆及邊和的木材開發，且指揮軍隊為木林看守及運輸。吳廷琰亦知其兄貪婪腐敗，但他屢屢砌詞護短，說兄長這樣做無非為大叻大學籌募辦學經費，用心良苦。

吳廷琰縱容兄長巧取豪奪，是為了報答手足恩義，當年他流亡美國，拙於跟白人打交道，每次拜會均由吳廷琡代為發言，尤其懇求紐約樞機主教斯貝爾曼幫忙引薦 CIA 的巨頭，他更須倚重兄長出馬，原因兄長與斯貝爾曼是羅馬神學院的同窗。

吳廷琡最喜以教會名義強迫募捐，舉凡「戰略邑」興建、獨立府重建、其本人晉鐸25 週年銀慶等，華商都被他當羊牯來宰。其時我家在西貢雪廠街開關仔，亦曾被逼捐獻 500 元助獨立府重建，這筆錢可等於我的全年學費。神職人員陳三省透露，吳廷琡曾強迫官宦名流認購其晉鐸銀慶餐券，每張 5000 大元。逃過政變死劫的吳廷琡流亡梵蒂岡到 1970 年代因與教廷鬧翻，遂轉往美國定居至 1984 年底，以 87 高齡「善終」。

吳廷琰親弟吳廷瑾有中區暴君之稱，他住的大莊園，加設祕密牢獄八座，全屬暗無天日的坑洞，專門用來囚禁越共及異議人士，少有人能活著離開。吳廷瑾莊園植有數千橘樹，結的果子特別甜，據說是用屍體施肥之故。此君亦為走私大王，己方士兵上陣抗共，他在後方走私大米給越共，寮國走私鴉片入越也須靠他護航。

美國人為扶掖吳廷琰政府，每年除提供軍費，還提供經濟援助，這些好處均落在吳廷琡、吳廷瑾手裡，兩兄弟把美援優先分配給自己在順化的狐群狗黨，以致有段時期的西貢潮州街，忽然多了由中圻佬開設的貿易公司，他們不懂做生意，卻手持大筆公價美元配額，於是他們成為華人拉攏合作的對象，那些順化佬覺得華人可靠，雙方遂一拍即合。

從那時候起，水兵街的百貨公司櫥窗忽然冒出許多讓人眼前一亮的日本及荷蘭電器如原子粒收音機、電熨斗、櫃式唱片機、冰箱、縫衣車等，這正是華商利用中圻佬的美元配額之進口成果。本錢充裕的華商更利用該關係自法德日進口新式工業裝備，致力開廠發展製造業。

當西貢嘉隆府炮聲隆隆，吳廷瑾知大事不妙，急忙躲進美國駐順化領事館，杜高智將軍親自北上捉拿，杜對美國人說若不交出吳，難保民眾不衝進領事館把吳廷瑾活捉，假惺惺的美國人表面三推四搪，最後還是把吳廷瑾送交軍委會，亦即借刀殺人，把這隻無用的棋子除掉。翌年五月在送上刑場前，吳廷瑾已中風癱瘓，猶如半死。其實順化民眾對杜高智亦恨之入骨，因杜有分指揮軍隊用硫酸毒液（鏹水）殺害佛教徒。

1963 年政變成功，楊文明為淡化軍人干政色彩，延攬吳廷琰的副手阮玉書律師出任臨時總理，這人很識時務，上任第一天就給華人帶來好消息，宣布廢除「不合時宜」的中華事務專署（排華機構）。楊文明兩次接見中華總商會和十幫主席，保證日後華人有自由選擇國籍的權利，可惜該承諾未及兌現，翌年楊文明被羊咩鬚將軍阮慶推翻。

吳廷琰有兩名心狠手辣的心腹，他們都是醫生，一個是陳金線，另一個是裴建信，均是華人開罪不得的人物。

以社會政治研究院作幌子的陳金線，實際是總統府四號辦公室的情報頭子，常藉詞緝私，敲詐華人。昔日寮國走私入越的瑞士黃金，必須懂得「孝敬」他，換取其護航。華人子弟欲出國留學，亦須求他審批（阮文紹時期則是鄧文光。）1962 年頭獨立府被投彈，吳廷琰一家幾乎喪命，陳金線因情蒐失職，被吳廷琰放逐到開羅出任大使，陳心有不甘，過境香港時向在港越南華人厚顏求助，從此留港不歸，直至吳廷琰倒台。

為吳廷琰擔任御醫的裴建信博士，在堤岸五指燈開了一家藥房，獨沽一味只售「信博士白樹驅風油 Dầu Bác sĩ Tín」，他也是吳朝大特務（兒子留美卻投共），華人藥油商無人不怕他，不懂孝敬者就別想立足。

講起藥油，從前民智落後，人們有事無事都愛塗擦藥油。平時每逢牙痛，最愛用蘸了二天堂藥油的棉團填塞蛀齒，靠藥油的嗎啡來止痛。有些越人臨斷氣前也要在鼻子擦油，我的越文老師杜式廣下午授課時，最喜索藥油來驅除睡意，若非索雙十油，就是索松鼠油或萬金油。我們頑皮男生伸手吃老師的藤鞭之前，雙掌先擦滿藥油，以為可止痛，實則相反，傷痕遇上薄荷，痛楚更甚，我們都是這樣傻乎乎長大過來的。

話說回頭，評論吳廷琰的功過，得五五開，他雖然排華，但華人在他治下，治安極佳，文化薪傳及新聞業的百花齊放，堪稱空前，也是絕後！華人電影院無處不在，國粵語片多到看不完。無論是否窮鄉僻壤，到處都有僑教的瑯瑯書聲。華人實須慶幸，吳廷琰到底是受過儒家熏陶的人，對華人來說，吳時代是最壞的時代，也是最好的時代！

亂世方知生男惡

越戰年代，華人的最大痛苦莫過於兵役問題，當時政界經常責難華人貪生怕死，只沉迷發財，一講到保家衛國就個個溜之大吉。

然而在那個「男兒征戰幾人回」之亂世，誰不怕當兵？並不是人人都能做到「笑臥沙場君莫笑」之豁達豪邁！

無可否認，華人逃兵役甚眾，但並非人人如此，華人投身戎馬而戰死疆場者為數不少，昔日越南國會爆發華人不當兵之爭議，張偉智、彭光甫等華人議員要求指責者前往邊和軍人公墓瞭解真相，請他們在每座華兵墓插上一炷香，看看是否插到天黑都無法把香插遍華兵的新墳舊塚？

讀過越史的人都知道華人祖輩為越國捐軀不知凡幾，否則越南近代史未必是今天的版本，也未必會有阮朝嘉隆皇帝之誕生，更無後來的南北大一統。歷史又告訴我們，介入越南的兄弟鬩墻，華人多數沒好下場。

當年鄭成功舊部流亡越南，獲阮主收容及批准其南下開疆拓土，建立自己的新家園，所以當阮主有難，華人率眾北上勤王，連效忠西山朝的忠義軍首領李才也倒戈率兵來歸，大家合力護送太子阮福暘回嘉定登基為新政王，邊和屯墾區華人聞訊亦扶老攜幼趕來嘉定，擁護阮朝建國，本來荒涼不堪的嘉定城就靠華人的開山劈石，篳路藍縷，得以建設為百商雲集的柴棍（Saigon）雛形。

惟華人擁護阮主卻激怒阮岳、阮惠、阮呂領導的西山朝，嘉定城偏安僅十載就招來西山兵的屠殺報復，數萬華人被追殺，由嘉定城一路追殺到邊和、檳椥、美拖，遺下的無數屍體，堵塞了終日飲泣不斷的同奈河，也染紅了屯墾區的百里焦土，鄭懷德在《嘉定城通誌》記載稱，西山軍屠殺華人數萬計，同奈河因浮屍淤塞而斷流，沿河居民幾個月都不敢吃河中魚蝦。

經歷過血淚的教訓，近代華人抗拒當兵確情有可原，介入人家兄弟鬩牆，等於當夾心人，結局必然只可共患難，不可共富貴。

其實躲兵役跟坐牢無異，日子難熬，哪有機會發財？有些兵役男因匿藏太久而行為乖異，苦了母親要到處拜託親友做媒，給兒子找一房老實人媳婦，好讓兒子獲得正常人的宣洩。亂世之中，生女勝於生男，起碼可免除兵役的煩惱。恰如杜甫《兵車行》之歎息：「信知生男惡，反是生女好，生女猶得嫁比鄰，生男埋沒隨百草。」

回憶那個年代，警察經常三更半夜突襲查戶口紙，砰砰砰的急速拍門聲，深夜聽來如厲鬼索命。警察每次夤夜「造訪」，均是一場貓捉老鼠之驚險遊戲上演！從睡夢中驚醒的兵役仔只有一分鐘時間把自己藏起來，有人跳進水缸，頭上頂著幾張大鈔準備孝敬掀開缸蓋的警察，也有人鑽進木床或牆壁的暗格，更有人施展飛簷走壁功夫攀上屋頂！記得我堂叔三更半夜被抓，祖母向惡警苦苦求情，對方不斷咆哮直至收下賄賂才閉嘴。祖母的哀求聲及警察的喝罵聲，堂叔的臉如死灰，今天仍深印我腦海。

兒子的兵役問題，可說費盡天下父母心，人們節衣縮食，省下的錢就是為了張羅辦法，保住兒子免上戰場。大街小巷的神棍，常是為人父母者的求助對象。廟宇永遠香火鼎盛，母親來給兒子作福或求平安符，從無間斷，作為妻子的，唸經茹素，希望良人自沙場早日平安歸來團聚。

平西街市的五公主常有做母親的漏夜來領號碼，翌日白天，再把兒子的衣服帶來給五公主作法加持，以便兒子穿上了可趨吉避凶。其實五公號稱「神醫」，卻不識自醫，每次病了，她自己可不吃香爐灰，而是往求何少中醫師給她把脈開方。

記得有次我在溫陵會館門外碰到好同學的母親，她含淚說久久收不到兒子的戰地家書，日夜牽腸掛肚，唯一能做的是把兒子的衣服帶到觀音廟去求太歲，可想象得到，當老人家匍匐下拜，猛叩響頭，滿頭銀絲與裊裊青煙互相縈繞，那是怎麼一幅催人淚下的傷心畫面？

華人對越共懷有幻想，主要是因為老共曾承諾得天下之日會讓華人恢復華僑身分，換句話，讓華人豁免軍事義務。早年的地下組織「愛聯」及「解聯」也是以華僑來命名，包括所有文宣，從來只稱華僑而無華人字眼。

隨著戰事升級，徵兵的年齡層不斷擴大，警察還天天上街截查紙張，當然也趁機大撈油水。華人逃兵役的手法，可說五花八門，包括拿未成年弟弟的出生紙李代桃僵，或想法子找到一獨居老婆婆認自己是她的獨子，以便申請免疫，當然酬金是不可少。還有是買假 Học Bạ（學業證明）來申請就學緩役，以致當時學店冒起如雨後春筍，賽瓊林樓上的首科動、借庫廟對面的振中等校，均在這方面大展鴻圖。

最絕的逃兵役手法是裝瘋瘋。我有位長輩找上邊和瘋瘋院院長，花重金購買一張瘋病人證件，獲准終身免疫。有人則買通洪龐肺癆醫院及光中軍訓營醫生，把真正肺癆患者的 X 光圖片來個偷龍轉鳳，換到行賄者名下來取得免疫，而真正肺癆漢則糊里糊塗被送上戰場。

我有另一朋友更神通，未入伍之前頻頻看精神科醫生，把一大疊診單留下來，然後向光中訓練營軍醫出示，結果他被轉往共和醫院精神科作進一步核實，有段時間他是跟在戰場被嚇傻的美軍關在一起，吃好住好，不知有多舒適。他父親又設法把該醫院的精神科買通，我朋友終於獲「證實」得了精神分裂症，從此他「傻人有傻福」，出院後無需當兵，還領了護照，港台越飛來飛去做生意，羨慕死其他「心智正常」的人。

越戰年代最愛看星島畫報及 Life 雜誌的越戰圖片，尤其溪生戰役的報導，有次看到美國大兵受不住敵人晝夜炮轟而精神崩潰，在戰壕外手舞足蹈的圖片，非常震撼，後來類似圖片全被塗上黑墨！

美軍不想溪生變成第二個奠邊府，曾考慮使用原子彈。其實美國曾有過好幾次想在越南使用原子彈，除了奠邊府戰場，還有 1959 年胡志明走廊被發現之初，五角大廈曾盤算過應否使用原子彈來逼老共投降。

巴黎的 Art TV 頻道曾播過一輯越戰紀錄片，一名越共退役女軍官在鏡頭前透露，當美軍 B52 日夜轟炸 17 度緯線戰區，他們躲在最深層的地穴，精神崩潰，以致男男女女都豁出去在地穴集體做愛，行動完全失去常性！參加過諒山戰役的中國解放軍也曾撰書坦述，越共炮火令他們崩潰，試過自殘肢體，佯裝作戰受傷，懇求退下火線。

講到自殘肢體，越南人叫 Tự hủy，最為常見的方法是趁兩軍交鋒之際，用敵人的俄製 AK47 向自己肢體發射。另一方法是在入伍前找人把自己右手食指砍斷。據說堤岸澤街有豬肉鋪老闆，不想兒子當炮灰，擇定吉日，親自給兒子「壯士斷指」，那時自殘肢體是要坐牢的。

另有朋友認識一名軍醫，對方說有一種藥水可令眼睛暫時失明，朋友也就大膽一試，暫時先瞎一眼，待過了服役年齡，再求軍醫予以復原。豈知過得一年半載南越解放，該軍醫亦人間蒸發，朋友後來到處求醫，無奈右眼已瞎，無法復原。

富家子避兵役之最佳辦法是出國升學，否則就「冚艙」到香港，兩者代價不菲，尤以前者為甚。

僑委會以優惠措施鼓勵越南僑生入讀台灣各大專院校，並且每年在阮樂化神父開辦的啟智英文學校舉辦回台升學聯考，與考者非常踴躍，只不過家境清寒的學生考中了也是枉然，無錢疏通，休想獲批准出國。

阮高奇主政期間，對法國戴高樂政府承認越北政權，大為光火，於是下令把赴法升學大門關上，讓當時許多自法文學校出來的學子無所適從，最後只好退而求其次轉赴比利時升學。

當時華人送子弟出國升學，必須找到渠道疏通總統府安寧秘書長鄧文光這一關，他的一個批文簽字叫價 100 萬，但有說他實際到手一半，另一半進了仲介人口袋。人人都說鄧文光是大貪官，但是他流亡魁北克期間，卻窮到要在飯館洗碗，還被留學生追打。

我的一位世伯與總統府機要幕僚阮廷昌是至交，對方是民主黨副黨魁，亦是為民醫院副董事長。眾所周知，民主黨和為民醫院的首腦，分別由阮文紹夫婦擔任，所以阮廷昌稱得上是宮邸派領袖，權力大得只消一個電話，就可查封任何一家報館或民間組織，我世伯每次出國只消給阮廷昌打電話，翌日就有勤務兵把辦妥的護照送來我世伯家。

阮廷昌還用總統府名義簽發一般有效期為三或六個月的「特別事務令」，給華人朋友逛街使用。我有一友人在西貢舊街市賣西裝布，他持鄧文光將軍簽發的「特別事務令」逛街，不但通行無阻，警察見了還立正敬禮，把敝友當作總統府的大內密探！

很多人花錢去買一個「太子兵（越人叫 Lính sữa，即牛奶兵）」來當，即不用上戰場的軍中優差，一般是勤務兵，給上司開車，還包送其家人出入。因警察不打仗，叫價也很高。我有位瓊裔朋友，買了一個都城警察來當，以為無需上陣面對槍林彈雨，豈知剛上任就碰上戊申戰役，他被派增援賽瓊林戰區，朋友嚇得魂不附體，在孔子大道躲起來，由頭到尾不發一彈，事後被移送軍事法庭，坐了好幾個月的軍監。

中華民國護照在越戰很吃香，一本護照炒到成百萬元，是許多兵役仔的「護身符」，而且誰拿台灣護照，不愁沒女朋友。後來護照越發越濫，街上到處是「台灣人」，警察豈會不疑心？照樣開口索賄，所以那時持有台灣護照者，出門還是要左望右望，口袋更須備妥用以賄賂警察的鈔票。

有關護照買賣傳聞甚多，坊間有人把矛頭指向大使館的羅武官，怪他買賣護照牟利。他在處理忠貞僑領、文教界、武裝自衛隊的大撤退，尤其嚴重失職，以致令許多忠貞人士滯留陷區受到迫害。我在歐洲見過羅武官，曾想追問當年之事，但他以往事俱往矣，不願提及。

當時在西堤流通的台灣護照，有部分是來自駐金邊大使館。龍諾政變成功，柬台恢復建交，不少華人紛紛到台灣駐金邊大使館申辦護照，只因持台灣護照前往星馬泰可免簽證。後來局勢緊張，台灣護照在西堤更加炙手可熱，其時張德勳武官在金邊簽發的幾百本台灣護照，不知如何統統流入西貢，被人拿去高價炒賣，還供不應求呢。

台灣護照吃香，柬埔寨護照也走俏，有旅行社大做護照走私生意發大財，辦法是旅行社為兵役仔先購妥一本柬國護照，再送往柬越接壤的鸚鵡嘴巴域市海關蓋章作實，於是這本護照的出入境紀錄全部齊備，兵役仔拿到手後，就以金邊旅客身分從新山一機場登上飛香港或台北的航機，費用為 200 萬越元。

對華人來說，南越幸虧有柬埔寨為鄰，兵役仔不想留在越南當兵，多數人選擇出走金邊。

吳廷琰上台後，華人青年出走金邊成風，堤岸七府街有人常駐承辦護送，人齊了就開車，眾人共乘一車先到西貢偵探樓辦理過關紙，再循下六省公路前往安江朱篤，再經新關，順著永昌河入柬。後來，巴域市變成兵役仔母子的探望窗口，牽腸掛肚的母親自西貢長途跋涉到西寧黑婆山，再進入鸚鵡嘴巴域市與愛兒相會。

該市屬三不管地帶，許多國產水貨如英雄牌鋼筆、牡丹暖水壺等都是從該市集流入堤岸。母子的片刻團聚，往往換來淚眼相對或抱頭痛哭之心酸場面，這些情景看在跨境巡邏的美國特種部隊眼中，禁不住一臉迷惑，不解為何偏僻之地會有那麼多穿大襟衫華婦哭哭啼啼與兒子相會。

「冚艙」又稱「屈蛇」，意指屈蹝如蛇藏匿艙底或貨櫃。

當「冚艙」蔚為熱潮，偷渡金邊的門路便受到冷落，畢竟金邊很落後，年輕人若可選擇，當然會選香港這個大英帝國殖民地。但「冚艙」費用隨著局勢水漲船高，由起初30萬元飆升至後來100萬元，付不起費用的兵役仔，最後不得不回頭選擇前進金邊。

每名「冚艙」人蛇，收費由50萬至100萬，若一船滿載百人，乃成億元的交易，怪不得「冚艙」獲得頭頓、歸仁、芽莊、峴港等沿海城市的軍政首長全力配合。當中又以峴港和頭頓最猖獗，我識的好幾個朋友北上峴港跟人蛇組織搵食，一人還遇上自己的穗城老師，原來他放下教鞭到峴港組織屈蛇。當時沿海的軍區司令為了錢，願提供官邸窩藏人蛇，天入黑就派軍車把人蛇載往碼頭，再由軍艇或漁船送出公海，轉登台灣貨船，人蛇在漆黑中轉船，有人在左搖右擺的舷梯上失足，墮海溺亡或永遠失蹤。

此外，也有軍區司令動用直升機把他們送到公海貨船上空，他們就得秀出自己的「特種部隊」本領，從高空往下跳，當時是黑夜，僅靠船上的微弱燈光照明，所以跳船極端危險，若遇上風浪，人蛇跳機，搞不好沒在甲板著陸，而是掉進大海被波濤捲走。

我在巴黎唐人街認識一個叫「貔貅」的老人家，他告訴我壯年時給台灣貨船當水手，其任務就是在甲板鋪上厚厚床褥，然後接應從空而降的人蛇，他說如果風高浪急，加上夜黑如墨，跳機的後生仔很容易摔斷手腳或掉進大海。當時人蛇為了尋找自由新天地，無路可退，唯有藉著勇敢一跳來改變自己的命運！

人蛇進入香港水域，轉乘駁艇登陸，我的幾個朋友是靠蜑家人的機帆接應，在佐敦碼頭的垃圾山登岸，他是戊申年戰役之後才抵港，那時港九隧道還未通車。人蛇為掩飾越人身分，常詭稱游水落香港的大陸人，那時港英政府很通融，街上沒截查，偷渡客不論來自何處，只須能證明在香港打工滿七年即可申請綠印，然後是黑印，享永久居留。

誰還記得 1970 年「101 冚艙案」？事件一曝光，越南舉國嘩然，華人逃兵役的問題，再次上了各報頭條，成為輿論的箭靶。

事緣香港海關人員截查一艘準備泊岸的台灣貨船，用尖銳米插逐個貨箱大力戳幾下，忽然其中一個貨箱發出有人喊痛的一聲「哎呀」，事件因而敗露，艙底原來窩藏人蛇101名！此一醜聞令華人幾乎抬不起頭，經此事件，「冚艙」一度偃旗息鼓，待風頭火勢過去了，才又死灰復燃，但收費則三級跳。

最不幸的一次「冚艙」，鬧出許多人命，只怪商人貪得無厭及草菅人命，「冚艙」超載，活像沙丁魚的50名人蛇被悶死於艙底夾層。臨變天前的最後一趟「冚艙」，亦功虧一簣，百多名人蛇被查獲，港英政府把他們全數遣返西貢，一個也不准留港，大部分人不願回越當炮灰，曾在香港營房展開無限期絕食作絕望抗爭。

1975年4月中區戰局危如累卵，南方政府到處抓壯丁，一批堤岸兵役仔等不及「冚艙」船期，竟飛蛾撲火逃入金邊，住進龍諾將軍黃姓妻舅開的華僑客棧，惟不旋踵金邊就淪陷，赤柬大舉驅逐人口下鄉，堤岸仔人生路不熟，又不懂柬語，結果這夥自投虎口的越華青年，全都下落不明。

金邊華裔難民逃亡至柬越邊界的鴻御、河良、為了過關，全都冒充越僑，中報自己叫阮文二或陳氏三，其實他們的口音全露出馬腳，只不過越兵心腸軟，收下一點茶錢就通融放行，那時黑衫兵在旁虎視眈眈，一見誰報稱中國人就帶走，所以那時華人打死都不敢認中國人，其實中共也從不承認印支華人是中國人，是華人自己一廂情願而已。

1978年夏，越中交惡，胡志明市委書記梅志壽在記者會曾回嗆中共對越南排華之指責，梅質問中共若真心愛護華僑，為何柬國華僑慘遭赤柬大屠殺，北京不敢吭聲，梅志壽所言一針見血，中國共產黨就是那麼可惡，目睹華僑淪入地獄，完全無動於衷，還說華僑已歸化當地國，不再是中國人，又叫自己僑幹以大局為重——忍。

兵役仔生涯，不啻一部血淚交織的小說，寶貴青春被糟蹋，過的是沒陽光的生活。夜裡最害怕警察如臨大敵來搜屋，多數人是半睡半醒，那種東躲西藏之痛苦，跟二戰歐洲猶太人的處境頗為相似。面對一個荒謬的世界，人，別無選擇，只好荒謬地活著。

當越共的坦克車耀武揚威地開進西貢，我在自家陽台看到滿街奔跑的青年人，他們膚色蒼白，一看就知是久違了陽光的兵役仔，人人歡天喜地慶祝戰爭結束，不管以後世道怎麼壞，總之告別不人道的匿兵生涯，就是做人的最大滿足！

紅塵富貴險中求

1966 年北越總理范文同赴北京向毛澤東乞求軍援，訴苦國內無美金向泰柬購入大米，老毛聽了大手一揮，指示國務院盡速為越南同志解決無美金購米的問題。其時文革方興，大陸每天有 5000 飢民從大陸冒死逃亡香港，但對老毛來說，自己人民無米下鍋，怎重要得過援越抗美？

有了第一筆美金，河內便成立 B29 機構，專門處理中共慷慨贈予且不用償還的巨額美金，B29 的掌櫃阮日鴻經常飛北京提款，他說每次進入指定的銀行，出來時手中便多了一個裝滿美金的箱子。但有次出了事，他提著過百萬美金經瀋陽準備搭船返河內，卻遇上紅衛兵劫船，他被禁錮了一星期，幸虧北京出手拯救，才不致人財兩失。

1972 年武文傑飛河內向黎筍懇求軍費，並說若有美元可購買美製武器反過來打美帝，那就最過癮不過了（據傳南越裝甲總司令阮文全為了美金曾不惜把己方美製裝甲車走私給越共。）黎筍立即轉頭指示副總理黎清毅把美金拿給六民（武文傑），黎清毅答 B29 庫房剩下 200 萬美元，相信夠令六哥滿意了，當六哥新任祕書范文雄接過 200 萬美金，喜不自勝，馬上寫下簽收：「Nhận đủ 2 tấn A（收妥兩公噸 A）。」當然該筆綠油油美金並非天跌下來的，而是來自中共的慷慨贈予。

中共援越，人家要坦克大炮，就慷慨給坦克大炮（攻破南越獨立宮大門的 T59 坦克是中共製造），人家要美金，就爽快給美金，總之有求必應，慷慨程度遠甚美國對待阮文紹政權，虧阮日鴻還抱怨中共要越方開口才給錢，聽了讓人啼笑皆非，有錢拿還怪對方不夠主動。

據 B29 檔案解密指出，自 1964 至 1975 期間，中共援越美金前後合計 6 億 2604 萬 2653 美元，全都是花碌碌現鈔。

戰爭是燒錢競賽遊戲，即使如此，越戰結束之日，B29 庫房不但未見空虛，還有 5000 萬美元盈餘，另外 B2 及 V 戰區的庫房盈餘亦相同，足見中共援越之驚人慷慨，美金多到任你越南怎麼燒都燒不完，實不知中共哪來這麼多美金，若用於本國人民，別說吃飽肚，起碼個個有褲子穿。

事實確為如此，中共在越戰拼命給越南送美金，自家國民卻窮到沒褲子穿，周恩來、彭德懷、萬里視察川陝窮鄉僻壤，發現不少家庭只有一條破褲子，平時誰外出誰穿。國務院總理李克強，1970 年代屬溫飽學生也只得兩條褲子，其他大學生則只有一條，洗褲子當天就出不了門！

很難想象，若無中共作靠山，越共憑什麼來打越戰？大後方既需倚賴中共的 17 萬解放軍協防，前線物資亦多達三分之二要靠中共供應。

中共援越除了大撒美金，還負責供應南越貨幣，金額恐怕也是十數億，只因主戰場在南越，越共亟需南越貨幣作軍費，於是由中共牽頭，印支三邦的港單走私生意應運而生，也造就越柬寮金融客齊齊發大財。

什麼是港單走私？那是越南特有的財產轉移手法，或稱地下黑市匯兌。譬如某華商做生意賺到 100 萬，想轉移香港，避免繳稅，但囿於外匯管制，於是華商拿錢向仲介商購買港單，對方收錢後密電香港寶生銀行把相當 100 萬越幣的港元存入華商在港賬戶，而華商的 100 萬越幣，則由仲介商透過他們的祕密渠道轉送越共的手，以完成交易。

港單交易可令三方蒙利：①華商把財產轉移香港藏匿；②越共的軍費不愁沒著落；③仲介商從中抽成自肥。唯一無利可圖兼當冤大頭者，就是華人最崇拜的中華人民共和國，它是所有費用的最後埋單者。處理港單的寶生銀行是中共在香港設立的第一家銀行，千禧年與中銀合併。

一場越戰，把印文三邦華人金融業編織成一張地下錢莊蛛網，雖然做這行是有坐牢風險，但商人的座右銘是富貴險中求，更何況這類走私還被「愛國」包裝起來，走私港單就是幫祖國辦事。

戊申戰役之後，遭受重創的越共加緊向北京求助，這期間的寶生銀行頻頻催促西堤華商提升港單交易，據說即使每天交易數百萬港元仍無法滿足河內的需求。很難想象當年若無華商走私港單，越共的統一戰爭是怎麼打下去？華商對越共貢獻至鉅，但到頭來還是逃不過狐死狗烹。

我的世伯袁福，是港單生意的老行尊，在西貢金融界無人不識，連越共也直接找他做交易，後來袁福驚悉自己在平東祕密會晤的越共頭子，原來是阮文紹政權的一位財政部高官！除了袁福，天虹集團買賣港單亦相當活躍。經濟部長范金玉當年要購買 1000 萬元港單，也是拜託李良臣出手幫忙。金邊的港單交易全是老潮的天下，陳廷允是行內執牛耳者。

袁福的作風，一言九鼎，但其他人未必個個如是，我的世伯被人走數甚多，尤其臨變天前，局勢緊張，很多人臨急抱佛腳找袁世伯買港單，希望盡速把財產轉移香港，然而多數人一到了外國就以家產被越共充公而抵賴不還（當中包括新馬師曾），家父在巴黎幫袁福寫催債信，寫完一封又一封，全都石沉大海，人人賴皮不還。相對袁福的一諾千金，柬埔寨的陳廷允則信用麻麻，金邊臨失陷前經他手匯出去的錢，多不了了之。

越戰高峰期，膽大者還加入走私越幣，1974 年堤岸書信館鄰近的和 X 興東主陳某提著 500 萬元越幣飛香港闖關，但在啟德機場被截獲，此事曝光後轟動南越政界，華人又成為朝野箭靶，若干越媒還以為越幣在國際匯兌市場炙手可熱，似乎還未有人發覺那筆走私巨款是「賣」給中共，再輾轉送到河內，接濟在前線的越共。

在西貢吳德計街開旅行社的曾先生，非常神通，機場所有關卡被他搞定，故順理成章，他也加入走私越幣，他說一到新山一就有人遞來一個占士邦箱子給他帶上機，抵港後有兩人找上他住的旅店，當面清點箱子的越幣然後簽收帶走。他說委託人有時出蠱惑，講明請他帶 100 萬元赴港，誰知在港清點時發現帶的是 150 萬，亦即他給人免佣金多帶 50 萬。

南越局勢岌岌可危，曾君出國更加頻密，所帶金額也越大，那時人人急著把錢轉移境外，我這位老友活像空中飛人穿梭港越兩地，搭飛機多於搭的士，海關由得他來去自如。他 4 月 20 日自港返貢，三天後就帶領陳城一家十多口前往新山一登機，經香港飛台北，當時陳城、林旭（慶豐茶莊東主）、湄江銀行經理陳志遠等留在西貢趕緊清理財產，到了想逃亡時，共軍已入城，陳城起初還想喬裝前往迪石下船，但為時已晚。

後來曼谷商界謠言四起，竟盛傳陳城、林旭、包括敝友曾君等，被越共抓送西貢國會廣場接受人民公審，即日遭集體處決！當時林旭部分家人已成功逃亡曼谷，一聽此謠言，不察真偽，個個哭成淚人。

早在法屬時期，港單交易已活躍非凡，越南信義財神銀行創辦人阮進代，1950 年代初尚未發跡，但醒目仔的他已懂得追隨華人往來越港兩地走私金融，在華人前輩身上學到陶朱之術，賺進其人生的第一桶金。

地下匯兌，除了香港，尚有法國之途徑。富商及高官想把財產轉移法國置業，或供自己孩子在巴黎升學，那就得拜託仲介商幫忙，當時搭得起飛機赴法的人很少，所以仲介商只能靠法國機師及空姐，請他們把財產走私到巴黎，無奈法國人往往財迷心竅，挾款私逃，去如黃鶴。

大軍閥七遠曾跟西貢公理街一名李姓潮商合作從事此類走私，金額做得很大，惟有一次遇人不淑，被一名法國機師跑了一大筆錢，七遠竟強迫合夥人賠償所有損失，以致李先生除了賠光現鈔首飾，還要加上他的大叻別墅，才說好說歹，請求七遠罷休。

李良臣有位「好朋友」黃姑娘，她在巴黎歌劇院鄰近開設福祿壽酒家，股東包括陳敦炮、曾阜、黃仲讚、雲校等。從前華商來法旅遊或探望留學的兒子，無需把大筆錢帶在身上，到埗後可直接向福祿壽提錢，當然大前提是華商先把錢財轉來法國，在福祿壽開妥一個私人戶口。故當時福祿壽又有越華小銀行之稱。

黃姑娘是澳門人，曾任職大世界夜總會，當時還在金城打工的李良臣經常開著一輛車牌為 166 的美國轎車來耍樂，邂逅黃姑娘，結為密友，後來黃姑娘在巴黎滯留不歸，乾脆為李良臣擔任巴黎代理人。吳廷琰上台執政，好幾位從事法越黑市匯兑的華商，因東窗事發，被列入黑名單，從此不准回越（或當事人自己不敢回越）。

中共在越戰的付出無可估計，也造就不少華商發大財。金邊安江航運公司潮籍老闆郭文某，算是個中典型，越戰時他不啻印支的霍英東。

郭文某擁有龐大船隊，專門運載西藥米糧分從南越及泰國水路送入越共控制區，他買通所有柬國高官，故貨物通行無阻。龍諾有名手下因貪得無厭，找郭文某談判，獅子大開口，否則威脅壞其好事，在場一名南解悍婦見狀，趁其不備，從後面猛施突襲，用膠袋套其頭上，活生生把這名龍諾親信悶死。這是郭文某的子姪多年前向我披露的小故事。

郭文某的老家是桔井川龍，1960 年代常居香港，他發跡時，李嘉誠還在生產塑膠花，據說他每次上香港六國夜總會，侍應生舞小姐蜂擁出迎，恭稱郭生前、郭生後，他海派得很，派鈔票由門外一路派到舞池，無人落空。

當時全香港最高建築是聯邦大廈，郭文某有意買下，惟成交只差一線卻不成功，否則留到今天升值上千倍。郭文某給一艘貨船命名川龍，藉此紀念其發跡地，不巧跟粵語「穿窿」同音，犯了大忌，越戰結束後其企業王國像一艘「穿窿」的鐵達尼號，忽然之間沉沒得無影無蹤。

柬埔寨錦源棧是空運大王，生意規模猶勝南越李良臣陳城。在金邊圍城的日子，所有物資供應均須倚賴錦源棧的空中運輸，當然費用由美國包付，錦源棧亦雄心勃勃不斷擴充機隊，巔峰時期擁有十數架美製 DC3 貨運機，台灣退休飛官個個搶著來應徵，錦源棧付的飛行薪酬每小時為 5 美元，那時在外資公司當經理的金邊華人月薪大概 20 至 30 美元！

舊日的老叔父都很了得，他們每天在西貢潮州街燕芳園聚首，互相交換金融行情，也炒賣進口配額（Quota d'importation ），資金常是你一份、我一份，個個一諾千金，錢賺到手就分，下次有生意上門再合作。

貿易公司凡拿到進出口配額，無人不發大財，因這意味有機會套取公價外匯。座落黎文悅街的 USAID 美援署，專門審批進口外匯申請，神通廣大的華商有諸多手法爭取審批，有時進口只是幌子，目的套取公價外匯，然後暗度陳倉，把美金存入自己的境外戶口。

1966 年阮高奇出任閣揆，為防止通脹，頒布美元兌越盾的公價匯率要鎖定 1:80。但是到了 1972 年，17 度緯線的「夏季赤焰（Mùa Hè Đỏ Lửa ）」戰火爆發，通脹出現決堤，匯率惡化為 1:550，銀行的定存年息更漲超 25%，那時物價天天瘋漲，但出口反而欣欣向榮。

1974 年經濟迴光返照，華商紛紛湧往邊和加工區大展拳腳，同年把一批成衣出口到印度，為國家贏得第一筆外匯，商界大為振奮！

其時頭頓外海也傳來發現油田之好消息，讓華商更加決心留下來發財。那時開紡織廠、化工廠、麵粉廠、銀行，是最熱門的投資，華商競相自海外調錢回西貢，進口德日生產設備，擴展企業規模，然而到了越共兵臨城下，華商反而捨不得丟下產業逃亡，部分人還夢想共產黨一定會走中立，馬照跑、舞照跳。

勝利雪廠東主魏保光告訴我，1974 年局勢日益緊張，他卻傻乎乎花 200 萬美元自日本進口大批新機械，為擴充新廠而大展拳腳，結果所有資產，包括未開封的外國機器，全須雙手拱送新政權，每次憶述往事，他都禁不住語帶哽咽。

1973 年間南越政府為鼓勵出口，只要商人把貨賣到國外，可利用所賺的局部外匯購入洋酒手錶香水等奢侈品帶回國（當時奢侈品是嚴禁進口的，目的節省外匯），於是商人個個搞出口，其實等於變相搞奢侈品合法進口，有人使出奇招，宣傳富國島的雀仔糞在外國很吃香，可出口賺取外匯，連媒體也加入唱好，其時我在唸大學，講師一談到本國雀仔屎可變美金，全班七嘴八舌加入討論，覺得越南鴻運當頭，實不知大禍臨頭。

後來才知所謂出口雀仔屎乃商人把戲，當政府發覺被愚弄，開始抓人了，咸宜大道有位梁姓華商後知後覺，到他出口雀仔屎時不但無外匯可賺，還被罰款兼判刑三個月，正是：「好搞唔搞，搞雀仔屎？」

越戰也讓許多台灣人受惠，先不說來越協助開廠的技師，就說來越應聘駕駛軍事運輸機的退伍飛官及開貨船的船長水手，他們完全無視兵凶戰危，經常承包美軍合約，把物資自南越循水空兩路運往金邊，美軍雖天天在湄河兩岸的戰略高地實施轟炸，但敵人炮火總是無法殲滅，台灣船屢屢受創，後來有台灣業者乾脆用老爺船來騙保險金。

當時連香港機械工也吃香，獲美軍招募來新山一飛行基地從事地勤維修，以填補人力之不足。堤岸啟智、林威廉書院的學生因英文好，不少人還考進美軍主辦的機械培訓班，當中最大好處是留在後方，免上前線。

我在巴黎即曾認識一位啟智學生吳大偉（小學唸嶺南），曾參加以上的美軍培訓班，後來在新山一基地從事飛機修理工，來法定居後，精神失常，產生機場癡戀情結，長年露宿戴高樂機場，夢想重操飛機修理工老本行，我曾為他在臉書發布尋親呼籲，他說有親人住在多倫多。

諸位聽過手錶走水貨嗎？那也是昔年富貴險中求的故事。

舊時佩戴名錶是身分之象徵，戲院銀幕充斥梅花、星辰、精工、東方、雷達等牌子的手錶廣告，連小孩也愛模仿廣告片的術語來互相嬉鬧。班上小男生戴了手錶，等同變大人，課餘常跟同學玩「打錶」，很多人為了炫耀手腕名錶，還習慣有意無意搖動手錶的閃亮鋼帶。

當雙窗自動防水錶面世，手錶熱潮登上高峰，當時沒人會想到「無人駕駛（共幹的形容詞）」雙窗自動手錶日後會成為北方新貴的極寵，他們全都是生平第一次接觸自動手錶。那時西貢街頭的手錶搶掠無日無之，路邊手錶修理匠隨處可見，光顧者多是公安幹部。香港人最愛勞力士，但南越玩家卻獨鐘情奧米茄，尤其 1969 年美國太空人阿姆斯壯佩戴奧米茄登陸月球，奧米茄在越南錶迷心中更加被捧為錶王。

美國人撤退後，南越政府為節省外匯，不批外匯進口奢侈品，手錶也包括在內，商人只好靠走水貨進口。西貢潮州街有位外號叫「李太（真名李泰傑）」的潮商，商界以他最有辦法，其進口的日本瑞士名錶，從來不愁缺貨，很多錶行都向他要貨。

又叫肥佬李的李太，神通廣大，竟能說服美國軍官利用赴港渡假之便給他走水貨，只是美軍每次拿到酬勞就在灣仔花天酒地，次數一多，難免東窗事發，終於中情局發現渡假軍官抵港後，必定找上一名香港鐘錶商，並且跟他交換箱子，似乎意味一手交貨，一手收錢。

中情局後來查出自家大兵原來為華商走水貨，遂暗中布下甕中捉鱉之計，當大兵飛返西貢，肥佬李夤夜上門欲領回滿載水貨的箱子，中情局幹探驟然現身，一干人等全部落網，肥佬李看到中情局出示的蒐證照片，當堂目瞪口呆，百詞莫辯。

該走私案曝光後，西堤好幾個大老闆被列名通緝，不過中情局只關心走私是否資助越共，當偵訊證實無通敵嫌疑，美方就把案件發還越南司法當局查辦，案子一落到越南法官手中，萬事有商量，有罪亦可變無罪。

回說傳奇人物李良臣，1950 年代初他結束自我放逐，自曼谷飛返西貢，人生重新出發，後來離開金城，與青山俱樂部闆商利用美援及台資銀行的貸款，合創越南紗廠及越美印染廠，跟著進軍軋鋼業，再從事美軍廢棄物資的圍標。當時拍賣會的廢棄物資，除了戰場遺下的爛銅爛鐵，還包括八九成新的福特大轎車，每次的「喊欄（拍賣會）」，循例由闆商組織圍標，「做媒」假裝叫價，事後齊享分成。我家有位親戚是圍標的常客，賺錢不知有多麼輕鬆。

李良臣與阮文紹交情極好，利益關係如魚與水，第一夫人阮氏梅英還認了李老夫人做誼母。李母仙遊，阮文紹夫婦偕女兒女婿，於傍晚時分輕車簡從來到延鴻廣場的聯合大廈李府，送上慰唁，並上香弔祭。平時李的座駕也可自由進出獨立府，守門衛兵還向他立正敬禮呢。

有「美拖美人」之稱的阮氏梅英是無人不讚的第一夫人，雖貴為總統元配，待人接物，極為可親，與華人互動尤為融洽，跟琛夫人的驕橫潑辣恰恰顛倒過來。

1970 年阮氏梅英隨夫婿訪問台北歸來，便心懷抱負要效法蔣老夫人之興建榮民醫院，於是選了七賢四岔路的舊軍營興建為民醫院，跟台北榮民醫院僅一字之差。李良臣和陳城對建院大計響應熱烈，每次捐款均一馬當先，由 500 萬或 1000 萬元起跳，楊朝坤、張維岳、翁業宏等亦緊隨其後，共襄盛舉。湯蘭花、姚蘇蓉均參加過為民醫院義唱，大明星甄珍、柯俊雄、李菁等來越參加亞洲影展亦加入籌款。為民醫院今天造福無數民眾，華人功不可沒，當初若無華人捐助，為民醫院根本建不起來。

1973 年間，李良臣從麗池戲院老闆阮福膺手中買下大南戲院，準備改建豪華大廈，但不旋踵卻陷周轉困難，李氏必須出脫大南戲院套現，他找上我的一位忘年之交，她就是陳怡遠重臣關姑娘，起初李說只消先付一半金額，剩下的 800 萬慢慢攤還，但隨著局勢緊張，李頻頻來電求關姑娘早日把餘款一次結清，其財政之拮据，可見一斑。

李良臣和陳城貴為全越首富，但實際是「花被蓋雞籠」，外面好看裡頭空，原因賺得多，也花得兇，平時必須「進貢」兩邊交戰陣營，再加上年年應酬為民醫院、春之樹、五幫醫院、各地學校、寺廟元宵聖燈競標等勸捐，花錢如流水，不啻「敗光」自己的身家，兩人經常因周轉困難，反求自家銀行紓困，這可解釋為何當時富商那麼熱衷開銀行。

陳城為了做善事，經常要向本身的湄江銀行舉債，後來借到連自己也不好意思，有次為滿足各地潮州幫學校的募捐，他轉求越南技商銀行給他融資兩千萬元，悉數盡捐全越大小潮校，即一次過滿足各地鄉里的辦學需求。

陳城每早起來習慣踩單車在孔子大道一帶逛，做晨運之餘，還順便上門跟老友記們收取認捐善款。陳城上門募捐怎麼不叫司機接載？他的一名子姪答我，去募捐哪有人坐賓士豪車？後來大變天，富人真的個個踩單車，生活盡量低調。八達酒店老闆蔡章、中正醫院董事長蔡汶人、福善醫院董事長蘇允泰等全都降級為「單車一族」。

陳城每逢大年初一，會帶著好幾袋紅包赴六邑醫院拜年，給全院醫生護士，掃地職工，送紅包作為賀歲，連住院的孤苦老人也無例外，足見陳城之樂善好施，他在華人心中的地位確實高於李良臣。陳城對越共亦貢獻殊深，其天香公司出品的味香牌速食麵，永遠供不應求，原因大宗產品送去解放區當軍糧，其他雙蟹、三和的速食麵產品亦皆如是。

金融界一位叔父向我透露，1975 年初西貢風雨飄搖，末日氣氛籠罩，他與金城前重臣曾阜在在國會大廈對面的嘉頓咖啡座（Givral）敘舊，對方曾提攜李良臣出身，後來赴港發展，撈到風生水起，他說專程來越向李氏討債。因預感南方政權氣數已盡，若不趕緊催債，恐蘇州過後沒艇搭，其時的李良臣，確已夕陽無限好。

僥天之大幸，李良臣 4 月率團飛台弔祭蔣公，因而逃過人生的大浩劫，否則其下場會如陳城被送去清化勞改，也說不定會比陳城更慘。在台之初，李良臣獲蔡姓越南僑商安置在其公司供職顧問，每月只管領乾薪，即便如此，也是情何以堪，故幹不了多久便赴美定居。

李良臣的通源行及寓所，設於聯合大廈最高層，樓下底層是陳怡遠公司、二樓三樓是越南、越美紗廠辦公室，李宅與上議院為鄰，正面朝向海倫坡河畔公園，以前天還未亮，我常來這裡打太極拳，稍遠一點則是水上餐廳銀座和美景樓，入夜的海倫坡是姻緣道，麗影雙雙，非常浪漫。彎曲如彩虹的夢之橋（Cầu Mống），還有橋身可一開為二成 V 字，供船舶通過的慶會橋，也都近在咫尺。

通源行又叫望江樓，1974 年亞洲影展在麗池戲院揭幕，邵逸夫和邵仁枚率領甄珍、謝賢、柯俊雄、李菁、林青霞等港台明星出席，晚上則賞李良臣面子，參加望江樓的豪華夜宴，是晚的美味佳餚由安恬街青山俱樂部大師傅精心烹調，美味不遜台港。無數影迷為爭睹甄珍風采，蜂擁而至，當時甄珍的確紅透半邊天，而且剛與謝賢新婚，鋒芒遠蓋李菁及林青霞。

李良臣侍母至孝，曾捐建一座廟宇送贈慈母，此事無人不知，但究竟是哪一座廟宇？反而眾說紛紜，有說該廟宇是位於和平街市，更指就是萬佛寺，又或安平街的庵堂，然而萬佛寺建於 50 年代末，不可能是李氏捐建。另一版本說，李母的廟宇遠離堤岸，方丈是閩籍高僧，每天有很多富太太求他開示，但他多數時候閉門潛修拒見。

此外，聽聞李良臣的建廟工程，係由一越南和尚督工，李氏夫婦對該法師禮敬有加，李太太還親手燉燕窩給對方供齋。據說該越南高僧的私生活多姿多彩，曾暗中託堤岸某地產商給他物色豪宅，供其金屋藏嬌，且願多付兩成佣金作掩口費。該出家人六根未淨，手帕常噴灑法國香水，他每次掏手帕擦汗，香氣四溢，令周邊的人面面相覷。

也曾聽聞有位大富商 L 君，全家信佛，其妹更是天天纏著大和尚講經，豈知兩人日夕共處一室，參禪未見成果，卻發生不倫關係，女方誕下一女，無奈之下由富商大哥認養為親生子，此事係由富商家中的媽姐流傳出去。

最後要說的大商家，是一位悲劇人物，他就是 1966 年被時任總理的阮高奇以操控黑市，囤積居奇之罪名，押送西貢鬧市中心法場當眾處決的大閩商謝榮。

謝榮慘劇引發商界寒蟬效應，符林英、郭志豪（通合行）、黃崇樂、楊朝坤、盧英等富商紛紛前往新加坡尋找出路。當時新加坡仍很落後，越南華商只消投資 20 萬坡紙即可舉家移民。

必須補充，符林英決心移民，另一原因是他差點命喪自己的美景樓船上餐廳，早在謝榮被處決前一年的 6 月 25 日，越共在美景樓內外引爆兩枚威力強大的定時炸彈，最恐怖是兩彈一先一後相距幾分鐘爆炸，即便趕來救援的人也給炸死，造成死亡 42 人，重傷 81 人，這些受害人本來還包括每晚 8 時必來用膳的老闆符林英，合該命大，他遲半個鐘抵達，逃過死劫！符林英事後極感驚悸，再加上謝榮、鄉里甘雨（調劑庫主任）的慘死，乃決定君子不立危墻之下，返新加坡定居。曾皐等人則轉往香港發展。

其實謝榮的死罪並非在於黑市囤積，乃在於他得罪了心狠手辣的大軍閥阮高奇。有說謝榮以高價投得 Descours et Cabaud 位於白藤碼頭的黃金地皮，令阮高奇覺得謝榮存心奪其所愛，乃萌生殺機；也有人說謝榮的私家車跟阮高奇的座駕爭路超車，後者不爽，記下車牌，覓機報復。

商界傳言說，阮高奇槍斃謝榮之後，對華人仍咄咄相迫，他把多位重量級華商叫到總理府，當著眾人面前記下各人名字在紙條上，放進他的飛官軍帽，然後警告今後黑市若仍猖獗，他不管誰是罪魁禍首，就從軍帽隨機抽出一個名字送去打靶！其時越文媒體一片幸災樂禍之聲，競相把阮高奇吹捧為滅貪英雄，可憐無權無勢的華人，在亂世之中任人魚肉。

謝榮旗下生意有十多項，無人知其身家有多少，只知拉架街整個旺區都是他的物業，連劉松記、梁海記、凱記等著名食肆須交租給謝榮，此人行事低調，從不參加公益團體，也從來不捐錢給福善醫院，堪稱善財難捨之典型「鐸叔」商賈。

大羅天酒樓一位叔父告訴我，謝榮每次來消費，最喜簽單，但是當酒樓派人上門收賬，即使區區 800 元，他亦一拖再拖。傳聞謝榮在東京持有一幅大地皮，連其老婆也不知情，後來地皮被侵占而引發訴訟，東京當局找上其遺孀，家人才幌然謝榮在東京祕密擁有物業。

為了救人，當時謝家不惜動用兩億元資產籠絡阮高奇及其黨羽（不啻獻出全副身家），懇求槍下留人，謝家也拜託美軍將領及韓國駐越總司令到法庭旁聽，變相向法官施壓，多位外國大使也代謝榮撰寫求情信，請求阮文紹特赦，惟所有努力終歸徒勞。

西堤茶樓天天有人打賭謝榮之吉凶，有人認為美國佬插手，謝榮必逢凶化吉，後來西貢濱城街市鐵路局門外架起沙包打靶場，眾人才驚覺謝榮的性命進入倒數。其時我上學放學都會徒步走過法場，看到豎起的沙包和木柱，不期然幻想打靶的血淋淋鏡頭，暗地打了一個哆嗦，法場距離西貢救急醫院的殮房僅約 30 米，入夜更覺陰森可怖，彷彿鬼影幢幢。

法國 Pathé 時事片曾播出謝榮的行刑過程，天還未亮，謝榮身穿整齊西裝，戴著寬邊黑框眼鏡，神情淡定抵達法場，並且跟軍警交談，全無魂飛魄散樣子，令人不得不佩服他面對死亡的勇氣，也看得出當局沒給他預先注射鎮定劑。傳言說當天伏法者是替死鬼，謝榮的真身已潛逃日本。

據聞阮高奇的第二個槍決對象是一位鶴山籍馮姓商人，僥天下之大幸，翌年阮高奇失勢，總理由留學法國刑法專家阮文錄出任，「法場血腥 Show」至此壽終正寢，華商終於鬆了一口大氣。

華商的名成利就，本土越人看了當然不舒暢，但是若無華商的多財善賈，年年戰禍的越南更加一無所有，尤其當美援縮水，經濟慘淡，全國的經濟就靠華人撐著。

舉例說，變天前南越有 31 家民營銀行，當中屬華商開辦的銀行僅占 10 家（當中三家是台資），比例雖為三分之一，但華商銀行的每年信貸業務卻高占全國總額的 80%，呈壓倒性包攬優勢。

年營業額超過億元規模的 60 家民企，華商民企占 42 家，即高占比例三分之二。潮福商人長期稱霸貨運業，公司多達 170 家，凡 2000 多噸的大貨船全屬華商擁有。獲利高於紡織廠的麵粉生產，亦操縱在羅義、陳清河、許逢鎮、朱濤生開設的 Sakybomi 和 Viflomico！冶金重工業全國有 5 家，華商包辦 4 家。化工生產亦然，17 家企業有 14 家屬華商！數字告訴我們，南越經濟若無華人，恐怕全都是水分！

越戰年代台灣技師多到滿街跑，華商有賴他們，得以跳出零售業的舊框框，進而向製造業轉型。台灣技師協助創建的 Vimytex、Vinatexco、Vinatefinco 等，雄霸全越紡織業，連有政府資金做後台的 Sicovina 也相形失色。味精化工控制在天香、味寶、味豐、味素等四大潮商手上。

誠然華商壟斷了南越經濟，不過若無華商的克紹箕裘，和平後的越南剩下什麼？

再回頭已百年身

1978 年 3 月 23 日下午，堤岸水井頭（新行街）有一群在地草根華人聯袂走上街頭，擬遊行前往第五郡人民革命委員會，懇求政府履行承諾，批准華人回籍，然而大夥兒才走了兩條街，即遭公安如臨大敵鎮壓。

此事未必還有人記得起，更未必有人知道事後引發的軒然大波是有多可怕，其實那不過是一場小規模的「上訪」，完全談不上示威！

事緣 1978 年越南出兵柬埔寨，南方大舉徵兵，許多華人子弟都收到徵兵令，父母憂急如焚。水井頭的洗衣店老闆黃紹安，不知哪來膽量竟發動街坊父老一起向政府請願，老人家拿著越共進城之初所散發的「華人有權選擇國籍」之宣傳單張，試圖請求政府准華人回籍，豁免兵役義務。

遊行才走到傘陀街即遭公安鳴槍警告，當時遊行人士仿效 1967 年香港左仔暴動的做法，捧著老毛肖像作前導，當然胡伯伯肖像也並列，但此舉完全無濟於事，老毛的鏡架首當其衝，被人狠狠砸到地上，連五星紅旗也撕成碎片。讀賣新聞曾報導此事（人人日報開會鬥爭李榮柱，該日媒竟也在場），但鎮壓被渲染成亂槍掃射，死傷枕藉。

結果遊行者下場如何？帶頭人黃紹安是生是死？不得而知，只知有一人沒參加遊行卻被株連，被送勞改後，從此下落不明，此人就是穗城學校童軍主任兼國民黨老黨員吳其照。

吳老師家住新行街樓上，當天憑欄看熱鬧，瞥見鄰里黃紹安在指揮遊行，便鼓掌為他加油，誰知有「鬼頭仔」向公安舉報，吳其照父子深夜被帶走，這是他第二次坐牢，對上一次是皇軍入侵越南，但終究活著走出來，不過這一次就沒那麼幸運了，勞改一去不歸，兩父子生死成謎。

當時消息封鎖得很厲害，住在西貢的我只略有風聞，還以為是「路邊社」的小道消息，後來移民巴黎才知確有其事，到了 1990 年代看過前中共駐柬大特務周德高（林木）所著的回憶錄《我與中共和柬共》，並與作者在電話詳談，我對真相的瞭解增加不少，原來當年河內對堤城華人的示威極感震怒，咬定幕後的操縱黑手是北京。

周德高著書指該項遊行，是北京笨伯指使，不但毫無作用，還害了很多同志送死。但前解放報記者漫漫對中共幕後指使之說不大認同，他認為示威由老弱坊眾組成，規模太小，不似中共策劃，惟適逢越中關係劍拔弩張，時空敏感，故河內自然而然把賬算在北京頭上。

其實早於示威之前的 1977 年頭，河內已著手整肅華人幹部，本性多疑的黎筍特別針對自柬國回流的華運分子，認定他們是中共潛伏越南的特洛伊木馬，以致越中尚未真正兵戎相見，黎筍已急不及待下令解散直接聽命北京，由林立（人稱二哥，劉江是老大）指揮的「統線」，並對該派系人馬的五名首領下逐客令。他們於同年 3 月 14 日、21 日，分兩組自新山一搭機經河內飛返北京，首批是鄭南、沈彥、沈德光，次批是林立、劉江、王茵（金邊華運執委劉明哲太太）等家庭，這些人位階較高，獲北京力保，故還可堂而皇之搭機離越，至於留下來的其他人，北京不聞不問。

林立等人被逐一年後才發生傘陀街事件，但河內猜疑心不減，始終認定中共的潛伏勢力仍大量殘留堤城。於是大逮捕於焉登場，河內寧錯抓一百也不錯放一人，以致志和大監房一下子被塞爆。當時淪為階下囚的兩百華人有中共黨員、也有越南勞動黨員，亦有無黨籍的教師學生商人等，他們先在志和監獄服刑 5 年（期間死了 5 人），然後全體移送西寧黑婆山勞改，有些夫婦還把未成年子女帶在身邊一起接受改造。在這十載勞改歲月，再有 10 人熬不不下去而死亡，思想最紅的桔井中山學校校長張德祥在營中自縊身亡。

其實勞改營裡的華人本有機會提早獲得自由，當越中於戰後進行大換俘，越方曾把他們列入換俘名單內，但遭中共無情拒絕。後來他們獲釋，中共亦不接回大陸給予晚年照顧，反而是洋國家糊里糊塗收容了他們，還代替中共給他們發放養老金及醫療福利。1986 年黎筍去見馬克思，這些華人老革命才盼到獲釋之日。如果黎筍長命百歲的話，那麼被囚的華人士共那就很難說，這輩子也別指望活著離開黑婆山！當他們離營時，十一二載勞改已把他們折騰得駝背弓腰，白髮蒼蒼，正是：「黨門一入深如海，再回頭已百年身。」

回憶大整肅期間，所有越華土共人人自危，大家意識到，誰的功勞越大，誰的處境就越危險！張金生（張應祥）就是當中的人版。

潮語外號叫「頭家」的張金生，南僑學校出身，是越共後勤局福隆團少校指揮官，沒人比他對胡志明走廊之地理形勢更加瞭如指掌，其職責是確保走廊之戰略物資運輸，那時中共援助的軍火炮彈、大米西藥、豬油味精等均透過這條隱密小徑運入南方戰區，而中共援越的一桶桶柴油，全由張金生一手包辦運輸，可見越共行軍若無張金生，南北運輸，癱瘓無疑，統一戰爭也別想打下去了。

還有，每次軍費不足，又是這名「頭家」出面向堤岸商界勸捐。中共貨船每次停泊施亞努港，會有人把幾個公事包的美金交到他手，然後由他發配各組織！由此可見張金生對越共之重要性，他雖是一名少校，貢獻卻大於一名將軍。然而連他也無倖免關在牛棚，而且長達 11 載，獲釋後整個人殘敗不堪，總書記阮文靈握著他的手感慨說：「你真不該坐這樣的牢！」不過有些人至死都不會覺醒，愚忠戰勝一切。

跟張金生同屬鄉里的中共黨員張克煌（陳聲），在戰時亦負責物資輸送，不同的是，張金生是正規軍，張克煌是特工。

娶越妻的張克煌是蓄臻長大的潮安人，南僑教師，逃入金邊後在馬德望華校教書，也在誠合船運公司任職，掩護中共軍事物資取道柬埔寨輸越。赤柬掌權後，他隸屬赤柬第二號殺人王農謝麾下，扮演中共與赤柬之最高聯絡人，中共的軍需情報均須經他手。身為華裔的農謝，反而屠殺華人 40 萬絕不手軟，農是殺人狂魔，張是為虎作倀。

1974 年桔井事件之後，張克煌跟其他中共黨員在回國無門之下逃入越南，但三年後他因中共間諜罪被關進勞改營長達 11 年，獲釋後毅然投奔自由世界。不少人納悶，其兄長張翼（華運首屆領袖，南僑教師），胞弟張弓等，均回大陸撈個芝麻小官安渡晚年，何以他卻選擇定居加拿大？難道他徹底厭棄了共產黨？想給自己過新生活？

1975 年 4 月 30 日肩膀托著 B40 火箭炮，隨著 203 坦克旅攻入南越總統府的林新儀，僅風光了兩年就淪為西貢街頭小販，唯一慶幸的是他逃過十年勞改。林新儀是越南土生華人，父親林宏毅是金邊端華校長，母親楊璧陶在馬德望國光、金邊民生、磅湛培華等任教。據說原本深受共產黨洗腦的楊璧陶，晚年定居澳洲，經常寫文章狠批中共。

除張金生、張克煌、林新儀之外，還有一個三水佬盧燦，外號叫黑鬼燦，隸屬越共軍情局，跟張金生軍階差不多，聽說越共出兵柬埔寨，直搗黃龍，盧燦是帶路人，立下大功，然而連他這樣的大功臣還是要效法張良，功成身退，遠走他方。

盧燦是堤岸鑄字工人，因被通緝而逃亡金邊，先後在鑄字廠及生活午報打工，後來搖身成為中華醫院人事主任，其任務是要把這家僑立醫院變成越共的大後方軍醫院，照顧南解受傷官兵及產婦，阮氏萍有次入住中華醫院貴賓房，全程由盧燦親自打點。

有人指當年有那麼多中華醫院女護士進入解放區，冒著槍林彈雨為越共當戰地醫護，純粹是受盧燦所唆使，結果一去卅餘人，僅數人撿回性命歸來！

變天後盧燦身穿軍官服，以吉普車代步，有小兵給他開車。敝友服務解放報，與盧燦是舊識，他說盧燦作風很草根，思想紅到發紫。殊不知這樣愛黨的馬克思信徒，竟然把女兒送去偷渡，若干年後連他也飛加拿大依親。

文莊學校董事長盧家藩能免十載勞改，主要是靠同為海南鄉里的大越共吳其涵（郭明）找上盧燦，託其出面營救。兩名老盧一生為共產黨賣命，老了無一分一毫的退休金，晚年只好靠資本國家的照顧。

這些一生為中共越共柬共效力的老革命曾慶幸說，幸好西方國家沒變共產，否則天涯海角，實不知何處可容身！聽說盧燦晚年在加國曾感慨說，希望下一代不要再重蹈上代人的老路，言下之意頗懊悔當年走錯了路子。

講述金邊中華醫院，就好像講述一部希臘式悲劇！世上從無一家醫院的員工會如該醫院那麼充滿詛咒，且有那麼多人白白冤死。

金邊 S21 人間地獄有一張女死囚照，堪稱中華醫院的悲劇寫照，女死囚懷中抱著嬰兒，神情絕望面對鏡頭，她叫陳萍，中華醫院護士，她的夫婿陳綠野亦服務中華醫院，二人奉中共大使館之命加入赤柬，卻反被赤柬迫害，陳萍懷中的嬰兒據說是黑衫兵強暴成孕而留下的孽種。當年金邊有好幾個華人家庭的女兒因來不及逃走，慘被黑衫兵捉去當性奴，至今下落不明。

中華醫院是柬國五幫華人共建，宗旨本來是造福同僑，然而在南解的滲透下，加上華人的一致盲目左傾，整座醫院全變質，成為地下活動機關。

1975 年 4 月 17 日黑衫兵入城，中華醫院本是革命的同路人，但反而最先遭到迫害，醫院同儕在中共製的 AK 47 指嚇下紛紛逃亡，但仍有不少人遇害，連為波爾布特擔任私人醫師的洪乙華也遭毒手，其醫院總務夫婿蘇灼，被赤柬自香港召回處死，眼科醫生伍淑英本已逃離金邊，因對共產黨仍抱有幻想，自投羅網返回金邊被殺。

據估計，中華醫院員工及其他華人通譯員（包括為赤柬大魔頭及中共大使館做事的通譯員）大概兩百多人，全是鳥盡弓藏的人版，赤柬把他們押送樹膠園處死，而處決工具往往是中國製的雄雞鋤頭。

僅內科醫生林志強、婦科醫生曹紅玉、外科醫生許智昭等僥倖逃出生天，晚年散居自由國家。許紹智在費城開飯店，林志強則在多倫多做針灸，但行事非常低調，盡量避見越華舊識，特別是廣肇醫院舊同事。

曹紅玉與其夫婿潘丙（李林），即金邊棉華日報社長，獲德國人道收容。潘丙出身堤岸南僑學校，到了金邊相當意氣風發，常以愛國黨員自居。有華人指他在「桔井事件」表現極左，跟前中華醫院護士密娟一樣企圖踩著華人的頭向上爬，對同胞經常滿嘴共產教條，惡形惡相。

潘丙夫婦回國無門，絕望之下只好回越南老家，當堤城發生傘陀街事件，兩夫婦受株連，遭到無情整肅，必須帶著其未成年兒子一起去黑婆山接受勞改。半生為黨的潘丙換來 11 載勞改，曹紅玉則 6 年，有人勸他逃亡，潘丙說自己熟知共產黨的手段，哪能逃得出他們的五指山？

潘丙夫婦後來移民德國，本應慶幸餘生獲得妥善照顧，然而老人家仍滿腹牢騷，他向南僑校友抱怨自己沒能回大陸落葉歸根而耿耿於懷，還說在德國做洋人，是對祖國不忠不孝。潘丙念念不忘做中國人，視共產黨為母親，但這名母親卻視他如皮球，踢完給越南，再踢給德國。

老潘雖愚忠，但並非毫無怨言，他的內心也是相當掙扎，曾對老妻慨歎有兩事令他死不瞑目：其一棉華日報存於香港中國銀行的巨款被中共吞掉，始終沒歸還柬華社會或用來救濟柬華同志；其二棉華日報同事及柬華同志之遇害，中共竟置若罔聞，也不發放撫恤，令他備感心寒。

變天後，南越五幫醫院進駐很多革命新貴，廣肇醫院院長由前金邊中華醫院醫生林志強出任（此人在金邊專門給富人注射胎盤素賺錢），他與盧燦是老戰友，寧左勿右，很擁護革命，凡醫護人員為辦出境而申請辭職，均被他拒絕，兼「曉以大義」說，留在醫院為人民服務不好嗎？幹麼出國洗碗碟這麼低下？然而曾幾何時他連院長都不當了，靜悄悄偷渡離境，移民多倫多。越共對林盧兩人的出走，一直祕而不宣，實耐人尋味。

廣肇醫院總務許松坡（許家祥），變天後戴著佩槍以紅朝新貴姿態前往華文解放報給員工上課。據老報人漫漫憶述，許氏一開口就疾言厲色教訓所有人：「你們這些舊報人個個都有罪，全都是革命罪人，甘為美蔣偽勢力驅策，攻擊過我們光榮的黨和偉大的革命事業！你們要好好反省、好好學習、改造自己，不得與革命及人民為敵，否則絕無好下場！」

南越變天之初，包括我在內的全體華人大學生，要向嗚遠中學報到及接受思想改造，許松坡是我們大學生的「領導」（有說他出身於嗚遠暨廣雅教職），還搞了個什麼華人大學生革命委員會，但毫無組織，只懂叫我們集體掃街，那時我們穿的喇叭褲又長又大，的確有「掃街」效果。革委會曾轉往啟智學校活動，之後就無疾而終。事後才知道許松坡除了嗚遠、啟智，還跑遍廣肇醫院和解放報作威作福。

滿口革命經的許松坡，外表很激進，身體卻很誠實，後來他一聲不響開溜，離越移民澳洲去了，原來這才是他真正想要的「自我改造」。其實所謂改造，是為了過更好的資本主義生活，他們的紅色頭腦是不會變的，尤其去了澳洲。

定居澳洲的進步人士有人人日報董事長畢雲照，連愛聯創辦人陳華民也定居澳洲，陳君曾教唆很多同學投共，他是第一個獲中共接納為黨員的南僑生。愛聯和解聯早年互鬥激烈，多年後雙方的舊日高層聚首澳洲，相見甚歡（不明白這些人為何不回中國定居？）只可憐無數青少年早年因誤信他們而步上絕路，讓自己父母白頭人送黑頭人。

看過一本南僑通訊，透露南僑生回國後在文革遭到批鬥，其中一人還被迫死。逃亡入柬的南僑生最慘，幾乎有去無回。當中有一南僑生叫黃時明，到過中國受訓，在金邊靈芝圃藥材鋪打工，他和家人在金邊浩劫飽受顛沛病痛，辛虧中共大使孫浩出面保他，還說會把所有駐柬特工悉數接回國，但登機時，整架 707 空蕩蕩，除他一家外，全是援柬中國專家，看來其他特工同志凶多吉少。黃時明就是《逐浪湄河》作者鐵戈。

回說越戰時代的堤岸五家幫立醫院，雖未至於全紅，但也被滲透得很厲害，總務多數為臥底人士擔任，就算不是，其他人做也得隻眼開、隻眼閉，否則就步上六邑醫院總務張敬豐被暗殺之後塵。

據盧家藩之記述，戊申年除夕子夜，他的襟兄弟李鋒帶隊攻打華華警局，時任中正醫院董事的他，利用院方救護車的流通特權，宵禁時分到處遊走收風，後來南越警察來中正醫院抓人，盧已逃之夭夭，記不起那年董事長是誰擔任，此人就唔好彩，被抓去警局接受疲勞偵訊。

閩幫創辦的福善醫院，院長梁泮是越共上校，他的前任是馮文恭醫生，經廣院院長曾仲甫引薦來福院擔任院長，惟任職期間卻無故失蹤，使得福院董事們發電到處找人，直至變天後，大家才得知這位留學法國的失蹤馮院長已貴為南解政府總理。

1971 年成功日報社長郭育栽在其萬和堂藥房門外被兩名白糖糕女小販行刺，兇徒離去前還向萬和堂店內投擲手榴彈，試圖製造「一鑊熟」慘劇，幸虧手榴彈失靈。郭氏中槍後獲立即舁往六邑醫院，惟傷勢過重，不治身亡。假設郭育栽傷勢不重，恐亦未必能活著離開。原因六邑醫院被滲透程度不輸海南醫院，院內越共要給郭育栽多補一槍，乃輕而易舉。

據駐越台灣軍事顧問陳興國之憶述，當年他們在西貢深居簡出，有病則前往指定的潮州六邑醫院求診，每次皆獲副院長熱情接待，大家都以為住進六邑醫院最安全，後來他才知該笑容可親的副院長是華運，陳興國所指的人有可能是劉榮豐？劉氏於變天後一度是華運大紅人。

據瞭解，西貢臨失守的三四月間，兵荒馬亂，華運領導人鄭南、劉江、沈彥、林立等家庭全部住進六邑醫院，蟻團及吳連也以該潮州醫院作聯絡站，準備迎接勝利雄師入城。可見潮商對越南革命貢獻之鉅，然而當天下底定，潮商受清算最慘，聽說璇宮戲院老闆張偉大被判勞改 18 年，尚幸黎筍還不算太長命，否則很多人要魂斷勞改營。

易幟之初，中正醫院來了一位客家籍的魏姓軍醫上尉，此人獲革命政府委派出任院長，他甫上任就下令拆毀院內尹鳳藻領事的塑像，諷刺的是，該塑像是他父親魏瑞圖所一手豎立的。然則魏瑞圖何許人也？

魏瑞圖靠賣生鐵鑊起家的，其魏雙興牌子，與潮州人的新鼎盛、雲標記齊名。1950 年代中正醫院第七屆董事長陷於難產（中院沒資產收租，董事長要承諾捐很多錢），後來落在魏瑞圖身上，他確實也做了一番貢獻，但因在茶樓無意中洩露自己寄錢返唐山，被吳廷琰探子逮捕，抓送崑崙島服刑，他在獄中加入勞動黨，還把幾個兒子送去解放區讀書，其中一人還去了河內讀醫科，變天後南來接管中正醫院。

在此給大家說一個黎筍與華人出生入死，肝膽相照的感人故事。事緣南北分割後的第三個年頭，中央書記處書記范雄領胡志明之命，給留在南方的黎筍寫了一封密函，囑他盡速北上。該密函是靠中共黨員胡英翻山涉水輾轉送到南方黎筍的手。說來令人納悶，密函為何不是由越南勞動黨員護送？而是要假手中共黨員？難道華人同志比較靠得住？

由南方華運領袖蟻團主編的《華人同胞的革命傳統》只用大概廿來字來簡單交待該送信過程。然而金邊華人老僑幹對該段歷史祕辛倒是知之甚詳，據說黎筍收信後，苦思如何躲開吳廷琰耳目北上河內，經華人獻計，黎筍取道金邊，再循海路到香港，經大陸入越。

據解密資料揭露，黎筍有一華人親信叫五横（Năm Hoành），一直跟他出生入死，黎筍取道金邊是由他來策劃，他安排一名華商賴清（真名不詳）開了一輛四座位福特轎車，把黎筍自西貢載入金邊，可能靠美國豪車的掩飾，一路暢通無阻，抵埗後獲金邊華運首領劉江接待，並開始計劃如何協助黎筍從水路繞一個大圈子返河內。

劉江，真名伍星，又叫老伍，是金邊華運最高負責人，人人稱他老大。他 11 歲自海南島來越謀生，1945 年參加越南八月革命，曾經與黎筍及阮文靈等人並肩作戰。我把周德高所著的《我與中共和柬共》跟越文檔案做比對，發現後者提及的五橫，就是周德高書中記載的伍星，因兩者都有個五字，根本就是同一人，五橫正是金邊華運頭子。

在劉江獻計下，黎筍和郭明以叔侄相稱，躲進密不透風，熱如烤箱的貨船艙底，偷渡到香港，抵埗後黎筍又在胡英的陪同下，在香港辦理華僑身分證（所以黎筍算半個華僑），然後持證進入廣州，獲中共官方熱情接待，黎筍飛返河內途中因「氣候惡劣」而降落南寧，原來那是中共要送給黎筍一個驚喜，讓他在南寧與女兒黎雪紅得以父女相見，黎女出世時黎筍剛好在崑崙島服刑，中共代黎筍撫養女兒，並安置在桂林求學。

由此可見，當年若無華人捨命相助（所有掩護黎筍出逃的人全是華人，無一越人）黎筍未必成功返回河內加入政治局常委，更加未必成為胡志明的接班人，而 1970 年代的越南統一戰爭，也勢必改寫！

1976 年河內整肅胡志明市的中共地下黨，下令五名要員及其家人盡速登機離境，而曾經策劃護送黎筍赴港的劉江竟榜上有名。

劉氏在華運日子最久，立功最多，他妻子每次上京匯報均由時任外交部副部長韓念龍接待，如果是他本人上京，回程必停河內探望黎筍。他與黎的深厚交情，為中共猜忌，以致其回國後的際遇比不上另一蓄臻教員林立，相對林立在京任職，劉江只能在偏遠的桂林擔任中旅社的交收。

中共對滯越同志之冷酷無情，見死不救，劉江於心不忍，曾大著膽子寫信給黎筍及阮文靈，盼二人念在一場手足，且曾出生入死，對在勞改營裡受難的華人同志盡量高抬貴手。然而該信函不知是被中共扣押？還是被黎筍等人丟到廢紙簍？一直石沉大海。

南越變天翌日，劉江和林立利用人人日報設施出版了華聯報，惟發行僅一天就被革命政府下令停刊，這無異告知中共地下黨，今後一切行動須聽從河內黨中央指揮，劉林意味形勢丕變，今時不同往日。

不過讓河內最震怒，莫過於變天之日，兵荒馬亂，林立率領一支華人武裝部隊擅自占領位於二徵女王街的中華民國駐越大使館。林立此舉已觸犯河內大忌，還天真認為，變天後仍可繼續擁有自己的武裝部隊。從前越共力量薄弱，才放任華人可獨立自主擁有自己武裝，反正你不要黨中央出錢就行，惟一仗功成，形勢再也不復當初，華人過去所享有的特權自然而然全被收回。

據檔案資料指出，當林立與其民兵佔領了中華民國大使館，解放軍很快就大隊人馬趕至，雙方一度僵持不下，但畢竟強弱懸殊，最終林立等人被解放軍軟硬兼施逐走。但林立死心不息，多番到第三郡秀昌街 41 號大別墅求見武文傑（該大屋今為幼兒所，毗鄰清關夫人街），但屢遭吃閉門羹。到此境地，很明顯，人家已跟他劃清界線。

黎筍對林立的魯莽狂妄解讀為受北京指使，乃決定把中共在越南的勢力連根拔起。當時親越派的蟻團和吳連，也跟林立展開鬥爭，更加主張把親中派逐離越南。林立等人意識自身的危機四伏，只好黯然返國，五個家庭離去之日，僅林子舟和沈培烈兩人獲准送機，林立登機前也無給滯越手足留下任何指示，顯示北京已經把心一橫，完全放棄在越的過河卒子。

據了解，鄭南、林立、沈彥等 16 人原隸屬中共南路解放軍，1946 年奉派入越支援抗法（實際是被國軍追剿而流竄入越），鄭南是組長，他們乘木船沿海岸線自北南下，途中被法軍炮艇擊沉，幸獲漁民陳才拯救，在迪石登陸，並在該第 9 戰區聯同當地華校成立迪石華僑青年自助會，也就是解聯的前身，所以迪石堪稱華運的發祥地。

由於大半生留在南方活動，遠離北京，黎筍與北京的關係自然不如武元甲、阮志清、黃文歡等人密切。當越北承受美軍慘烈轟炸之際，北京隆重接待尼克森訪華，黎筍感覺中共在越南背後插刀。據黎筍的回憶錄透露，北京為向美國示好，曾建議以每年巨額援助換取河內放棄統一，走中立路線。黎筍怒不可遏，乃一面倒親蘇。

曾於 1957 年與黎筍喬裝叔侄一起偷渡香港的海南人郭明（郭涵、吳涵、吳其涵），怎麼說都對黎筍有一份恩義，然而當整肅一起，連他也無倖免，足見黎筍為人之無情無義。根據前愛聯分子盧家藩的記述，他有一名鄉里叫吳坤涵，是南星塑膠廠老闆，變天前他捨不得丟下財產逃亡，他向盧說自己每月捐獻革命成萬元，幹嗎要走？結果他被清算了，據說這位吳坤涵，正是護送黎筍到香港的霧水侄兒郭明（郭涵）。

周德高在書中憶述，他曾經遠赴北京中調部，陳述同志在印支蒙難之慘況，懇求黨出手把這些僑幹救出來，即使送去新疆插戶也勝於留在印支等死，中調部聽了拍桌子罵他沒紀律性，眼裡沒有黨中央。當時北京是炎夏，老周聽了卻有冰天雪地之寒意，他們這些被使用了幾十年的僑幹，一直以為祖國是母親，原來此乃一廂情願的想法！

周德高晚年在美國當校工，他在電話向我盡訴心中情，說他現在雖然掃樹葉，但一生人從未試過那麼心安理得，無人瞧他不起，他的同事完全不知這名掃地公，曾經見盡血腥殺戮，且是由康生直接指揮的中柬大特務。

周德高說他看通看透，來到香港之初，拒絕中共的「新任務」，因他不想再受利用，後來連香港也覺得非久留之地，決心偷渡赴美。

無奈世間的覺醒者實在不多，記得當年有很多逃亡到越南的柬華還想補辦中共護照，結果北京駐河內大使館給他們回函說，你們已經不再是中國人了，來到人家地方就該入鄉隨俗。

大家可還記得 1978 年初，華文解放報曾連續多天把「民族資本家」李錫章父女捧上了天？該報還把這個家庭塑造為成功接受工商改造的全國典範，呼籲其他華商要向其學習。

我當年讀過該報導，還記得黨媒大肆宣傳李家大小姐李美，是如何對父親曉以大義，說服他把企業捐給國家以便進行公私合營。後來李美還獲勞動黨推薦到莫斯科訪問，且到古巴參加世界共青大會，觀訪當地的造糖業，把李美捧成年輕人偶像。殊不知，李女在古巴，在越的李父卻因偷渡被捕（那年很恐怖，光是頭三個月破獲的偷渡有 2130 宗，計有八千多華人被捕）。李父全靠女兒出面關說才獲釋。惟第二次清算資產運動登場，李父跟其他不少華商躲進法國聖保羅醫院，結果大隊公安到醫院抓人，連李父也抓走。

當李美回到西貢，發現一切都在變化，連她位於八月革命大道的大屋子也被公安接管，她拜託關係形同誼父誼女的城委主席梅志壽出面把屋子要回，但始終失敗，當局只給她換一間小屋，就當作補償。

湘江秋風鎖夢魂

1963 年國府一組特工隊試圖用炸藥行刺訪柬的中共國家主席劉少奇，惟最終事敗，株連者眾。此事之轟動不遜 1939 年河內刺汪事件。

事後四名國府特工張達昌（張霈之）、農稔祥、文錫齡、梁明等被柬國軍事法庭判處死刑，另有 40 餘名受株連者分別被判終身監禁或 20 年徒刑不等，部分人還被引渡到中國，受盡折磨而亡。

當時北京極感震怒，要求施亞努親王把號稱「四大金剛」的張達昌等人引渡到中國（刺汪是十八羅漢）。由於張達昌等人供稱自己是美國的 CIA 特工，竟因此保住性命，擅走平衡索的施亞努不敢開罪美國，雖對主謀判處死刑，卻一直虛懸，沒切實執行。面對北京的引渡壓力，施亞努以柬中沒引渡條例作擋箭牌，盡量虛與委蛇，北京始終拿他沒辦法。

據了解，張達昌等人冒充 CIA，不但逃過死刑，還在獄中餐餐大魚大肉，獲得的對待儼如 VIP，他們獲釋後曾對友人說，在獄中服刑猶如渡假。觀獄中的生活照，他們四人在獄中雖為死囚，仍可自由聚合一起拍照，確實有幾分似在渡假，拍合照時「四大金剛」還穿起白襯衫、西裝褲、打領帶，其端正模樣，似去飲宴或上班。

張達昌寄給他妻子的相片，擺出以手扶牆姿勢，相片說明是：「你們看，這就是金邊中央監獄，我手扶的是監獄的圍牆，你看它有多高有多厚，這對我來說毫無作用，因為我堅信總有一天，監獄的大門會打開，我會堂堂正正踏出這座大門的，放心吧！」張達昌顯然胸有成竹，總有一天他會大搖大擺走出金邊監獄的。北京知道了一定氣得半死。

果然不出張達昌所料，7 年後的 1970 年，親美的龍諾將軍發動政變，施亞努流亡北京，從此柬國旗幟鮮明反共，並跟中華民國恢復建交。在金邊監獄渡過了「七年之癢」的張達昌、文錫齡、梁明、農稔祥等獲龍諾特赦，重獲自由，四人昂首闊步離開金邊監獄，且頂著反共義士光環飛回台北，接受蔣經國的贈金褒揚。

只是，因刺劉案而株連的其他金邊華人就慘了，當中有廿多人被施亞努拿來做代罪羔羊，引渡到大陸任由中共處置，彼等雖是國民黨員，但無犯案，很多人是無辜的。有位符姓海南人因與張達昌拍過一張合照，就無端被捕，並且跟其他廿餘人一起被引渡到大陸，最後就只有這位符先生一人活下來，他到了香港，曾出書敘述在大陸受虐之經過。試想如果張達昌等人落在中共手裡，項上有十個人頭恐也保不住。

回憶兩岸劍拔弩張之時空，蔣氏父子朝思夜想就是要反攻大陸，並派出死士暗殺外訪的中共領袖。周恩來 1956 年飛印尼參加萬隆不結盟會議，若非臨時換飛機，肯定難逃粉身碎骨之厄運，因他原訂乘搭的克什米爾公主號被國民黨安置炸彈而在空中爆炸。經此事件，本來就怕死的毛澤東更視搭機為畏途，以致法國戴高樂總統邀請他訪法屢被其婉拒。況且老毛疑心大，膽子小，當時全國 6 億人獨信任老紅軍胡萍一人開的飛機。

劉少奇訪柬那年，正逢全國大饑荒，餓死了三千萬人，黨內因此爆發權鬥，台北認為刺殺劉少奇正其時也，因劉是湖南湘人，殺劉行動便取名「湘江計劃（亦稱秋風行動）」，經精挑細選，台北責成中美特警班出身，曾參與逮捕川島芳子的越南鶴山華僑張達昌，率領農稔祥、文錫齡、梁明等華僑志士肩負刺劉任務，四人從台北飛西貢，住上一年半載，期間與當地大使館第三工作站共商大計，再入柬招兵買馬，布置暗殺事宜。

張達昌到了金邊，以攝影師暨畫家身分作掩飾，他擅於交際，所以很快就跟當地人混得很廝熟，其「崩口昌」外號亦無人不識。他平時出入以德國賓士豪車代步，刻意玩世不恭，入夜常流連金邊 La Lune 夜總會，在脂粉叢中打滾，還把小姐帶回家過夜，有人笑他是「舞場老鼠」！殊不知他身懷重任，有心與舞小姐、侍應生混熟，以便將來在夜總會下手，用手榴彈或在菜餚下毒之手段暗殺出席國宴的劉少奇。

幾經盤算後，張達昌、文錫齡等人最終決定放棄在夜總會下手，原因成功脫身機會很微，遂改為在機場通往金邊的公路地底埋下炸彈，伺機把護送劉少奇和施亞努的座駕一舉炸毀！

他們在當地黨員陳德昌的協助下，在機場的半路租下一棟兩層樓房子，僱用兩名印度壯漢挖掘一條自屋內通往馬路中心的地道，以便埋下炸藥，等劉少奇的座駕在地面路過時，引爆炸藥。地道坑口用張達昌所繪畫的假牆遮蓋，外人即使進來，驟眼看是不容易發現坑道入口。

國軍出身的瓊籍商人彭發生，負責把發報機自越南帶入金邊給張達昌，以便對方跟駐西貢大使館保持聯絡，無奈共諜對台滲透太厲害，有關刺劉之密電早已被內鬼出賣，北京因此數度派人前往香港欲策反張達昌的上司廖時亮，其時廖在西貢擔任第三工作站站長，亦是整個湘江計劃的總指揮，廖若出賣中華民國，那麼整個刺殺計劃從頭到尾都很兒戲，究竟廖有否接受中共策反？答案至今是個大問號。

金邊華僑圈子很小，根本不存在「百無一疏」的祕密，況且當地華人深受左傾思想洗腦，愚忠者彼彼皆是，中共大使館只消下令監視「崩口昌」，人人自告奮勇前往，目標人物除非懂得隱身術，否則難逃眾人耳目。

我認識一位黃姓報業行家，當時他搬到張達昌寓所的對面居住，進行日夜監視。黃先生為了跟監張達昌，還經常與太太佯裝拍拖，騎著機車一路尾隨。張達昌為了掩人耳目，不時把舞女帶回家跳舞作樂或歡渡良宵，他們在家做飯，若人多碗筷不夠，就會來黃先生的家商借。貓鼠遊戲的諜報戰，往往在東家長、西家短之鄰里閒聊中，戲劇化地上演。

據悉，金邊有一名國民黨特工蕭成，開照相館，可能看在農稔祥的豐厚酬金分上，差其兒子蕭廣到張達昌家幫忙挖地道，順便就近監視兩名印度工人。據坊間傳言，蕭廣因不滿酬金分得太少而跟父親鬧芥蒂，一氣之下跑去給大使館告密領功。

然而按照中共官方版本，蕭廣於 1960 年被農稔祥吸收，並獲對方允諾資助到廣州升學，交換條件是在廣州充當國民黨線民。哪料蕭廣在廣肇惠打球賽時丟失身上的特工證，為校內同學撿獲，立即把證件送交訓導主任，蕭廣身分曝光，父子被人使館叫去訓話，強迫兩人轉做中共臥底。後來世人指張達昌的刺劉計劃全盤皆輸，關鍵人物是蕭氏父子。然而中共官方說詞很難採信，天下哪有特工蠢到帶著特工證去打球賽？

不過張達昌等人的作風確實不夠周密，甚至過分粗枝大葉，以致由頭到尾給自己人出賣，敗得無話可說。聽聞姓蕭父子因害怕國民黨採取報復，張達昌落網後，連忙舉家流亡廣州，不再踏足柬埔寨。

1963年4月28日，即還有兩天劉少奇就飛抵金邊，柬國公安以時機成熟，為免夜長夢多，遂展開收網行動，一口氣把所有目標人物拘捕，苦心孤詣的「湘江計劃」至此一敗塗地。

中共多次試圖引渡張達昌、文錫齡、農稔祥、梁明等人到大陸加以虐殺。但表面上，中共又裝成寬大為懷，派人到獄中對四大金剛極盡懷柔勸降，但張文農梁四人視死如歸，不賣中共的帳，所以當地的中共喉舌棉華日報在頭版頭條力斥張達昌等人「死剩把口（死鴨子、硬嘴巴）」意思是拒絕鬆口降共。

然而當張達昌等人以反共義士身份載譽返台，台北當局卻對刺劉之事隻字不提，甚且嚴密封鎖消息，台灣民眾對四大金剛的底蘊可說一頭霧水，只略知他們在柬埔寨因反共工作而被判過死刑，連張達昌在獄中撰寫的《柬埔寨監獄研究史》也不獲准發行，以免洩露太多刺劉細節，可見當年台灣的政治氛圍是何其肅殺。

湘江秋風，東逝如水！

時光若倒流，今天肯定再無人願拋妻棄子從事類似死亡任務，華僑從來都是鳥盡則弓藏的寫照。張達昌被判死，家中有六名稚齡兒女，其妻一夜白頭。若干曾經參與保護劉少奇的金邊華人，在赤柬浩劫中被打成「劉少奇派」，死得相當淒慘。

也許大家會同意這一點，劉少奇當年若被國民黨暗殺，反而是福不是禍，起碼在黨的史頁名垂千古。其實劉少奇逃得過國民黨的暗殺，亦不過多活六年而已，而且活著比死更難受。

話說劉少奇在金邊逃過暗殺，回到大陸過不了三年就被毛澤東透過《炮打司令部——我的一張大字報》鬥臭鬥垮，劉遭百般毒打羞辱，並被扣上叛變、工賊、內奸、走資等大堆罪名，最諷刺是，共產黨還在八屆十二中全會聲討他是國民黨的走狗，而忘記了國民黨曾想致他於死地！

1969 年劉少奇遺體火化時，登記用化名，妻子王光美要等三年後才獲悉丈夫噩耗。也許劉少奇彌留時「恨死」張達昌等人的功敗垂成，反正遲死早死也只相差六年，被敵人痛快炸死，總勝過在文革飽受屈辱而死。

古人譚用之寫了一首律詩《秋宿湘江夜雨》，多少能勾畫出當年湘江（秋風）行動各主角人物的感懷：

湘上陰雲鎖夢魂，江邊深夜舞劉琨，
秋風萬里芙蓉國，暮雨千家薜荔村，
鄉思不堪悲橘柚，旅遊誰肯重王孫，
漁人相見不相問，長笛一聲歸島門。

幾許恩怨江湖路

牆壁上的泛黃照片，留住了林金侯夫婦當年在大陸賣藝的英姿勃發身影，當中一張是林師母頂著一大疊湯碗在板凳倒立的鏡頭，還有林師傅在濟南奪得全國比武大賽殿軍之威水照！

外界幾無人知道西貢胡文牙街榮遠新巷，原來隱居著這對武當派高手夫婦，他們住的是狹小板間房，平時在大金鐘賭場及章揚街藍紙菸廠門外擺攤賣武。林師傅能在舊伍倫靠賣武討生活，而沒被河傍一帶的魚欄咕哩找麻煩，殊為難得，只因該群彪悍咕哩全非善類，若說彼等是地痞惡霸，並非盡然，因他們自食其力，不偷不搶，林金侯師傅與他們相安無事，證明老師傅的確有真功夫，所以獲地頭蛇識英雄重英雄！

聞說該幫魚欄咕哩是明鄉人，魚欄內設關二哥神龕，還有獅頭鑼鼓七星旗等稼生，架步有幾分像洪門堂口，他們也承辦靈車出租服務，沿途還咚咚撐咚咚撐的打著舞獅鼓前進，誰若多付錢，他們可以在靈堂提供孝獅弔祭。每年春節，魚欄咕哩也出動醒獅逐門逐戶採青，但一般只有洞發酒樓李家肯挨義氣，懸掛高青，其他華商皆予婉拒，因嫌他們打「死人鑼鼓」，獅頭又拜過靈堂，不吉利也。

魚欄咕哩的地盤觀念很重，堤岸獅團跑來西貢舊伍倫商店採青，常遭他們搞事，我幼年在逸仙學校鄰近洪松記糖果店看舞獅，當看得眉飛色舞之際，忽然有人在背後猛推，包括我在內的十多人變滾地葫蘆，原來是滿口「老馬迷」的魚欄咕哩到來攪局，當時獅團在表演胸口碎大石，領隊努力啞忍，盡量避免跟地頭蛇大打出手。

猛虎不及地頭蛇，此一道理，五湖四海無人不知，即使是跑慣江湖的星馬武林高手，昔日來越獻藝，也不得不向和平街市的地頭蛇俯首稱臣。

南越臨變天之前，星馬來了一位神鞭俠，一位鐵砂掌，聯袂在豪華登台，且開班授徒，學費一次過繳清 1000 元越幣，二人下榻金像戲院對面恆隆大酒店（頂樓是美玉夜總會）。我朋友興哥慕名前往拜師，惟學藝沒兩星期，對方反過來求興哥，說被和平街市黑道勒索保護費，二人雖身懷絕技，但有感猛虎難敵地頭蛇，只好找徒弟興哥幫忙擺平，興哥聯同一名軍警中尉騎著機車殺入陀地大哥的巷子，說好說歹，把風波壓下來！

當時外地氣功師來越掘金成風，香港有陳濟之，星馬有何霖儀。陳濟之在越美會鄰近的東京酒店開班，學員當中還有一越南女部長。

另一猛虎不及地頭蛇事件發生在 1971 年春節，大世界巷的陳明獅團到馮興街唐山臘味家採青，卯上了住在新新飯店四樓的癲馬南。眾所周知，巴哩街一帶癲馬南橫行霸道慣了，陳明踩上其地盤卻沒拜碼頭，自然而然就出事。當時政府規定所有獅團須有警察隨車監護，但該警察見雙方人馬群情洶湧，就說我去喝咖啡，10 分鐘回來希望見到事件落幕。

該場街頭大混戰打得非常兇狠，許多人掛彩！陳明雖是職業拳館的館長，但事後仍得託請江湖叔父出面斡旋，擺和頭酒道歉了事，只因癲馬南縱橫黑白兩道，且接受全國警總 OMA（即 Camp Aux Mares）招安，轉而充當安寧局耳目，專給警方通風報訊，這樣的人是開罪不得。

按照傳統，每年除夕各大獅團會到天后廟參神，祈求出師順利，旗開得勝，禮畢就會轉往批發商雲集的五指燈耀武揚威一番，當各路人馬齊齊會師，隨著鑼鼓的大鳴大噪，氛圍很自然地沸騰起來，勇武之人尤其熱血奔騰，稍不克制，隨時釀成衝突。

國威堂是少數不去五指燈的獅團，但一定到張振邦議員家拜早年，因張議員每年都贊助新獅頭，除夕例必由他在家親自點睛開光。張振邦是同慶張氏兄弟的叔父，咕哩苦力出身，靠白手興家當上都城市議員。

除此之外，每年土龍木天后廟的元宵遊神，獅隊之間為了爭路或領先，發生打鬥亦家常便飯。江湖傳聞說，國威堂和群義堂好幾次就差點在土龍木大打出手，因國威堂李龍彪和群義堂黃志光曾是師徒關係，不知如何師徒反目，黃脫離國威，前往六岔路插旗，自立門戶。

新年獅團大衝突，除了癲馬南惡鬥陳明，還有洪家聯義堂卯上蔡李佛振聲堂（坐館是陳一鳴大弟子唐振光）。話說某年新春，六桂堂宗親會的洪、江、翁、方、龔、汪之各姓宗親在會所四樓高懸六枝青旗，即各姓邀一隊獅，同日到來賀歲，藉此展示排場，不意冤家路窄，聯義堂和振聲堂同時抵達，雙方都不願禮讓，堅持同時演出，當拆解青陣時，因地方擠迫，起獅時難免碰撞，一時火遮眼，雙方爆發衝突。

其實江湖恩怨最轟動的一次，莫過於 1958 年越南國慶。時任共和青年團副主席的馬國宣為展示華人對吳廷琰的擁護，國慶日號召各大獅團參加大遊行，豈知遊行到金像戲院門外卻爆發大衝突，仁義堂的劉浩良和聚英堂的符保荃，因早有宿怨，狹道相逢，兩批人馬便大打出手，當時劉浩良以單頭棍惡戰後者的齊眉棍，兩大棍王酣戰不休，任照欲介入調停，混亂之間頭部中了一棍，血流如注，須送院縫針。後來雙方都盡量不提此兄弟鬩墻之事，外界也極少轉述，我是早年從堤岸一位老師傅口中得知。

還好，如今雙方後人均能放下上一代人的恩怨，彼此和氣友好，展示「武林本一家，四海皆兄弟」之廣大胸襟。

話說越南仁義堂掌門人劉富師公，在越致力薪火相傳，無奈二戰後社會蕭條，劉師公不堪生活迫人，遂如秦瓊落難潞州，賣馬當鐧，就把自家武館兵器盡數典當以濟燃眉之急，此事為劉浩良師傅獲悉，便前往當鋪把所有兵器稼生贖回，劉富師公也一諾千金，把仁義堂傳位劉浩良。

劉浩良隨後又赴港拜會周彪師公深造，武藝更上一層樓。聞說劉浩良有次與周彪師公切磋，前者以溝馬反手鞭錘出擊，卻被師祖連消帶打回贈一記掛錘，中其後腦。劉浩良在港期間尚得周龍師公另一愛徒陳斗傳授「烏龍纏珠」氣功，還獲對方以一具貓型獅頭相贈，讓其帶返越南，自此仁義堂的獅頭別具一格，引發同道紛紛效尤。

劉富師公有一徒弟叫「蛇廖（潮語是斜視眼）」，一身武藝，偕師兄豆皮牛赴金邊謀生，在金山戲院炒賣黃牛票，有次兩人被仇家追殺，蛇廖的一隻手臂被打斷，趕回堤岸菜園仁信堂館口求師傅醫治，復原後蛇廖竟藉詞練習，向師傅猛烈進攻，招招下重手，師傅退到牆角，猛力一拍牆板，發出砰然一響，趁對方一愣，師傅勾彈腿快如閃電使出，把該叛徒一腳掃倒在地，對方立即下跪求饒說自己出此下策，無非想逼師傅使出他想學的周家絕技！劉富師公氣得七孔生煙，把叛徒逐出師門，回頭就把神主牌及其他物件全部砸個稀巴爛，心灰之餘，結束仁信堂，金盆洗手。徒兒們愛師心切，事後幫師傅重整旗鼓，另創公信堂。

講到堤岸武林中人到金邊謀生，除了蛇廖之外，還有一位叫畢橋的高手，他曾為大軍閥七遠充當貼身保鏢，後來在大世界娛樂場任保安領班，等閒十條大漢非其所敵，當吳廷琰大舉掃蕩平川，七遠勢力土崩瓦解，畢橋見情況不妙，立刻漏夜亡命金邊，從此不再問江湖事，有說他行船去了。

常言道：「一山還有一山高，強中自有強中手。」猛虎是否永遠不敵地頭蛇？現實又並不盡然。

話說南越變天後，參辦街尾的難民村每天都有人聚合一起從事黃金美鈔買賣，他們最常選擇傘陀和同慶交界的巴西餐廳做交易點。1978 年農曆臘月，我的一位彭姓金邊朋友在該餐廳跟顧客交易黃金，羊咩山十三太保忽然現身，一擁衝入店內，洗劫彭君身上的五両黃金，還搶走他停在門外的山葉牌機車。

此事激怒難民村的人，覺得謀生財路遭受威脅，於是籌謀反擊，那時正逢金邊難民源源抵達，難民村由兵微將寡一下子變得人強馬壯，儼如周星馳功夫電影裡的武林城寨。在吳哥戲院做睇場兼打荷包的金弟、老羅、叉燒，拳手崇明兄弟、黑鬼蔡、陳明、大象（印度混血，如今常流連巴黎唐人街酒吧，手牽巨犬，長髮披肩）等，他們在浩劫中死過翻生，個個爛命一條，誓言要在除夕夜給羊咩山陀地還以顏色。

除夕傍晚，金邊難民幫便拉隊前往伏擊在麗都戲院外炒賣賀歲演出門券的羊咩山太保，後者措手不及，被打到落荒而逃，過江龍大獲全勝，還一鼓作氣拉隊進攻三多戲院的黑市票地盤，由於敵強我弱，羊咩山一眾地頭蛇無力反撲，惟有讓出地盤。

聽彭君說，多虧黑道老叔父胡椒和扁鼻牛出來做魯仲連，跟難民村講和，力勸各方和氣生財，終於羊咩山願歸還搶走的五両黃金和山葉牌機車，換取和平共處，同時麗都戲院歸難民村的人管，三多戲院的油水照舊留給羊咩山。

大家可還記得粵劇「筋斗王」猩猩仔？太平洋戰爭爆發，靚少佳帶領的勝壽年戲班全團 40 餘人滯留新同慶，有家歸不得。當時戲班有猩猩仔者，下四府人士，乃靚少佳的最佳武打拍檔，兩人合演「怒吞十二城」「楊戩大戰馬騮王」贏得好評如潮，那時袁小田帶領的京劇北派小武亦配合演出，每晚鑼鼓喧嘩，刀來劍往，把新同慶烘托得熱鬧非凡。

舞大旗，跳空翻，對猩猩仔來說乃雕蟲小技，他在《楊戩大戰馬騮王》演的花果山美猴王，才叫人見識其厲害，他在幾乎觸到舞台横樑的五張桌子高度，翻三個半凌空筋斗，一躍而下，漂亮著地，身輕似燕，贏得滿堂喝彩。但是再鋒利的刀也有變鈍的一天，到了不能打空翻時，猩猩仔告別小武生涯，改行在水兵街廣益書局隔鄰的仁生堂藥房掛單，擺了兩個銅壺賣涼茶，兼給人醫治跌打，那時他以李倫聲之名掛牌，惜樹大招風，被一越南暗探藉詞醫療失誤上門搗亂，敲詐金錢，猩猩仔經此事故，從此不再現身江湖。

回頭再說靚少佳與他的勝壽年戲班，戰後西堤陷於無政府狀態，俗稱「木鞋（Một Hai）」的越盟到處扔手榴彈，橫行金邊市場的地痞亦肆無忌憚常到新同慶看霸王戲，還滋擾伶人，令勝壽年不勝其煩，有晚戲班武生鄭炳光買醉歸來，碰上幾個流氓攔路生事，便撿起路邊扁擔使出詠春六點半棍法，把對方打得抱頭鼠竄。

還有一次大年初三，靚少佳有意把日場收入犒賞戲班兄弟作為新年紅包，戲班人人大喜，以切身利益起見，嚴加把守大門禁止看霸王戲，卻因此開罪三腳橋的飛仔，對方帶備「番鬼鐵」（亦稱「快制」）強行闖進後台找靚少佳講數，其時演出臨近尾聲，靚少佳趁換布景退入後台洗臉補妝，雙方在後台互相囉罵，戲班二花臉、三幫小武、五虎軍等統統圍攏過來，就等靚少佳把水盆潑向對方，就齊齊出手跟敵人拚命，但靚少佳顧慮惡戰一起，戲院新年流流必釀人踩人慘劇，就在舉棋不定之際，對方忽說只求勝壽年在太湖樓（愛華）設和頭酒，恩怨就當粉筆字刷掉，靚少佳認為條件不算過分，乃一口答應，誰知對方來了兩三百人，連妓院老相好也帶了來，靚少佳埋單 7000 多元，代價遠高於對方睇霸王戲。

除了靚少佳，來越演出的武林高手尚有「武狀元」陳錦棠及其徒弟「武探花」梁蔭棠，前者曾與廖俠懷在娛樂戲院登台，可能演出賣力，經常觸發肩頸舊患，每次有事，陳錦棠必光顧拉架街何允中診所，請廣院的何大國手施針為他療治舊患，所以何氏診所的「榮譽牆」留下「武狀元」赤著上身接受施針的紀念照。據聞，陳錦棠和梁蔭棠在省港演出是打真軍的，所用全是鋒利無比的真刀真槍，可惜兩人來越，時間先後錯開，使得西堤戲迷無緣觀賞「武狀元」勇戰「武探花」之精彩對打。

梁蔭棠曾隨陳斗學外家氣功，精通蔡李佛和周家拳，個子精悍，但勇武過人，其在大世界和中國戲院演出的「無敵將軍」連滿十數場，梁氏飾演被番邦虐待的漢家名將，劇中有躺釘床、心口碎大石、鐵板夾頭、火焰燙背、壯漢踩腹等表演。梁蔭棠亦有「翻生趙子龍」之稱，戲迷最愛看他出場時怒目圓瞪，中氣十足地大喝一聲：「俺是趙子龍！」其妻紫蘭女曾在大世界演出，擅演潘金蓮，跳蹋踏舞很在行。

新靚就（關德興）曾在中華和中國戲院表演過鞭風滅燭的絕技，其打真軍演出亦是熱門賣點，為向戲迷交待打真軍絕無花假，伶人演出前會先把紅櫻槍、單刀、關刀擊向木凳，以示兵器全屬開了封口的利刃銳槍！當鑼鼓響如急雨，文武生和五軍虎魚貫出場高呼酣戰，鐵器因撞擊而火花四濺，煞是好看。新靚就擅演關公千里送嫂，「翻生關公」深入人心，記得自己在越南關氏宗親會贈醫所上班，每次跨進門，迎面而來是牆上「關公夜讀春秋」之大畫像，畫中人畫得跟新靚就一模一樣。

新靚就留越期間也為戲迷醫治跌打，慕名求醫及拜師者不少，西貢黃榮遠廿五少的骨折就是靠新靚就醫好的，前者為表謝意，把榮遠堂大樓左側夏美蓮街（胡文牙街）平房一棟，免費借給新靚就及其小妾作為臨時香巢，一直住到離越始還。

演出打真軍，一個不留神，就血濺舞台，故從前工作人員在每場武行開打之前，會當著觀眾焚燒元寶，祭拜遊魂野鬼，所以每次舞台有人燒元寶，戲迷就意識到真刀真槍的全武行就快出場啦。以前唐滌生不信邪，開幕跳過《六國大封相》，而直接上演《再世紅梅記》，結果當白雪仙從棺材彈起來的剎那，唐滌生當場中風身亡！

講到武林中人變黑社會大哥，最典型者莫過於癲馬南，此人原名姚傑南，父母在梅山街開名苑時鐘旅店。在三教九流環境中長大的癲馬南，只在察路中衝街華英學校唸過幾年書，就出來社會打滾，聞說他曾在仁義堂或聯義堂吃過幾年夜粥，大老婆是「神經六」女兒阿細，這真是天作之合，一個神經，另一個癲馬，江湖沒誰敢惹！

1966 年春節過後，阮高奇以奸商罪名處決謝榮，不旋踵又發動全國掃黑 Bài Trừ Du Đãng，合該癲馬南時來運到，他接受都城警察總監阮玉鸞的招安，充當「金手指」，把堤城所有大哥統統「篤」出來，結果忠義堂蘇洪、安平街海防劍等全都進了志和監獄。江湖傳說，為了湊足人數以便向全國警總邀功，癲馬南連自己兄弟掃把星也一併出賣。

接受招撫後的癲馬南，以安寧人員自居，身懷佩槍，開著一輛開蓬 La Đà Lạt 招搖過市，入夜則邀同 OMA 官員上同慶聽歌跳舞，此人最喜歡逼歌星陪酒，同慶有某華人女歌星被他糾纏不休，搞到走投無路。

大變天後，癲馬南的二奶娟姐及兩子一女移民來法，大兒子外號濟公，初來埗到就在巴黎學人收陀地。其弟弟辣椒對我說他哥哥在酒吧喝了幾杯就愛打架。濟公跟一名混血兒悍婦住在唐人街赫爾辛斯基大廈，本育有兩子，然而某天夫婦外出，孩子留在家中無人看管，不知如何竟引發火警，可憐稚子被困屋內，雙雙葬身火海！

也許因吸毒的關係，濟公夫婦行為瘋瘋癲癲，有次在唐人街 Porte de Choisy 馬路互毆起來，法國警察好心勸架，兩人怪警察多事，竟然聯手反過頭來追打警察！濟公年紀輕輕，妻離子死，我的學生阿仁曾見他頹坐唐人街長凳，涕淚縱橫，毒癮發作得很辛苦，自此巴黎再無人見其影蹤。他弟弟辣椒，人算不錯，娶了一名教師為妻，後來因涉一宗槍擊案，便回越定居。辣椒對其父很表欽佩，說他愛行俠仗義，常幫助窮人。

癲馬南下場如何？有說在勞改營被折磨而死，亦有說在鄉下隱姓埋名，總之人言人殊。他在法國的女兒向我透露，癲馬南被送勞改後就音訊全無，她說變天前自己父親本可隨南越軍機逃亡，但因小妾太多，而且做日本機車零件生意又很成功，捨不得丟下一切逃亡，加上輕信什麼「第三成分」上台走中立，便留下看形勢，結果遭到人間蒸發。

變天後，癲馬南成為華文解放報點名狠批的頭號黑道，該批鬥長文還附上癲馬南赤腳站在巷口的階下囚圖片。其實越共入城之前，很多大哥已半退隱江湖，個個轉做正行，癲馬南不是唯一例子，蘇洪大哥也跟人合資經營統一泳池酒店。

癲馬南最轟動的江湖事跡，應該是他被死對頭海防劍派人砍他十八刀之江湖傳聞。大家都說砍他的人是菜園松明兄弟，也有說是下四府人光頭鎮。我曾問過幾位退隱大哥，然而眾說紛紜，沒一個版本是真正可靠。

跟癲馬南水火不容的海防劍，真名叫鍾蘇蝦，當時大世界巷和菜園有很多南撤兄弟，一些不務正業的青年很自然與海防劍埋堆。聽說海防劍平時最愛穿免燙的 Lin Phăn 長袖襯衫，為的是方便把刀藏在衣袖內。

滿口海防腔越語，卻不曉書寫越文的海防劍，熱衷赴台升學，然而台灣去不成卻留在越南當大哥。反而另一位越南僑生馮忠華（穗城第三屆校長馮星符的愛孫），啟智畢業赴台升學，機緣巧合，竟然成為竹聯幫僑堂堂主，這位台灣黑道口中的「瓦哥」，在精神領袖陳啟禮隱居柬埔寨期間，差點成為竹聯幫接班人，其獨子成婚之日，兩岸三地黑道都來向他祝賀，連立法院院長王金平也都賞面出席，這算不算「越華之光」呢？

海防劍在大掃黑運動中鋃鐺入獄，只不過即使身陷囹圄，此君仍不韜光養晦，當時志和的E倉專門囚禁華裔，誰若想太平無事，每月得給大哥繳付「Tiền thăm nuôi（保護費）」，但偏偏有一名外江佬堅拒屈服，海防劍向對方提出條件，倘能接得下他的三腳而不倒下，就免他繳費，外江佬聞言立刻運氣扎馬，硬生生接下海防劍三腳。此事是一位黃姓朋友出獄後相告於我，說該外江佬顯然是武林高手，惟無人知其身世。

出獄後的海防劍，門生星散，昔日大哥已風光不再，有天他獨自上同慶吃飯，又想故技重施，但這次可倒霉，遇上時任同慶酒樓經理的鄔世伯，他把門先關上，揪住海防劍饗以老拳，事後張炯良還給我世伯發獎金兩萬元。當時的海防劍好比《英雄本色》裡的狄龍：「已經好耐冇做大佬架啦！」海防劍自知時不我予，後來也不敢找我世伯晦氣。

其實黑道敢到同慶酒樓生事，未免買棺材唔知揼。張炯良的元配夫人跟越南第一夫人情同手帕姐妹，當所有人尊稱紹夫人 Bà Thiệu，但張太可親暱直呼紹姐 Chị Thiệu。張太投資西貢黎萊夜總會時，把一半股份送給第一夫人，所以名流官員紛來光顧，就是衝著第一夫人的天大面子，黑道膽敢來搞事，豈不有眼無珠？

最後要說的江湖人物是大哥泰。吳廷琰倒台後，法律趨於寬鬆，黑道勢力立即趁機擴張，肆無忌憚，大哥泰及其大國泰黨就是當中一個實例！有次警方不肯釋放其兄弟，大哥泰竟指使手下開大貨車把刑警大隊長陳金枝上尉撞死，阮玉鸞怒不可遏，頒令全國警力務必把大國泰黨連根拔起。

另有版本說，大哥泰在西貢永利戲院頂樓的奧林匹亞舞廳當面衝撞阮玉鸞，才招來大國泰黨的末日。其實阮玉鸞曾試過招安大哥泰，以第七郡警長及上尉官銜，交換他的金盆洗手，但大哥泰對出賣兄弟的事不屑為之，阮玉鸞見他敬酒不吃吃罰酒，決定向大國泰黨宣戰。

大哥泰原出身慶會貧民區，幼年當過擦鞋童，每天越過高橋 Cầu Mống 來到華人聚居的國泰戲院遊蕩，後來糾眾創立大國泰黨，橫行舊伍倫大金鐘，染指所有賭檔煙格妓寨，還擴張至番衣街舞廳茶座。

國泰戲院鄰近的菠蘿巷和龍鳳巷（黑道皇帝 Năm Cam 出道時在龍鳳巷開賭檔），住著一群華人飛仔飛女，他們加入大國泰黨，常到國泰、金珠、大南戲院看霸王戲，還開著德國機車 Goebel 或 Máy Sachs 以賽車為樂，後來大國泰黨遭到剷除，這幫華人阿飛紛作鳥獸散，聞說菠蘿巷有個大哥還被抓送崑崙島服刑。

坊間傳說，大哥泰黨羽曾在豪華戲院撞球室追殺癲馬南，事實該場衝突跟癲馬南無關，那是大哥泰伏擊忠義堂坐館蘇洪，當時後者在豪華戲院撞球室和好友消遣，忽遭數名大漢追斬，蘇全身而退，但其黃姓友人的眉骨卻被砍到皮開肉裂。

蘇洪大哥為何會惹上大哥泰？外界不得而知，人們只知道蘇洪為人講義氣，交際手腕了得，華商有事都找他解圍，當年亞洲影后林黛來豪華戲院登台，他在戲院門口擔任糾察，防止黑幫來搞事，豈知黑幫沒來，卻來了一群無冕皇帝，跟主辦當局起了糾紛，全靠蘇洪居中擺平。統一泳池大酒店開幕，前往採訪的成功日報記者周大哥希望一嚐夜泳滋味，任經理的蘇洪二話不說就開亮了泳池全部照明，滿足無冕皇帝的要求。

原籍福建的蘇洪師傅，年年為廣肇醫院義舞。戊申戰火期間廣院變成堤城最大的難民收容所，5000 名難民把廣院逼爆，又食又住，讓廣院財政不勝負荷，後來好不容易求得政府把難民送往別處，但仍有難民及街外無聊人霸占新建北院，部分人除了偷東西，還在天台把抓來的流浪貓狗就地炮製南乳香肉煲！廣院董事王杰唯有找蘇洪大哥幫忙，虧他出馬，這些「院霸」乖乖捲起包袱走人，王杰遂有「除霸董事」之稱譽。蘇洪大哥的忠義堂醒獅很容易辨認，因其牙刷蘇黑獅鑲上一隻銀亮鐵角，威武不凡。

舊日醉心拳擊的人，最愛前往精武體育會觀拳賽，又或夢想自己有朝一日也登上擂台。拳總規定每個拳賽之夜必須兩場是西洋拳、三場是自由搏擊，每仗三回合，各回合三分鐘。前排座位收 200 元，山頂座位收 50 元，獲勝彩金為 2000 至 4000 元不等，落敗領不足半數。

當時在拳總註冊的比賽拳館有 15 家，華裔拳館有阮漢明、羅坤、陳明、龍虎會、馬成龍等，若非受制兵役，否則更多年輕人上擂台。個人記憶所及，阮漢明、羅坤、陳一鳴師傅的拳館在堤城武林名氣最響，故也經常成為越南拳師的挑戰對象。阮漢明其時踏入中年仍接下不少戰書，並且親上擂台應戰，戰績全勝。後來崛起的白眉派荊軻，其人力大如牛，打過好幾場轟動拳賽，中區拳手是他的手下敗將。

羅坤有一腳不良於行，但無礙其敏捷身手，他的公子羅強、掌珠羅麗芳，均揚威精武。除了羅小姐，當時的華裔女拳師還有胡影雪、嚴苾梅、李亞女、李玉、阮金蓮等。大姑娘打擂台，在越南該時空來說，作風相當前衛。

曾奪印支運動會西洋拳金牌的越南拳王明景，1970 年公開向常勝將軍阮漢明叫陣，成為拳壇焦點，他和阮漢明在拳總簽生死狀 Đánh Chết Ráng Chịu 之鏡頭仍留存我腦海。開打當晚精武一票難求，我遲來一步連黃牛票都買不到，後來聞說該拳賽涉嫌假打，兩人整晚像打太極拳，繞台走來走去，最後阮漢明飛身一踢，王明景便倒地 KO，全場大為鼓譟。港星陳惠敏也曾來越作賽，連戰皆捷，所向披靡。

自幼熱愛學武，啟蒙於唸初中一那年，適逢博愛學院在合作社興辦跆拳道班（當時越人稱跆拳道為太極道），我是第一屆學生，教頭是博愛童軍主任林正中的胞弟，可惜跆拳班辦得好好，僅一年就無疾而終，我不想半途而廢，轉往交通警察總局鄰巷的跆拳道館報名，想不到又跟林師傅重續師徒之緣，他是一位嚴苛老師，開學首天就聲明，這裡是講武堂，不是讀書館，學生誰不聽話就要挨揍。

我受教的跆拳館位於 Cầu Kho，館名叫 Võ Đường Póc Công Lộ，館長叫阮平，黑帶四段，在特種部隊任教官，他有一個手長腳長的美越混血黑人徒弟叫黑 B（Be Đen），出腳快如閃電，罕逢敵手。阮平赴美後繼續開班授徒，現已晉升為黑帶七段宗師，而黑 B 則不幸飽受病魔折磨，步履維艱，形同癱瘓。

跆拳是隨著南韓參戰而在越地廣為傳播，1962 年獲南越國防部指定為軍中搏擊術，那年七段宗師南泰熙將軍奉派來越（跆拳始祖崔泓熙的弟子），在守德士官武備學校傳授朝鮮國技，所以南泰熙有越南跆拳之父稱譽。

經歷過韓戰的「猛虎」「青龍」「白馬」等高麗兵團，個個都是搏擊高手，但是他們駐守歸仁要塞期間卻軍紀敗壞，常濫殺無辜，還強擄婦女作慰安婦，邦美蜀的老虎亦被韓兵獵殺一空，造成生態大災難。兇殘無道的韓兵在越戰犯下過太平村屠殺、平泰屠殺、河美屠殺等反人類血腥罪行，造成近萬平民無辜送命。

1971年民立報副總編暨報業工會領袖陳友煌，武林外號黑虎煌，因看不慣韓兵的無惡不作，下戰書挑戰韓兵，宣稱要用越南國術的鐵拳道跟韓兵跆拳道一較高下，黑虎煌還呼籲國人在受軍訓時，杯葛跆拳道，一定要學自己的國術。陳友煌還動員門下三千弟子和萬幸大學的反戰學生包圍崇正醫院對面的韓軍司令部，高喊嚴懲殺人犯，並且焚燒軍車，南韓駐越總司令鑒於群情洶湧，只好出來向群眾道歉，以息民憤。

當時白黑報、新時代報、公論報、獨立報等天天大肆炒作，欲促成「越南猛虎 Vs 高麗猛虎」大比武，惟時機過晚，巴黎和談未幾便塵埃落定，韓兵束裝返國，曾經鼓譟一時的越韓武林恩怨從此走進歷史。

回首武林英雄事

手銬叫玲瓏、槍是噴筒；分贓叫開花；散步叫遊花園；打劫叫爆閣或打鷓鴣、吃飯叫間沙；下雨叫灑清；子彈叫白米；男士叫天牌，閨女叫二五、受傷叫掛彩、慢慢吃叫淡定……。

據說這是早年仍流傳在西貢傅德政街圍仔巷的洪門暗語。我對圍仔巷不陌生，記憶中巷內住的都是草根家庭，大部份人家是挑擔收買破爛或沿街叫賣的小販，想不到那兒曾是洪門兄弟的落腳點。有關該秘辛，我是從洞發酒樓後人李偉甜兄口中得知。

眾所周知，洪門前身是天地會，而天地會在越人口中亦稱三皇會，因這組織在「兩阮百年紛爭」發揮過非常神祕的角色，所以後世越人編造故事，動輒就給華人富商貼上三皇會標籤。馬國宣、謝榮、李良臣等，均曾無端變成三皇會在越南的近代領袖。

洪門子弟亡命越南始自18世紀，他們加入古傳戲（Hát Bội）班紅船作掩飾，當中有班主影輝與文武生四靈，獲阮惠兄弟從平定省招募到北方，為西山朝20萬大軍擔任武術教頭。所以平定省譽為越南武術之鄉，完全是因為洪門子弟曾經落腳此地之故。

平定省若是越南武術的搖籃，那麼堤岸精武體育會就是越華武學的「少林寺」！

1922 年上海精武體育會的陳公哲、姚蟾伯、盧偉昌等聯袂來越拓展分會，陳盧是中山人，適逢西貢東方滙理銀行買辦葉伯行也是中山人，正所謂親不親，聽鄉音，賓主他鄉相遇，格外投契。對於成立精武會越南分會之建議，人人樂見其成，咸認強身健體有助洗脫東亞病夫之恥辱。

當時社會風氣靡爛，青年不良嗜好甚多，滿街皮黃骨瘦之士，所以大家對創建精武會之倡議，一呼百應，葉伯行時任中華總商會理事長，地位崇高，偕同鄉里招壯志，齊向堤岸天后廟租借一幅橫跨梅山街、七府街的地皮興建精武學校，即今天的精武體育會，當時還獲來越演出的上海馬戲團義演籌款（其時沈常福馬戲團還未誕生）。

隨陳公哲南來的上海國術泰斗有趙鎮群、顏桂枝、白蓮剛等，他們留越期間把精武會的基本十大套路如：譚腿、功力拳、節拳、大戰拳、套拳、接譚腿、單刀串槍、群羊棍、八卦刀、五虎槍等，一一傳授當地華人，迄今已歷一百載，今天人們仍可每晨在堤岸二府廟廣場看到這些當年南傳武術套路。

日軍侵越的五年間，精武會被逼終止活動，和平後始重開，由鷹爪門謝霖祥師傅任總教頭，直至辭世，繼之由黎日林師傅接任，其時精武威名遠播，青年加入精武學藝，蔚為時尚。

葉伯行返澳門後，精武會由其女婿黃履中承繼。黃氏獲悉南撤同鄉曾慧如丈夫趙竹溪，曾任教澳門精武體育會，遂登門拜訪，並獲其慨然首肯加盟。為隆重其事，黃履中舉辦盛大歡迎會，請趙師公上台表演一套七節梅花鞭，而黎日林師傅也登台獻藝，兩位師傅出拳如電，鞭密如雨，精彩異常！

趙竹溪是太極螳螂拳第七代傳人，原在山東煙台任鏢師，戰後應越北首富龔純禮之邀，到海防擔任龔公館護院，龔氏本人亦拜於門下，還幫助師傅開設跌打醫館，惟好景不常，日內瓦條約簽訂，越南自 17 度緯線一割為二，南方歸自由，北方歸共產，趙竹溪以自由可貴，毅然舉家南撤西貢。

趙師公加盟精武所收的首個弟子，是精武前總教頭謝霖祥的大公子謝賜榮。其他男弟子有吳慶秋、黃耀斌、李火煙、蔣耀輝、鄭華秋、葉國樑、陳明、連定安、梁祺、陳松柏、林子強等，合稱竹溪太極螳螂門十二金剛！女弟子有蘇慧秋和張芳。其中吳慶秋和鄭華秋早在海防時已拜師。

趙師公所調教的十二金剛，各擅所長，謝賜榮帶藝投師，鷹爪螳螂兩皆了得，猶擅纓槍；李火煙人如其名，火爆剛烈，出拳震腳，虎虎生風，尤精外家功夫；黃耀斌與鄭華秋的春秋大刀最耍家，黃還是粵劇名票，擅演關雲長及蘇秦拜相；師弟蘇少傑，亦為文武生票友。葉國樑任教西貢廣肇體育會太極班，每天清晨還到白藤碼頭授徒，葉師傅授課必配上其東莞鄉音的招式背誦，雖云似「卜卜齋」老師，卻令人聽出耳油。秋姐和芳姐以七節鞭及劍法飲譽堤城。蔣耀輝擅長散手，現揚名美國。陳明在大世界巷設館教自由搏擊及英拳，門徒經常上擂台打拳賽。

趙師公最膾炙人口事跡，當然莫過於1958年接下鷹爪門陳子龍的公開比武挑戰。陳子龍自稱來自香江，誇口練就一雙無堅不摧鷹爪，能指插椰青，破牆取磚，指名要挑戰太極螳螂、仁義堂周館、白眉派等掌門人，以決一高下。趙師公愛徒李火煙看不過此人的囂張，主動請纓代師求戰，但素有「山東趙老虎」稱號的趙師公，早年與愛徒姜密齡在濠江「大鬧康公廟」，以寡敵眾，殺出重圍，威風八面，豈是浪得虛名之輩？故堅持親自迎戰陳子龍。

其時萬國日報記者潘某，為刺激報紙銷路，對比武之事天天追蹤報導，潘君還致電關德興及劉湛打聽陳子龍的虛實，答覆是陳子龍在香港確有其人，但因早年私下比武把一印度人錯手打死，從此浪跡天涯，不知所蹤，照年齡算陳子龍該是老人家，而越南的陳子龍比較年輕，應該是冒牌貨。

這位潘記者倡議堤城各界何不借鏡香港太極名家吳公儀與白鶴派高手陳克夫在澳門比武之武林盛事，也為趙竹溪及陳子龍打造一場越港龍虎鬥？既發揚國粹，也為中正醫院籌款，一舉兩得，誰謂不宜？

此議廣獲輿論支持，比武開打前夕，趙陳在媒體見證下互簽「拳腳無眼，各安天命」之生死狀。螳螂鬥鷹爪，孰勝孰負？成為當時世界報及萬國報的炒作焦點，還競相大耗筆墨分析誰的勝算高低。順便補充，昔日在拉架街行醫的關世明師傅，正是澳門擂台英雄吳公儀之得意弟子。

擂台賽設於共和球場，開打之日，萬人空巷，當然也有賭商乘機開盤接受投注，人人亟盼南國精武門勇挫香港鷹爪派。惟擂台賽臨鳴鑼開打時，公安如臨大敵趕至，喝令比賽腰斬。據說是吳廷琰直接下的命令，其時吳氏致力推動同化政策，對鼓舞華人尚武精神的擂台賽，心存戒慎，就是不想讓華人有團結坐大的機會。

比武未開幕即告閉幕，現場大為鼓譟，許多市井之徒竟然拿起木屐水果空瓶等雜物往台上拋擲，而坐在前排榮譽席的中正醫院院長王爵榮博士、國府駐越官員暨名流太太們，個個唯恐蒙受池魚之殃而倉皇走避，一場武林盛事最終狼狽收場。

此事之後，趙師公名氣更加如日中天，反之陳子龍則銷聲匿跡，有人說他在精武體育會鄰近開醫館，亦有說他在梁如學街推車賣甘草糖泡水果，如其他許多老師傅的晚年，終日與酒為伍，活龍變了醉貓。

以上之事，乃家喻戶曉，然而當中還另有插曲，從無人提及，姑且寫出來與讀者分享，博大眾一粲。

原來陳子龍曾經到過仁義堂踢館，當時堂口坐館仍是劉富師公，其愛徒孔廣就在館內迎戰陳子龍，拳來腳往，但不消數回合，陳子龍就臉上掛彩，鼻樑被孔廣以一招「霸王敬酒」所打爆，血流如注，只是陳仍「牙刷刷」，打掉牙齒和血吞，離去前還說要找白眉派大隻鑑比試，仁義堂發叔好心勸他，不如算罷啦，鑑哥有外號給你叫，佢咁大隻，拳頭似沙煲，你如果去踢館，最好先給自己買備棺材！大隻鑑雖是糕餅師傅，卻一身武藝，他本人也加緊備戰，一心想會陳子龍看其是何方神聖，還好陳最終沒來，否則一頓皮肉之苦有得他受。

至於趙師公後來何以離開精武，轉往崇正、義安、勵志、健青、廣肇等體育會任教？說來還真有一段「古」。

據家父憶述，他為中山同鄉會上趙宅收會費（趙師母是會員），故經常有機會與趙師公喝茶聊天，有次聽得師公大發牢騷，還忍不住破口大罵某領導人，說這個小子，做事不知天高地厚，把柔術引入精武會，無視精武創辦人霍元甲是死於日人之手，而且精武宗旨是發揚國術而非東洋柔術。趙師公之拂袖而去，明顯是不滿精武會被東洋武術入侵。

那時正逢日本家電的登陸潮，東洋產品給大家帶來強烈新鮮感，加上黑澤明的「柔道龍虎榜（姿三四郎）」在西堤創下亮麗票房，柔術遂成為最時髦的武術，年輕人更喜以一身Judogi的威武相片，向女朋友炫耀自己的護花能力！

無可否認，精武柔術班吸引不少年輕人從學，當時精武的第一位「師匠」叫陳佐，1950年代華人就以他的柔術最棒。後來鄭子堯南撤來貢，其摔法學自河內日本人，攻擊力強，據聞陳佐也都敗給他。鄭子堯還任教遠東及中法（博愛）等兩家著名學府。

鄭子堯老師是個超級大近視，身材魁梧無比，無奈受糖尿困擾，經常菊果不離口，只因當時腴島素不普遍，患者靠吃菊果來降血糖。所以授課書寫黑板時，若哪個學生在下面交頭接耳，他會驟然轉身把手中吃剩的鐵蒺藜（菊果）擲向對方，百發百中！變天後鄭老師來法定居，未幾病入膏肓，瘦如竹竿，跟往昔在柔術界叱咤風雲之重量級身材判若兩人。

俗云長江後浪推前浪，陳佐敗給鄭子堯，後來輪到何文英崛起，鄭又敗在何的手下。

何文英的父親何文煥，曾在陳文友內閣擔任財經部長，在倫敦長大的他，具備越英混血兒的魁梧體格。當時精武教的正統柔道以摔為主，何文英自英國帶回來的「寢術

（地面技）」，是一門著重兩人趴在地面的「分筋錯骨手」纏鬥，當時何文英在柔術界庶幾罕逢敵手。

何文英跟鄭子堯一樣以教外語為生，不同的是，何氏自己開班，租用新舊啟智書院開辦劍橋會考班，用純正倫敦腔授課，後來 50 萬美軍浩浩蕩蕩登陸，美式英語變為主流，不過何文英的倫敦腔英語仍然吃香。何師母是法越混血兒，夫妻平時習慣用法語交流，口音純正，不觀其人還以為一對巴黎人夫婦在對話。

提起南撤高僧釋心覺，大家一定朦查查，但是若提起第三郡公理橋的永嚴寺，則無人不識，釋心覺就是永嚴寺的創辦人。華人很喜歡於春節或其他節日到永嚴寺拍照，原因其建築富於東洋色彩，飛簷掛滿風鈴。釋心覺非普通僧侶，他可是一位深藏不露的柔術高手，其門徒黃文固及黃春寅是越南頭一批獲國際認可的黑帶 Judokas。

嶺南獅藝早自晚清年代就傳入越南，那時的獅頭相當巨型，一個等於今天的兩個，師傅全部來自唐山，二戰前就已經在安南闖蕩的師傅有聯義堂的黃順、黃榮師傅，仁義堂的劉清、劉富師傅、鶴山同義堂的劉衡、劉高師傅，蔡李佛鴻勝堂的陳一鳴師傅、北勝蔡李佛勝義堂的西伯師傅、新會仁愛堂的師傅（名字不詳）。早年很多師傅都姓劉，儼然出自劉家班。

劉清於七七事變那年即已奉周龍宗師之命來越開疆拓土，最初在梅山街關帝廟授徒，1938 年轉往左關，創立仁義堂周館，隨著時局之風雲變色，劉清因參加抗日而被皇軍逮捕，音訊全無。1939 年間周龍另一嫡傳弟子劉富南來堤城接棒，重振仁義堂。劉清在越有子侄劉永輝，現於美國聖荷西設館，為彰顯承先啟後，堂口稱聚英堂。

仁義堂周館揚名甚早，新年幾乎包辦水兵街、梅山街、古都街、美拖街所有大小商鋪的青旗。其次是黃氏聯義堂，成員清一色是富壽牛皮行的兄弟，故每年均留在富壽採青，光是行內的青旗就多到採不完，無需前往水兵街或拉架街「爭食」。

講起來，劉富師公跟關德興，陳斗是同門，三人同屬周龍宗師嫡傳弟子，周龍曾任李福林將軍國軍教練，其一雙橋手因苦練割手而呈鐵青色，堅硬如鐵。1925 年廣州鬧疫病，周龍不幸感染，七姐誕前夕在家中去世，享年只有 34，周家發揚重責從此落在胞弟周協、周彪、周海、周田身上。周家特色是「洪頭蔡尾」，並吸收詠春技法，加入了轆捶，標指、割手、膀手等招數，變化豐富，深受國術迷所喜愛。

關德興在黃飛鴻電影所展露的威猛虎爪正是出自周家，而陳斗名氣不亞詠春葉問，弟子尤其遍及梨園，陳斗還追隨過蔡李佛譚三、李貴、洪拳賣魚燦等一代宗師，鶴山獅藝了得，人稱廣州獅王，當年劉浩良師傅赴港探望周彪祖師，曾邂逅師伯陳斗，獲對方以鶴山「勝頭」一隻相贈，讓其帶返越南複製，從此越南獅頭掀起小小革命，劉浩良功不可沒。

如三國演義的開場白：「天下大勢，合久必分，分久必合！」越南仁義堂於 1950 年代末曾出現家變，部分菁英拉隊到外面另組聚英堂。

話說 1950 年代全球興起勞軍熱，西貢青康社總幹事陳漢錫奉反共救國總會指示，甄選響噹噹的仁義堂赴台勞軍，前後去了兩次，每次均在台北大球場贏得佳評如潮，奈何第二次卻出了問題，事緣初次赴台的符保荃急於表現，在大會搶先表演了劉浩良最愛的五郎八卦棍及蔡陽刀，後者大感不悅，認為對方有僭越之意，回到越南，彼此的矛盾便浮出水面，或許冰凍三尺非一日之寒，勞軍爭拗不過是導火線。

合久必分，已成定局，於是符保荃、徐自強、陳麗霞、任照、任明、盧昌發、楊澤、李耀祥、李祥粵、黃柏鎏、馮錦祥、姚寶華、鄔堅、馬志光、李潤光等人拉隊到梅山街馬車巷另立聚英堂，後來又衍生公信堂、廣義堂、國術團等。

儘管各人另立山頭，但是當大家接獲周彪師公的噩耗，各人堂口本著同氣連枝，仍能放下前嫌，和衷共濟，在報上聯名發布師公的訃告，並且合資在羅庵慶雲南院舉辦法事，以慰恩師在天之靈。

昔日周家仁義堂吸引不少武癡登門帶藝投師，無人不識的啞九，當年風聞劉富師公在匠人街（范敦街）佛山酒樓慶祝關帝誕，便大著膽子與周耀龍直闖酒樓跪地拜師。住在梅山街咖喱巷，白天挑擔叫賣燉雞蛋的符保荃，亦為仁義堂的帶藝投師者，聞說他的齊眉棍很耍家，曾經用他的肩頭的一根扁擔，擊退好幾個吃霸王燉雞蛋的持棍車仔佬！

有一報界朋友在梅山街長大，時至今天他仍記得在咖喱巷與他對門而居的符保荃，他說荃叔每晚出門，他一定迎上前多嘴問：「荃叔，又上仁義堂教功夫啊？」

值得一提，聚英堂的師傅除了劉富師公，還包括「鶴山獅王」馮庚長的嫡傳弟子任齡，其最得意門徒就是陳麗霞小姐，她不但盡得恩師的蓮花步暨貓型獅之真傳，還認了恩師為誼父。陳麗霞小姐表面纖細溫柔，然而當重逾四五公斤的獅頭把玩在她手裡，卻活靈活現，舉重若輕，她的獅子滾繡球有口皆碑，成名遠早於國威堂的溫潔英。

陳麗霞的師兄夫婿徐自強，擅長五郎八卦棍及虎豹混形拳，徐陳二人是聚英堂出了名的金童玉女，二人結成連理後，留在聚英堂任教，春節為五幫醫院義舞，甚得時任十幫幫長馬國宣之賞識。

從仁義堂分家出去的國術團，創辦人李潤光，與七府街的國威堂李龍彪是堂叔侄關係，兩人的武館均冠上一個國字，李潤光父親人稱「爆肚福」，擅舞獅尾。1970 年代國威堂聲望甚隆，李龍彪的小姨溫潔英和娟姐拍檔表演貓型獅，每年除夕例必上第九頻道越南電視台作賀歲表演。

國威堂採高青從來只用大托盤加疊羅漢，而從無使用「一柱擎天」大碌竹。據說國威堂早年有徒弟叫大傻，是攀竹竿能手，惟某年新春失足下墜身亡，李龍彪哀慟之餘，親自把大碌竹鋸斷，發誓從此改用托盤採青！身染伯牛之疾的李龍彪，1970 年代已極少露面，他生時透露過自己是在美拖遭奸人暗算，墮入賣瘋女的陷阱。

仁義堂早年前往迪石採青，曾表演過三層托盤採高青之絕技，動用六七十人築成前所未見的三層人肉金字塔，最高一層還以騎膊馬方式架起三個人，認真藝高人膽大，惟表演途中海風猛吹，幾乎把立於最頂端的小夥子，連獅頭帶人一併吹下來。

一柱擎天採高青，確有幾分玩命性質，大竹竿靠布條繩索互扯來維持平穩，有時還刻意製造左搖右擺之驚險鏡頭。舞獅頭者完成食青吐青敬禮之後，脫下獅頭，加料演出空中蛙泳或作狀打猴拳，雖然其腰帶固定在竹竿頂端的托杯，但仍驚險百出。

其實表演鐵頭功亦非毫無風險，1974 年除夕，八達酒店有公司舉辦辭歲聯歡，請來某獅團助興，節目有鐵頭碎磚表演，師傅用磚塊猛砸徒弟的頭，可能多拍了幾下，徒弟出現暈眩，有人讓他飲可口可樂定驚，誰知才喝兩口，鼻血口血狂噴，馬上送大水鑊急救，惟已返魂無術！

昔日瓊府獅團青聯，有位阿兵哥是採高青能手，即使入夜亦能摸黑攀登大碌竹。海南醫院每年春節醒獅義舞，要靠這位兵哥大演身手，所以年關未至，理事們就開始為他的年假申請奔走送禮，盡量打通軍方關節。青聯創辦人林宇嵐師傅上世紀初自唐山落腳順化，1940 年代其子林豪來西貢發展，後又衍生友聯，由細叔打理。海南獅有異佛山及鶴山獅，造型略扁，角短而圓。

芸芸眾多大師傅之中，陳一鳴是最早自唐山來越，據說 1932 年他已抵越，在當時仍為沼澤之地的李成源街開館，他乃師承鴻勝蔡李佛始創人張炎一脈，故其獅團亦稱鴻勝堂，繼後又創震武堂，最出名的門徒有羅清泉、徐廣權。羅氏曾加盟水龍趙以文領導的精英堂。早年我在拉架街梁海記門前曾拍下羅徐兩人疊羅漢採青的難得鏡頭，後來被網友廣為「借用」。

陳一鳴還有一門徒大隻貴，擅長耍大關刀。大家可記得以前的「死人樂隊」有位很搶鏡的指揮長？他永遠走在樂隊的最前端，步履如跳恰恰，姿勢多多，儀仗棒更舞得出神入化，恍如耍大關刀，儀仗棒每次一拋上半空，他會做兩個轉身再一手將其接住，動作俐落而悅目，這人正是大隻貴。

蔡李佛另一師公鄧文光，人人尊他為西伯，1930 年代初來越在白鐵街市創勝義堂，後來館口搬到新馬路基隆一帶。西伯的蔡李佛師承南海鐵橋三，屬北勝一脈。西伯門下傑出弟子有黃家十虎，個個技藝超凡，現今的勝義堂由北勝蔡李佛後人任坐館。

由功夫講到跌打醫館，不得不提位於古都街與廣東街路口的仁存心藥房，這裡每天都坐滿等候續筋駁骨的老幼傷者，三腳橋一帶的碼頭咕哩或三行工友，若有損傷骨折一般都會來這裡求醫。

據坊間書籍所述，何日初在唐山時曾被南海土匪廣東堂羅雞洪綁架上山擔任軍醫，只因何日初有一種神奇跌打藥貼可把陷入骨骼肌理的子彈「吸」出來！羅雞洪派出其「神槍獨眼龍」老婆，即單眼英，落山把何綁上江門古兜山。後來陳濟棠剿匪，搗破古兜山，何日初攜帶家小倉皇逃亡來越，獲仁存心老闆區仁心醫師賞識，讓出一半店鋪供其掛單醫跌打。惟這位滿口順德音的跌打名醫，懸壺濟世未及廿餘載，卒於心臟病。

仁存心藥房，老堤岸無人不識，只因老闆區仁心的胞弟在藥房隔壁開了一家長生店，診所與棺材店突兀地連一起！起初非議四起，病人來求醫，而閻羅王彷彿就在隔壁，大吉利是！區仁心醫師安慰大家說：「仁心仁術，為大眾祛病延年，固然最理想，若病人壽元已盡，參術無靈，我亦盡量予其身後方便，免其奔波，兩者毫不相悖，誰曰不然？」

歐仁心的「方便論」倒也說服不少病人。昔日廣州就有一家方便醫院，專為堤城廣肇醫院保薦包括何允中在內的大國手來越駐診。此外越華先輩執骨存入寶塔，置於義祠白骨莊，等順風船期一到，就集中運送方便醫院，有賴其提供方便，寶塔得以落葉歸根，送歸故里入土。

從前的人不相信西醫骨科，最怕聽到開刀及敷石膏，咸認骨折開刀後果必定肢體僵直，永遠不能屈伸自如。聞說鄺仲榮幫長初出社會，在穗城任教法文，有次騎威士霸翻車，跌斷腳骨，鄺氏留洋，信任西醫，住進法國陸軍醫院，洋醫生認為斷腳非要截肢不可，鄺仲榮嚇一大跳，佯稱接獲電報須火速赴港辦理遺產承繼，鄺氏出院後轉看跌打，匝月見效，未幾即可走動如常，陸軍醫院獲悉，不得不大讚跌打神奇。幸虧有這位神乎其技的跌打師傅，否則廣幫可要出了一位「鐵拐鄺」幫長。

另一個也是聽來的故事，說西貢有某洋人西醫的妻子，產後惡露積聚難除，血氣虛弱，風邪入侵，久治無效，情況危殆，家中華人媽姐大膽向洋主人推薦一華人郎中，說既然打針吃藥沒起色，不妨試用中藥，洋西醫絕望之餘唯有首肯，郎中來到病榻旁，循例給病人望聞問切，事後也不多說，放下三劑中藥即離去，想不到第一劑服後婦人惡露排出如注，服第三劑便病況回春。洋西醫佩服之餘願出高價求該中醫公開其華佗藥方，有人傳說該藥方無啥出奇，唯一奇特是有老鼠仔碳灰入藥，也許這正是藥效的關鍵所在。

舊年代的人，常於家居備妥一瓶老鼠仔泡酒，說是要靠它看門口！記得童年隨祖母上新馬路妗婆家拜年，她家桌下就放置一個大玻璃甕的老鼠仔酒，看得我毛骨悚然，一隻隻未開眼的無毛老鼠仔沉澱甕底，像極驚悚片裡的防腐怪胎。如上面所述的洋醫師妻子病例，老鼠仔泡酒的功能不限於跌打，連坐月婦人也需要它破除子宮惡露，至於科不科學？天曉得。

越南坐月婦人喝老鼠仔酒似乎不多，吃鴨仔蛋作為產後補身倒是大有人在，講究者最愛在產房喝烏林酒或法國香檳、貓嘜酒、牛血酒。後兩者皆屬 Dubonnet 產品，此乃金雞納藥酒，昔日暢銷越南各省市。Dubonnet 老闆為了幫助法國遠征軍對抗瘧疾而釀製此藥酒，商標採用他寵愛的老虎貓，貓嘜酒搭配大醉貓，效果襯到絕！

年輕學武，刀槍劍棒對練，時有損傷，萬一掛彩怎辦？我的蔣師兄把止血符傳授予我，說只消在黃紙寫上歌訣：「日出東方一點紅、手執金鞭倒騎牛，一聲喝斷長江水，封住紅門血不流！」在上面吹一口氣，然後用力印在傷口，再頓足大喝：「止！」血就止流，聽來很神！我未試過，心裡嘀咕這是否白蓮教留下來的刀槍不入符咒？

西堤跌打醫館百花齊放，何日初、羅傳、馮文傑、張國強合稱「跌打四大天王」，醫館生意暢旺。其他名醫有：賴貴、羅維、曾惠博、李龍彪、李玉龍、劉浩良、陳珊珊、大隻鑑、羅玉棠、黃耀斌、陳一鳴、簡祥等，當中不少師傅屬客家武林，多數集中在堤岸新馬路一帶。

講到堤岸客家武林，曾惠博老師傅最具代表性，早年的大師傅全部來自唐山，唯獨曾惠博是越南土生，學過蔡李佛，鐵腳可踢斷碗口粗的木柱，1920 年代回唐山探親，在廣州到處踢館，遇上東江之虎張禮泉，反被對方教訓了一頓，曾惠博心悅誠服，拜在張禮泉門下，苦學白眉功夫。

二戰期間曾氏回越，陪行師兄弟有賴貴庭、黃兆龍、邱人和等，他最初在巴哩街開創南強健身院，成為越南白眉派開山祖師，門徒以中山門一帶客家子弟居多，大部分從事織布皮革業，越裔青年慕名拜師亦眾。獅團越英堂、越勝堂、群英堂、聯勝堂、健英堂等均出自其門下。

越南白眉派的套路，有異省港同門，雖說大同小異，但省港著重一吸一呼的短勁爆發，越南則注重連消帶打。越南白眉派除了「九步推」「十八摩橋」「猛虎出林」，還發展出「四馬連環」和「蓮葉遮龜」。大隻鑑的白眉套路獲公認最為耍家，其傳人有不少是道上江湖人物。

武林中人熱衷外家橫練功夫，所以拉架街六岔路的王氏健身院不愁沒學員，堤岸所有「大隻佬」皆出身於此。擅打猴拳的啞九曾在王氏擔任助教。從前騎機車路過六岔路，必定聽到王氏健身院發出砰砰噹噹的舉重器撞擊聲，噪音堪比一家打鐵鋪。

越南華人號稱「大力士」者有陳飛山師傅，他徒弟李玉龍不敢掠師傅之美，自稱「小力士」。我在巴黎曾經邂逅李玉龍的賣武拍檔師弟，此老也姓李，儂族人，耳順之年仍可從桌子一躍而下，兩腳劈開，一字馬著地！

「外江佬」王邦夫、邦民昆仲的大力士表演，曾在越國武壇大放異彩，二戰期間，王氏兄弟已在河內海防展開賣藝生涯，南撤之後二人曾在共和球場作驚人氣功表演，其中一幕是王邦夫在腹上置一長木板，上面站著二十名大漢，木板下的王邦夫還游有餘刃托起倒豎的弟弟，另一幕是載著十人的貨車輾過其腹部，據說開車的越南司機有意作弄，車輪輾過木板時停滯十餘秒，嚇得觀眾尖叫四起！

王邦夫尚能徒手扳倒大水牛，人和汽車互相拔河，或拉著兩輛逆向開動汽車作「兩馬分屍」表演。王氏兄弟退隱前在麗都戲院謀生，為電影提供額外助興，我最記得他們每次表演都會播放《滿場飛》《夜上海》之樂曲，整家戲院忽然變成了上海的百樂門。

還有，昔日南僑學校有位體育老師叫王邦秀，身材非常巨碩，實不知他跟王邦夫、邦民又是什麼親戚壓關係？抑或其中一人的化名？

中區潼毛（黃亞生將軍起家之地）也出過一位大力士叫何興福，身高 1 米 90，故有「潼毛巨人」外號，往昔常在共和球場苦練田徑，曾入選越南國家田徑隊，某年出國參加東南亞運動會，賽畢過境香港，趁機滯留香港不歸，還投身水銀燈下，以拍動作片為主，藝名叫金剛。

在眾多大力士之中，最能夠贏得越人景仰者，應推華義團教頭何珠也，其人身材瘦削，全無健美先生造型，然而他卻天生神力，能夠鐵頭碎大石、鐵掌劈椰青、指拔鋼釘、徒手捽牛、客運車 Xe Đò 輾腹等！即使年近古稀，他仍能遠赴俄羅斯和意大利作巡迴表演，沿途上不知報銷了多少個椰子或多少塊麻石。意大利媒體讚歎這名越南華裔老師傅是外星人。

1957 年何珠在西貢動物園 Kermesse 工展表演「兩馬分屍」，即人力汽車拔河，觀眾擁上園內拱橋看熱鬧，豈知樂極生悲造成塌橋意外，不少人溺斃河裡。翌年各界在大叻春香湖畔為死難者家屬舉辦義演，何珠為追求最高籌款成績，破天荒讓 10 輛各載 40 人的客運車輪流輾過腹部，當然該表演是有力學上的取巧，即使如此，仍很了不起。何珠有次讓壓土機輾腹，不知駕駛員是否有心靠害，當該靠燒柴發動的老爺車在輾腹半途突然熄火，本來 30 秒的表演拖長為 3 分鐘，差點把何珠壓成柿餅。

何珠另一拿手絕活就是跟水牛角力，他每次下鄉表演均向當地農民租用水牛，儘管事先保證只把水牛摔倒而不令其受傷，演畢必毫髮無損歸還，話是這麼說，可憐的水牛，脖子每次都被何珠的無情力扭斷，害主辦當局除支付租金還得買下死牛。

何珠師承堤岸客家織布區育英學校老師程倫，這位程老師的叔父非泛泛之輩，正是黃飛鴻門下有「大力士」之稱的程華。何珠一生熱愛鄉居而遠離都市，其文學造詣甚佳，曾獲美拖新民學校校長洪紹儀聘為訓導主任。何珠為人老實，從意大利演出歸來，那些靠鐵頭功、鐵砂掌賺回來的血汗錢竟被一膽大包天老千騙光，幸虧比利時一名越南愛徒趕緊飛回胡志明市給他付清房租，免他流離失所。一代宗師於 2011 年病逝潮州六邑醫院，享壽87。去世前他尚以82 高齡上電視表演鐵頭功賀歲呢！

其實華文教育界何止出一個何珠？早年鶴山同義學校校長王槐山每逢校慶，都會禁不住技癢表演胸口碎大石，贏得滿堂采！戰後中華總商會舉辦集體婚禮，證婚人是穗城創校元老馮星符，30 對新人當中有王校長的長郎王獻芳，迎娶富商馮槐山的掌珠（鄰耳行買辦馮質文的胞妹），所以馮星符推崇這雙佳偶為「槐山仔娶槐山女」，天作之合，妙哉妙哉！

越南武術萬變不離其宗，怎麼都脫不了中原武術框框。只不過盛行朱篤隆川一帶的和好教武術，就顯得很另類，觀其使用長刀長矛、短刀飛鏢，那可是繼承日本忍術之餘緒。

日本早於上世紀初就想染指越南，除了收留越南皇子強柢，還發動東游運動，資助越南學子負笈東瀛，並培養了黃開、黃金積、黃盛茂等親日分子，再送他們回原居地加入和好教，並且在芹苴一帶組織義士黨，接受日本黑龍會（山口組前身）指揮，吸收500名亡命之徒，供其驅策，集中在西貢高等美術學校校場，接受日人忍術訓練，準備日軍登陸之日作為內應，展開暗殺及綁架等恐怖伎倆。

義士黨的皇軍搏擊教官是忍者武術高手木村及望月，而殺人不眨眼的軍閥「三短」黎光榮（Ba Cục），正是來自義士黨。「三短」的殺人伎倆，多不勝數，手段兇殘，其中有用鐵釘錘耳，讓對方痛足數月始亡。

盡得忍者武術真傳的「三短」，神龍見首不見尾。我家老工人說他逃避越盟追殺，隱入河底閉氣可達半個鐘頭，吳廷琰只能靠阮玉書設計將其誘捕，當他被楊文明等人伏擊，尚能跳下吉普車在地上打滾躲避連環射擊，直至身中數彈才負傷就擒。

「三短」後來被送上芹苴斷頭台，遺骸入土未久，即被楊文明親信阮文戎（槍殺吳廷琰兄弟之人）下令掘出來，把遺體肢解後再四處拋棄，似乎是害怕滿身邪術的三短日後會冤魂不息，借尸還陽。

九死一生求自由

1975 年的翻天覆地變化，讓所有人生平首次嚐到痛失自由的滋味，當時人人思念大海，就好像風箏思念藍天。

堤岸老子街觀音廟的一張大香案，供奉著一艘象徵媽祖慈航南渡的大木舟模型，不知何時成為華人匍匐下拜的禱告對象，很多人臨投奔怒海都會來這裡誠心祈福，大家心情複雜，留下尚可歹活，出海就九死一生，惟不自由，毋寧死，人人義無反顧，即使此去吉凶難卜，也要尋自由去。

當時華人盛行組團到頭頓海濱朝聖，人們不管有無條件偷渡，都想多接近大海，一見到大海就興奮莫名，無限遐思頓時化作振翅飛翔的海鷗，有種天空任我飛的暢快感。觀音大士像前，人們誠心上香，祈求出國夢能得償所願！觀音寺老和尚曾告訴我，當年很多華人在頭頓等船出海，均曾求庇觀音寺，讓他們躲幾個晚上。

有人見到頭頓關公廟的赤兔馬，就爭著撫摸塑像的雙耳喊：「出國（角）啦、出國啦！」我和團友站在寺前台階，遠眺鱗光閃閃的大海，良久都不作聲，忽有人遙指水平線：「看啊，船！」看到天際的船影，希望之火便立刻燃燒，每人都把一生的希望寄託於「汪洋中的一條船」。

1978 年投奔怒海蔚為全國浪潮之際，中共也上演撤僑鬧劇，很多華人輕信「祖國」真心派船撤僑，個個變賣家當，華人天真地認為反正都是社會主義，與其在越南耕田，不如返唐山耕田。但是派船撤僑很快就鳴金收兵，一位針灸老師跟我在胡文牙街茶室閒聊時曾咬牙切齒說這輩子再也不信中共。其實大家該慶幸撤僑不成，否則華人回到中國，保證後悔不已。

前成功日報記者漫漫著的《故國他鄉》，就是敘述他本人一家大小循陸路逃入中國，後來又如何在清遠華僑農場吃苦的心酸事跡，他說越南難胞獲安置在華僑農場，那是用來關刑事犯的勞改營，他們投奔祖國，獲得的第一份見面禮物就是冷冰冰的鋤頭，令他為自己的抉擇懊悔不已。

當時獲暫時安置廣州三元里華僑招待所的數百越華人，反對被發配到華僑農場落戶，曾經成群結隊前往東方賓館尋求外國記者聲援，這回沒人要認中國人了，個個都出示紙張證明自己是正正宗宗的越南人，要求外國勢力（聯合國難民總署）介入，結果他們遭到武警無情鎮壓。

當聯合國難民總署應允撥款救助越南難民，中共立刻把中國難僑改口稱越南難民，還聲稱中國政府盡了最大國際義務，照顧越南難民多達 30 萬。

中共的改口無非看中外國勢力的金錢。聯合國撥給中國的難民救濟金約 4500 萬美元，然而這筆龐大金援究竟有多少用於越南難民身上？恐怕又是一筆糊塗賬，相信全都肥了中共的地方政府。

臨變天前的國府撤僑，亦虎頭蛇尾，派出的四艘船，在頭頓外海停泊，還不敢讓華人得到半點風聲，到十萬火急了，才叫華人自己找辦法出公海登船，結果台船沒撤走僑胞，反被南越軍方「徵用」撤走峴港的散兵游勇，實在太荒唐！

據漫漫憶述，由 1978 至 1988 年滯留中國的越華難民沒一天不試圖偷渡香港，1987 年前仆後繼逃往香港的越南難民更創下 7000 多人之新紀錄。為了爭取英國殖民政府的人道收容，人們打死都不認中國人，相信很多越南難民，特別是越北華僑，肯定不會忘記該歷史，但現實又會有多少人引為畢生教訓？

其實中共自始至終根本就不把你們「越燦」當中國人，政策說變就變。大家應該記得 1979 年頭中共一宣布邊界封鎖，成萬華人被拒於中越邊界外圍，進退維谷，不管華人怎麼苦苦哀求，中共守兵無動於衷，就是不讓華人踏入中國境內半步。

揭櫫船民的故事，我們就從黃亞生將軍之死作開始吧，他於大變天的4月30日隨著人潮擠上停靠西貢白藤碼頭的長春號，惟該驚人超載的老貨船只航行兩天就在公海停擺，且有逐漸沉沒之虞，幸虧丹麥貨船路過，把所有人救走，但黃亞生卻於此時病亡長春號，全船3743人獲送香港安置，還入住四星大酒店。

據歐清河的回憶錄所述，黃亞生遺體被棄在長春號，惟與他寸步不離，裝滿黃氏畢生積聚的公事包卻不翼而飛！更不可思議者，是長春號最終沒沉沒，兩月後自動飄進香港水域，水警登船檢查，發現黃亞生遺體竟由艙底轉移到甲板上，豈不奇哉怪也？

香港星島和台灣聯合報均曾大篇幅報導黃亞生之死，並稱船上發生過暴亂，須靠一名叫劉平甫中校與其部屬平息下來。黃亞生在世時曾變賣堤岸洪龐大道十多棟房子，套現所得存在巴黎某銀行，他亡故後，竟有人飛往巴黎試圖提走該戶口的所有存款。

講述船民投奔怒海，好比講述一個個海洋版的「悲慘世界」故事！

大家還記得海虹號嗎？這個美麗的船名，對華人來說反而是噩夢一場。1978年10月下旬啟航，海虹號嘗試在印尼及馬來西亞靠岸，惟到處被攔截。到了後來，海虹號以引擎故障為由，停在馬來西亞克朗港，再也不肯離去，馬國水警鐵了心腸，只提供人道補給就算了事。情況膠著期間一女船民不支身亡，兩名船上誕生的嬰兒無法承受惡劣環境，也奄奄一息，非要緊急轉移陸地保育不可。

當人人急如熱鍋上螞蟻，法國無疆界醫生庫斯納（Kouchner）自岸上乘小艇趕到，登船一看，立即利用船上設備給巴黎外交部和世界報拍發電報，講述海虹號的不人道慘況，翌日有關新聞上了全球報章頭版，有人稱之為 20 世紀的「出埃及記」。因海虹號之故，半公開偷渡全球曝了光！

巴黎世界報引述庫斯納的見聞說，海虹號的每一張船民臉孔寫滿了惶恐，更多人滿臉病容，連講話都虛弱無力，16 天的漂流，缺水缺糧，貨船則燙熱如火爐，許多人都快撐不下去了。受到國際指責，馬國當局惱羞成怒，派水警登船要抓庫斯納，於是在船民掩護下，庫斯納在船上跟水警玩捉迷藏。馬國當局最後同意，只要船民有收容國，即可登岸。

法國外交部率先振臂高呼，願照單全收，結果船上 1000 人就來了巴黎，美加兩國跟進分別收容 750、600 人，小國如比利時也要了 150 人，船民能苦盡甘來，法國人應記第一功。

亂世人心叵測，海虹號並非人人都同舟共濟，危難關頭有人還想弱肉強食。船上有個華人大哥自恃人多，欺凌同船人，當小船到來接載船民去見美國代表，這位大哥就說由他來主持抽籤，誰有好處給他，誰就一抽即中，獲優先晤美國代表。

海虹號頗似電影裡的鐵達尼號，黃金付不夠多的人擠在艙底，能付雙倍的入住不受干擾的私人房，有床褥設備，堤岸劉氏宗親會某會長就是私人房的大客。在漂流的日子，儘管糧水不夠分配，如果你付得起錢，一切沒問題，一塊美元可換一個蘋果！

世界報指出，海虹號前身是 30 年船齡的金山號，本要拆卸，但為新加坡商人洪泰坤以 12 萬美元購下，原來此君跟越政府達成協議，需要鐵船組織半合法偷渡，金山號正好派用處，乃易名海虹號，預計載 1200 名船民，惟啟航不久，有越共軍官領著滿載 1249 人的幾艘快艇趕上來，強迫船主免費額外加載，否則就扣押海虹號，洪姓商人勢成騎虎，只好屈從，海虹號多載一倍人，越共官員則多了幾百萬美金進口袋。

洪泰坤非常神通廣大，早在海虹號之前兩個月，已飲下半公開偷渡的「頭啖湯」，那時他悄悄購下原應報廢的南方號，把 1250 名船民神不知，鬼不覺送到馬來西亞外島，把人放下，然後將南方號開往香港賣給拆船商，自己再賺一筆。

二次換鈔後，我已風聞官方組織鐵船偷渡，船資每人頭要價 12 至 15 両，比一般偷渡行情貴三分之一，招客的人解釋這由於是公安包辦，保證百無一失，後知後覺的我，還以為是越共布置的陷阱，目的請君入甕，騙光你的黃金，再把你送去坐牢或勞改。後來才知傳聞屬實，下意識覺得，社會主義的世界在變了，好事！

是的，世界的確在變，而且變得很瘋狂。

1978 年越中邊境衝突一觸即發，華人淪為夾心人，處境堪憂，黎筍以華人留在大城市早晚是心腹之患，於是親自南下召見胡志明市委副書記陳國香，催促盡快把胡市華人悉數驅逐到新經濟區，一個也不准留下，陳國香憶述聽過總書記黎筍的訓示後，他整晚心事重重，輾轉反側，無法入眠。

黎筍要把所有華人驅趕到新經濟區的種族隔離主張，遭到武文傑等南方派系極力勸阻，後來幾經商討折中，最後訂出了三方案（3 Phương Án）：①PA1，讓持有外國入境紙的華人自由出國團聚；②PA2，每個華人交得起 15 兩黃金（12 歲以下小童免費，但是很多單位瞞著中央照收黃金）即可參加官方的「半合法（半公開）」偷渡；③PA3，不具以上條件的華人就統統送經濟區耕田。

當時已有不少華商處境淒涼，三更半夜被公安驅逐到一無所有的新經濟區落戶，還得花錢向當地農民買小茅寮棲身，最慘是偏逢連夜雨，茅寮屋漏如瀑布，住的人連睡覺也得穿雨衣，苦不堪言！

最初，PA2 的執行是秘而不宣，範圍僅限於胡志明市、廣南、峴港、同奈、檳椥等 11 個省市而已，受理對象是華人。南方號、海虹號、天運號、海豐號等正是 PA2 孕育出來的時代產物。但由於黃金收益實在太超乎想象，各地省市怦然動心，紛紛要求比照辦理，規模遂迅速擴張，半公開偷渡潮因此出現了千帆競逐之浩浩蕩蕩畫面。

半公開船資雖貴，好處是夠安全，所以華人趨之若鶩，然而哪料到半公開亦一樣有沉船慘劇。據統計，半公開發生過9宗沉船，有成千華人死亡，全都發生在內河。亦即連大海的水平線也都未及望一眼！

據官方解密檔案披露，該9宗沉船意外包括：同奈1宗（罹難人數不明）、檳椥1宗（54人）、前江3宗（504人）、隆安1宗（38人）、胡志明市吉來Cát Lai碼頭1宗（227人）、義平（78人）等，罹難者幾乎全部是華人，可見我們華人追求自由的代價是有多慘烈，但在事過情遷的今天，竟有很多華人反過來詆毀自由不好。

吉來慘劇發生於1979年夏，時序已屆PA2的尾聲，但是這種如同人口販賣的難民輸出生意，像潘朵拉盒子，一打開，就很難闔上，畢竟天文數字的獲利太驚人，彷彿天降黃金雨，多到怎麼撿都撿不完，所以即使地球轉動明天便嘎然停止，各地公安說什麼都不肯讓PA2停下來。

話說位於土添西貢港的吉來沉船慘劇，出事當天是星期六，在岸上枯候了一星期的焦躁船客，一聽可出發了，便爭先恐後登船，秩序開始混亂，而被安置在艙底的廉價位船客因受不了悶熱，不理勸告，紛紛登上甲板透透氣，船身因不斷有人走動關係，開始搖擺不定，忽然有聲音喊有人墮海，好奇人群立刻擠向一邊船舷看熱鬧，於是整艘船隆然一聲翻側，先是傾斜入水，繼而迅速沉沒海港，困在船艙的人全來不及逃生，僅身處甲板的 40 餘人獲救，岸上人人看得觸目驚心，生還者哭聲震天，大家完全惶恐無策，只因吉來港口全無拯救沉船的器具！

罹難者有我二舅父的襟兄家庭，全家僅父子兩人生還，包括船長在內的 227 名死者全為華人！打撈耗時兩三星期，當屍體打撈上來曝曬於烈日下，惡臭熏天，法醫只能匆匆為死者紀錄指紋存檔，然後把所有遺體載往三公里外 Cầu Giồng Ông Tố 的南桃義祠安葬，胡志明市委意識闖下彌天大禍，下令妥善辦理後事，本來準備足數的棺木竟有十來具用不著，因若干遺體是母子緊緊相擁，仵工不忍拆散，只好保持原狀入殮，圍觀群眾沒誰不掉下傷心淚水。追求自由的代價是何其慘烈，今天大家是否應該珍惜自由之得來不易？對香港人的爭取自由，是否也應該以同理心表達支持？

埋葬罹難者的南桃義莊如今已被剷平，當年入土的 227 具遺骨全不知去向，當地人都說義莊清拆時發生諸多怪異現象，似乎冤魂仍不安息。吉來慘劇發生過後，堤岸觀音廟忽然多了很多往生名牌，不少人前往觀看，目光隔著繚繞香煙中極目搜索，一見親友名字赫然在目，無人不痛哭失聲。

事後當局委派范玉世上校調查慘劇肇因，據悉出事鐵船原是一艘拖船改裝，高 3 層，長 30 米，寬 10 米，大家以為拖船必定力大無窮，可載兩三百人，其實改裝後的拖船狀似一隻豎立的鴨蛋，根本不適宜遠航，即使平安開出大海，亦會經不起風吹浪打，調查還發現，船身被外行人擅自改造，用以穩定船身的石庫竟被篡改為儲水庫，更令船身容易失衡。

前江省的三宗沉船，逾 500 人枉死，其中一宗是船才開到頭頓外海就被一個巨浪打翻，死亡數字永遠不明確，當時有華人還老遠跑去頭頓岸邊辨認浮屍是否自己親人（精武體育會會長李普儀全家正是葬身頭頓，我的一名好友，他是籃球國手曾廣章的弟弟，同樣在頭頓罹難）。可見當時地方政府在管理上之草菅人命，為了要在半公開期限之內鯨吞所有黃金，放任地方幹部貪得無厭，亂買破船、亂改裝船、亂收船費，根本視人命賤如螻蟻！

當時 PA2 的執行，因牽涉天文數字的收益，所以出現地方與中央各自為政之「無政府狀態」。地方（公安）向中央匯報的半公開收入，跟實際數字呈天地之差，當中不排除有人做假賬及層層收割暴利！

據公安部的匯報，由 1978 年 8 月至 1979 年 6 月的半公開總成績如下（包括沒收美金房地產）：

156 艘船出海；5 萬 9359 名華人離境；5612 公斤黃金；500 萬元現款（第二次換鈔的新幣）；5.7 萬美元；1749 棟不動產。

然而直接聽命中央的 69 委員會所做的深入稽核，卻得出截然不同的版本：533 艘船出海；13 萬 4322 華人離境；1 萬 6181 公斤黃金；16 萬 4505 美元；3500 萬現款；4500 棟不動產。這還未包括汽車首飾電器機械設備等持久財。

以上的收穫還只是算到 1979 年 6 月為止，在這期限之後的好長一段時日，各地公安瞞著中央，繼續組織半公開收取黃金兼充公出走者所留下的持久財，數目無可統計！北方幹部做夢都想不到南方華人的藏金竟遠遠超出國家金庫，社會演變到了這個轉捩點，南北貧富板塊出現大執位。

話說海虹號成功出航之後，南太平洋熱鬧了，天運號、海豐號、松安號等相繼出發，前仆後繼向香港勇猛搶灘，惟越南難民的身分亦因此被國際改寫，政治難民被換上經濟難民，當外界知道越共在背後收黃金，亦即變相從事人口買賣，國際對船民的態度由憐憫變為嫌棄，船民到哪都不再受歡迎，國際收容標準亦日益嚴苛。

所以海豐號的搶灘遭到港英政府阻止，但因平安夜將至，港英政府最終基於人道，允許 2700 船民登岸過聖誕。船民之中有越秀學校家長會主席畢雲照，眾人以為他是國府忠貞僑領，誰知他是華運臥底。

類似的雙面人也發生在作曲家鄭功山身上，1975 年 4 月 30 日當楊文明宣布投降，鄭功山立即上越南之聲歡呼解放軍入城，並高歌《Nối Vòng Tay Lớn（南北手牽手）》，但在此同時他的家人卻擠進美國大使館，搭飛機投奔美國去了。

海豐號之後，天運號也來敲香港的大門，但船上的 2600 名船民可沒海豐號的好運，在海上滯留四個月，有部分人冒死跳海，企圖游水搶灘，跳海鏡頭見諸國際所有媒體，反映船民追求自由之視死如歸，但國際似仍無動於衷，後來船民強行剪斷錨索，把船開往大嶼山，卻觸礁入水，整艘船翻側，兩千多人差點葬身大海。

1979 年的香港外海可說「波瀾壯闊」，由大陸出亡的越南船民一浪接一浪搶灘，試過一天多達 8000 船民抵港，全年人數累計高達 6 萬 8 千人！據悉，湧向香港的越南船民多為越北華僑，他們一般都很愛國，但又熱衷到香港當港英順民，部份人鬥爭性很強，到了香港常欺凌南方人，釀成南北衝突不斷，引發港人更加嫌棄及歧視越南船民。

船民問題一直困擾香港到 2000 年始畫上休止符，當時香港電台用越語發表的「北漏洞啦」通告，至今仍然被港人用來取笑越華人，TVB 還有個搞笑節目以「北漏洞啦」作名稱，1980 年代的黑社會電影亦經常出現所謂安南仔的越南船民鏡頭，他們全都被塑造曾經上戰場，身手不凡，殺人如麻，冷血彪悍的職業殺手角色。

面對港警的不友善，船民最常回敬的話是：「阿 Sir 唔好咁寸，等九七到來，共產黨收返香港，你地也一樣要做政治難民。」一語成讖，今天終於輪到香港人體驗做船民的滋味，日前報載有 12 人投奔怒海被中國水警逮獲，其家人擔心得晝夜以淚洗臉，這豈不正是當年越南船民血淚的翻版？

其實船民一窩蜂選擇香港，主要想避開東南亞海盜。眾所周知，泰馬印菲海盜窮兇極惡，但又以泰國海盜最為喪盡天良，大家都說泰國是佛教國家，人人善良有禮，但是該國海盜無一不是魔鬼轉世！世間若有陰曹地府，這些殺人不眨眼的惡徒落了地獄是否應該下油鍋？

1970 年代末，我在巴黎除了忙於餐館打工，還忙於為同是天涯淪落人的美加難民代轉家書，或代他們購買法國藥品寄回越南接濟親友，故那時我每天忙於收信和回信，比昔日在越南玩徵友更「忙」！當中還包括要求幫忙申請法國入境的請託信，我也收到寄自悲痛島的歷劫餘生信件，敘述他們怒海求生及遭到海盜凌虐的恐怖經過，字字血淚，句句驚心，有些信，我不敢通篇讀完，因受不了信中所述的慘絕人寰經歷。

當年從迪石出走的船民，只要走出公海，不到一兩天就會遇上在航道守候的泰國海盜群，他們視船民為獵物，搜刮財物無所不用其極，誰的戒指脫不下，就把手指砍下來，再把人一腳踢到大海。據敘述，海盜隨機殺人，若非把船民亂棍打死，就把人逐一驅趕下海，任其溺死水中，兇徒則在船上樂得仰天狂笑。

有些人性滅絕的海盜，先把難民船撞破，讓海水灌入，再登船大肆搜掠，女船民則被強迫集中到賊船上去，讓她們親眼目擊留在破船的父親丈夫兄弟兒子沉入大海之悲慘全過程。如果男船民跳海逃生，並嘗試攀上賊船，就遭海盜用棍棒趕回海裡。曾有一船70餘人在海中絕望地掙扎乃至沒頂，海盜則在船上手舞足蹈，樂不可支！

有變態海盜搜刮殆盡之後，意猶未足，還玩拖滑浪板遊戲，他們強制男船民留在難民船，女船民暨小孩則悉數轉移賊船，海盜開足馬力，拖著難民船作 Z 字形前進，直至難民船翻覆，百多人沒入海中！據餘生者描述，當時在海中載浮載沉的男人拼命呼救，女船民又哭又拜，惟喪盡天良的海盜無動於衷，其反人類獸行不遜奧斯維辛集中營的納粹劊子手，儘管這些海盜惡貫滿盈，但他們屢獲泰國當局姑息，從無一人受法律制裁。

泰南洛串府 80 公里外的孤島柯克拉（Koh Kra），蔚藍海水清可見底，今天是西方人最愛的旅遊伊甸園，殊不知這座美麗島在 1980 年代是船民的人間地獄！那時柯克拉一片荒涼，人跡罕至，正好成為海盜巢穴，所有擄回來的女船民全都囚禁島上，供其日夜輪暴洩慾，即便連 12 歲稚女也不放過。

有女工程師不堪被海盜屢屢蹂躪，決心跳崖自盡，其跳崖時所發出的慘叫聲，不啻對魔鬼作出絕望的控訴，其他船民聽了無不哭成淚人。另有女船民把糞便塗抹全身，但仍照樣被海盜輪暴。小女孩躲進險峻亂石，被海盜用火攻，結果被迫現身，但背脊已被燒得皮開肉綻，仍照樣逃不過海盜的毒手。男船民若不替海盜尋找藏身礁岩的婦女供其洩慾就被活生生打死。偶爾登岸巡視的泰國水警，見死不救，跟海盜狼狽為奸。

幸虧水警中也有好人，他們偷偷為船民傳達求救信給聯合國難民專署，終於天使出現了，一架載著難民專署官員 Schweitzer 的直升機飛臨柯克拉上空盤旋觀察，發現有大批船民囚禁島上，於是他回頭帶領泰國水警登陸救人，把島上 157 名船民救離煉獄。該官員鼓勵餘生者大膽指認惡徒及供述所有被虐真相，可惜所有努力都白費，海盜僅數人被逮捕，但是關沒幾天，這幫惡魔又逍遙在外，還重新歸隊，在海上四出作惡。

柯克拉島的反人類罪惡雖曝光，但官方毫不作為，所以所有海盜均有恃無恐，劫財劫色之餘還把女船民賣進曼谷火炕。Schweitzer 亦深知泰國人死性不改，自從第一次救過 157 人之後，經常到該島視察，再多救出 1250 名船民，可見泰國當局對海盜之姑息是如何令人齒冷。今天泰國還縱容中國公安在曼谷綁架異議分子呢！對這個殘害船民的國家，我一點也不喜歡，希望你們也不喜歡。

泰國水警腐敗，馬國水警則殘暴不仁，他們驅趕難民船的手法完全罔顧人命，曾經造成三宗大沉船慘劇，讓五百人無辜枉死。前兩宗發生於 1978 年底在瓜拉登樓州外海，350 餘人罹難，僅 8 人生還，大批浮屍沖上岸，由當地福建會館劉輝煥等善心人為死者殮葬於福建義山。另一宗發生於 1979 年春在柔佛州外海，難民船被馬國水警粗暴拖離海岸時，翻側沉沒，百多條人命就那麼喪失了。

最後不能不說，就是船民為了求生而分食屍體之事跡！大家可聽過「Bolinao 52（波利鬧島 52 名生還者）」的故事？1988 年夏天一艘滿載 115 人的偷渡船自檳榔出發，然而才出到公海就引擎故障，接踵而來是 37 天的海上噩夢，無邊飢渴襲擊船上每一個脆弱生命，起初餓死的人還可保住全屍海葬，到了最後，屍體要供其他人分食，藉此在絕境中求生。

其實分食死屍慘劇原可避免，當船漂流到第 19 日便遇上美國補給艦 Dubuque 號，船民歡呼揮手，年輕人更試圖游水攀上軍艦，但艦長下令把船民驅趕回海裡，不顧而去，結果該難民船多煎熬 18 天，才為菲律賓一名漁民拯救，把「地獄之船」拖到 Bolinao 島安置，但全船 115 人，僅 52 人生還。

船民割食屍體求生的駭人事件上了紐約時報，該見死不救的冷血艦長被傳召出庭應訊，但沒被定罪，更無提早退役或因見危不救而坐過半天的牢！該事件拍成紀錄片，導演阮友德多次致電洛杉磯欲訪問該艦長，均遭拒絕，反而艦上的一名美國水手，渴望再遇倖存者，懇求他們寬恕，好為自己的餘生求得心靈救贖。

絕大部份倖存者都希望走出該恐怖經歷所帶來的陰影，尤其建立家庭後，更不想回頭面對過去的噩夢。但鄭青松女士卻例外，她要自己子女知道這段歷史，說只有毫無畏懼面對噩夢，才會戰勝心魔！鄭女士不但回答訪問，還隨拍攝團回到 Bolinao 島尋找當年拯救她的善心漁民，並擁抱對方表達感恩。

早在 Bolinao 52 之前的 1978 年，也曾發生食屍求生之慘劇，一艘乘載 74 人的難民船在海上漂流 30 餘日，獲利比亞貨船救起，全船僅 54 人倖存，他們全都靠吃屍肉來苟延殘喘下來。

同年年底，在台灣澎湖難民中心有漁船送來一批虛脫不堪的越南船民 34 人，他們乘搭清風號出海，全船原本有約 150 人，船隻不幸在大海故障，隨波漂流到南沙群島一個寸草不生的珊瑚礁，在往後的 42 天，噩夢降臨，眾人在無邊的饑渴中掙扎求生，結果一個接一個死亡，直至高雄財富號船長陳成滿路經靠岸打救，船民一息尚存者僅剩 64 人，即便返回高雄途中，雖有糧水供應，仍天天有人虛脫死亡，抵達澎湖時又死了 30 人，僅剩 34 人須靠擔架抬著登陸，亦即全船 150 人有五分四餓死，倖存者表面大難不死，但恐怕也活不長久。

撰寫此文期間，收到朋友轉來一張臉書貼文，那是美國越僑 Amy Nguyen 透過社交網絡發布的尋母啟事，發帖者的母親阮氏麗華 1984 年帶同他們姐弟自金甌投奔怒海，但途中母親跟同船婦女被泰國海盜擄走，下落不明，本以為母親不在人世，後來獲靈媒告知其母仍健在，雖屬江湖術士之言，仍足燃起貼文者的一線希望，盼臉書能幫她在茫茫人海找回失散的母親。

想起自己來法國的頭 10 年，每次翻看曼谷星暹日報及世界日報的分類廣告欄，映入眼簾盡是船民尋母、尋女、尋妻、尋妹的啟事。我每次都逐字細讀，雖千篇一律，但仍難抑心情澎湃，薄薄的報紙拿在手裡，感覺盛載的，是人間所有血淚的重！密密麻麻的尋人啟事究竟有無回音？恐怕也是大海撈針。我在巴黎認識一戶華人，託人在曼谷登報尋找他的兩名失蹤女兒，登了 20 年都渺無音訊。據當時報載，有女船民被海盜賣落鄉下淫窟，日夜接客，幸虧遇上好心嫖客帶她逃離火坑，但現實中又有多少人像該女子最終給她等到逃出生天的一天？

聽說有女船民在島上難民營通過資格審查，可望短期內與家人齊齊整整赴美，本來是天大喜訊，惟幾天後此女卻於半夜自縊身亡，原來赴美前的體檢，她被驗出懷孕了，她頓時魂飛魄散，自覺懷了海盜孽種，今生再無面目見家人，遂於夜半了卻殘生。

同學敘述另一不幸實事，她的朱篤同學跟家人投奔怒海，被海盜當著她夫婿和家姑面前輪暴，事後還想把她擄走，但海盜經不起受害人苦苦哀求，最後放了她，總算不幸中之大幸，活著就是代表希望，後來她和家人定居美國，在夫婿和家姑貼心照顧之下，今天已克服了巨大創傷，重新站起來。

走筆至此，想起一個假設性問題，如果早知越南有今天的繁榮安定，當年大家會不會甘冒九死一生投奔怒海？這只能浩歎人算不如天算，一切歸於天命。堤岸星相家林世德為無數偷渡客指點迷津，占卜吉凶，然而到他自己擇定吉日買舟出海，全家大小卻不幸葬身魚腹。

天運號的船民跳進海裡，試圖把象徵奴役的錨索剪斷，然而亂世的血淚回憶又豈是一剪而斷？想當年，包括悲痛島在內的很多難民島，普遍設有往生靈位供倖存者拜祭，每天夕陽西下，那是最斷腸的時刻，靈位青煙繚繞，拜祭者含淚上香，心裡呼喚的，是一連串海上亡魂的名字。大哲學家尼采說，為何動物只有人類才懂得笑？人發明了笑，因人的世界太殘酷！

寫完「投奔怒海」的故事，容我補充另一段「藍天自由」的小插曲。

1977 年 11 月 29 日，一架老舊雙螺旋槳美製客機，自西貢新山一升空，載著 30 餘名旅客，飛向南方邊陲迪石市，惟起飛約一刻鐘，機上 4 名乘客驟然高喊劫機，強迫機師轉飛外國，恐嚇若不從就同歸於盡。劫機者的武裝是一把航空曲尺和四把利刃，手槍是藏在胡志明石膏像內，那時還未有 X 光安檢，故能輕易把武器帶上機。

劫機者一行動，就連開四槍示威，並且用刀先把一名男服務員刺傷倒地，然後挾持機上旅客，以槍殺人質作為威脅，迫使飛行員順從其要求，轉飛曼谷，加滿油後續飛新加坡，目的投奔自由世界。剛好敝友王君（化名）乘搭該被騎劫的客機，他當時攜備糧食要到迪石勞改營探望當記者的胞兄（新聞界跟舊軍人一樣屬整肅改造對象），豈知卻親歷了一場終身難忘的「空中驚魂記」。

據王君憶述，全機乘客起始很惶恐，後來得知航機飛往外國，個個又歡聲雷動，有人扼腕痛惜說，早知如此把老婆子女全部帶上機。劫機者洋洋得意說合該大家走運，偷渡一個人要 10 兩黃金，還要冒盡九死一生，如今搭機逃亡，最安全不過，機票才花不過 30 元，完全值回票價。

最妙還是客機正駕駛員，竟也跳出來表示願跟劫機者一起逃亡，王君說這是世界前所未見的詭異事件，劫機者和機師乘客居然心意相通，同「機」共濟，打成一片，劫機者還變成眾人的大英雄，斯德哥爾摩症候群的發揮到了極致，說明共產制度是不得人心！劫機者向被刺傷的空服員道歉，說自己無意傷害他，並鼓勵對方不如也隨大夥兒投奔自由吧。

然而到達樟宜機場後，各人終於見識到李光耀的涼薄冷血及見死不救，他以 DC3 機上的乘客屬非法入境，哪管什麼投奔自由或不自由，一定要原機遣返越南，即使乘客回國很有可能被送勞改，李光耀也一概不理。拜越戰之賜，新加坡獲得很多經濟好處，然而李光耀卻無半點回饋之心，對越人的生死完全不放在心上。

王君為了拒絕遣返，曾在新加坡移民局囚室拼死抗爭，試圖拿吃飯的刀叉自戕，光火起來，王君還用三字經「問候」李光耀的祖宗十八代。王君最後豁出去，咬舌自殺，星國當局害怕搞出人命，忙把他送院治理，也幸虧他的堅決求死，全機人就剩下他及三名獲美國收容的劫機者可留下，其他人全部遣返，即使國際人權組織大力阻止亦枉然！

儘管獲得法國承諾收容，但王君仍然被當成罪犯囚禁歷半年，跟外界完全斷絕訊息，直至臨上機前他才獲告知馬上就飛巴黎，星國當局還冷酷無情警告他，到了外國記得謹言慎行，不許對外媒透露在星國被囚之事。

另一友人蘇君（化名）亦無意中親歷劫機事件，時序是 1976 年底，他自新山一乘搭法航 Caravelle 客機飛曼谷，再轉機飛巴黎定居。飛機臨起飛時，忽然大隊公安登機搜查乘客，這時機上衛生間衝出一名大漢，兩手拿手榴彈，高呼劫機，催促客機立即起飛，否則同歸於盡！情況後來陷入了膠著，連法國副領事也趕來與劫機者談判，客機始終停在原地不動。

越共的應變從頭到尾都很淡定，只派幾名公安登機，持著 AK47 機槍與劫機者正面對坐，還給他送糧食，用消耗戰術來折騰對方，一日一夜過去了，劫機者終於睏倦不堪，打起了瞌睡，緊捏著手榴彈保險桿的雙手也似乎隨時可鬆脫，在此緊張關頭，蘇君不假思索跟其他人跳機逃生，著地後人人拔足狂奔，生怕客機就快爆炸，狙擊手也將要開火。

蘇君從兩米多高度一躍跳到地面，幸無損傷，後來所有逃生者被關在機場密室，接受公安逐個錄取口供，目的嚴查劫機同黨，期間蘇君巧遇在武性街移民局任職的一名黃姓華人高幹（其兄弟姓溫，在巴黎開超市），因與他有數面之緣，靠他幫忙疏通打點，蘇君才可迅速脫身，暫時返回西貢。

逃過劫機事件，蘇君等一眾乘客獲法航安排入住西貢最豪華的帆船酒店，每天還獲法航派發 30 元新鈔作零用錢，蘇君憶述留下來的那一星期，日子過得像大爺！當時 30 元新鈔非濕碎之數，相當好花，家父開經濟西餐，生意很好，每晚打烊分賬，四股東每人也只分得 10 多元，比起蘇君每天坐領法航的零用錢，還真遠遠不如。

魂縈舊夢新聊齋

知道什麼是冥婚嗎？昔日堤岸有一宗冥婚相當出名，共諧連理的陰人是抗日烈士溫鑄強與教育名宿傅季培的已故千金。

話說抗戰前夕，一群越南華僑小孩獲遴選到重慶報考幼年空軍，結果僅少數菁英中的菁英入選，溫鑄強是其中之一，抗戰時他馳騁藍空，追擊日機，戰功彪炳，國府遷台後，溫鑄強繼續獻身剿共，1954 年他駕機轟炸大陳的共艦，遭米格圍攻，溫鑄強與座駕中彈墜海，壯烈犧牲。

溫氏父母聞悉噩耗，悲慟莫名，尚且心痛愛子來不及成家就為國捐軀，實乃人生最大憾事，於是拜託惠宣學校校長劉鏡生代物色好人家的已故閨女，給愛子作冥婚對象，女方最好是28 歲以下陰人。

劉鏡生說，代物色冥婚對象已不容易，溫家還堅持八字配對，不啻難上加難，合該良緣天定，讓他找到傅季培校長，傅家恰有掌珠早夭，經相士八字配對認為完美，於是雙方家長擇定吉日為泉下子女舉行冥婚，一對「新人」拜堂就由公雞及未下過蛋的雲英雞作替代，並且由不婚齋姑主持法事，力求冥婚功德圓滿，溫家還鄭重其事，擺設幾桌酒席，招待攜帶喜幛（舊時的人紅事送喜幛、白事送祭幛）來賀的親朋戚友。

越戰年代，家家戶戶都有男丁戰死沙場，所以冥婚在越南一直暗中流傳著，有些癡情女子儘管愛人戰死，但為信守山盟海誓，仍願與公雞拜堂成婚，名分上算是入了愛郎的門。為何用公雞（生雞）替代男性亡魂拜堂？原因公雞司晨報曉，陽剛氣盛，最宜代表男性。記得以前參加送山（送殯），我曾目睹道士引靈入土，身邊就帶備生雞一隻，到了墓穴旁當場宰殺，雞血灑進坑穴，視為安墳。據說生雞通靈，可載負亡魂過橋涉水，於是世間所有冥婚必用生雞代替男方。

幼年聽過一些奇談，有慈母心痛愛兒馬革裹屍，晝夜以淚洗臉，憶子成狂，後來竟夢見愛兒告知在陰間愛上某女子，願結連理，故請娘親在陽間代為作主，慈母按兒子託夢所言，找到女子雙親住戶，巧的是對方亦告知亡女報了同樣的夢，雙方皆信此乃天意，便擇日完成子女冥婚。

昔日大人每談到誰家辦冥婚，必神祕兮兮，不准孩子旁聽。後來在粵語片看到余麗珍跟公雞交拜天地，自己才明白冥婚是指人鬼聯婚。我還看過胡楓演臥病不起的少爺，家人為求沖喜，找來窮家女吳君麗給胡楓配婚，惟新郎無法拜堂，只好由公雞作替身。

從前的人很相信沖喜，滑稽的是，有老爺故意裝成重病，然後藉口納妾沖喜。從前越南的冥婚很低調，不似今天台灣人把冥婚搬上社交網路寫成萬人淚崩的「世紀婚事」。

奉勸天下男生，在台灣逛街，千萬別撿地上的紅包，那可能是強迫你接受冥婚的「禮金」。山西甘肅今仍保留冥婚惡俗，因此催生殺人賣屍、挖墓盜屍、死前議價、鬼媒抽成等黑色產業鏈。據說醫院常有「內鬼」盜竊太平間女屍出售，少女屍一具叫價10萬元，還分鮮屍、濕屍、乾屍等價目。有父母給女兒墓穴灌上厚厚混凝土，但屍體照樣被盜走。山西臨汾某村墓地試過一夜之間被人挖走14具女屍，非常嚇人。

說完冥婚，該談談老一輩人的葬禮。以前上小學，同學之間最喜歡聊鬼古。有次一名家住西貢舊街市的同學慫恿我們大夥兒放學後一起去看某戶人家的白事，他說藥材店女主人遺體穿上紅衣裳擺在大廳，尚未入殮。我們哪敢去看，光是聽，已夠毛骨悚然。

舊時辦喪事，遺體一定安厝大廳，雙腳朝外，而且大門打開，供所有路過者隨便「瞻仰」，對字花迷來說，那可正中下懷，意味當天的下注號碼有了著落（按越人字花，死人代表3號）。按舊時的人做法，遺體入殮前一定置於帆布床上，靠近大門入口，床下點燃一盞草繩生油燈，作用說是用來照亮黃泉路，床腳尚有化寶盆，孝子賢孫除了看守油燈及化寶盆，還要防止大肚貓靠近遺體，只因大家都相信大肚貓跳過屍體會引發屍變，全屋鏡子及神龕也須用紅紙蒙上，免亡魂受驚嚇。

大光明戲院的一位江湖叔父閒聊時曾對我說，梅山街尾新嘉禾里發生過死人復活之奇事，但非大肚貓躍過之故。「屍變」是一位老婆婆，孝子賢孫圍在床邊守靈至半夜，穿妥壽衣的老婆婆忽然坐起來，把眾人嚇得魂飛魄散，老婆婆反而淡定安慰大家免驚，她是因為沒帶買路錢在身，在鬼門關被擋回來，老婆婆還說趕路走累了，想喝綠豆沙糖水，媳婦忙去張羅，老人家喝完糖水又說好睏，一倒下又長眠不起，家人這趟學乖了，把套在她手腕的繡花荷包塞滿陰司紙，希望老人家有了充足買路錢，順利跨過奈何橋，一路好走，別再回陽。

住過越南的人，沒誰不經歷過左鄰右里的深夜打齋，其擾人清夢的噪音可怕極了，有錢人打齋歷六七天之久，要命的是白天不打齋，全都留到晚上叮叮咚咚敲打個不停。

家住雪廠街期間，隔鄰為西貢廣幫長梁南所開的紹華洋服店，記得其元配夫人仙遊，法事歷時一週，晚晚吵得難以安睡，壓軸之夜是「破地獄」，更讓我的小腦袋滿布牛頭馬面的怪影。翌日街坊口沫橫飛說南無大叔怎麼舞木劍，劈磚瓦，開獄門，描繪得非常「精彩」！靈堂還架起一座奈何橋，孝子賢孫捧著神主牌及招魂幡重覆上落橋。我有個長輩，家中打齋，過奈何橋時因打瞌睡而失足，翌年到邊和收數竟被軍車撞死。

南無大叔做法事時，你只要細聽，就會聽出他們並非誦唸經文，而是逐層地獄去「講數」，又提點亡魂要無牽無掛步上黃泉路，勿忘飲下孟婆湯等，總之囉哩囉嗦，吟吟噚噚。南無大叔還把紙紮奴婢，當作人一樣稱這個是「聽話」叫那個是「聽駛」，叮囑他們到了下面得勤力服侍老爺或太太，勿好食懶飛。這些夢囈式誦唸，若誰聽得懂肯定啼笑皆非。

祖母頭七回魂之夜，南無大叔翹起二郎腿，一邊打小鈸，一邊向各方「好朋友」報告郭門譚氏老夫人今晚回家探望，拜託大家讓開借過，街坊街里，一團和氣。當晚我家飛來一隻大飛蛾，徹夜留在牆壁，天亮就不見蹤影了，當晚母親把米缸填滿，鍋子及紗櫃放滿祖母最愛的小吃，那晚我們無人敢下樓「交水費」，破曉時分母親把一把古老鐵剪往樓梯拋去，故意製造砰砰咚咚響聲，提醒先人天亮了，該是時候返回陰間了。

祖母曾有遺言，說她若往生，大殮前一定要給她穿妥上頭衫，你知道什麼是上頭衫嗎？封建社會很重視女子貞潔，洞房之夜，新娘一定要穿由「好命婆」縫製的白綾上頭衫，如落紅的話，衫褲必留印記，以後須小心收藏，往生時穿上，以示清清白白的來，清清白白的去！當祖母在崇正醫院彌留期間，我們在家中翻箱倒櫃，好不容易找到祖母的上頭衫，急忙截的士帶去醫院，上頭衫一放下，祖母便了無牽掛嚥下最後一口氣！

名氣響亮的南無大叔，多數具有一副「乞兒腔」唱口，可媲美白駒榮的《客途秋恨》，深夜之中，南音如泣如訴，加上燈籠迎風擺盪，真有些聊齋味道。黃榮遠大樓隔鄰有家道院叫「南無源」，生意應接不暇，全因道士大叔具有白玉堂的嗓子，吐字清晰悠揚，常讓守靈者聽出耳油。

大地主黃仲訓 1951 年去世，其往生法事最為鋪張，出殯之日更有法越華高官前來弔祭。據聞該歷時百天的喪禮開銷，包括修建平陽省黃家憩園義莊在內，總耗資 200 萬元越幣，這可是一筆龐大支出，國府資助南撤難胞拓建自由村，所費亦不過此數。

黃仲訓雖為法國公民，但其身後事卻完全秉承福建傳統，法事做滿百日，天天有誦不完的經、燒不完的金銀冥紙及紙紮公仔，黃家還指定亞東和玉蘭亭承包一百天的午晚流水席，幾家紙紮鋪日夜開工趕糊祭品，黃家訂造的開路先鋒巨如三層樓，紙紮鋪必須搬進黃榮遠位於公理街法亞電台隔鄰的大屋才能完成所託。每日午晚餐，老夫人帶領全體女眷在靈堂大聲哭拜及呼喚老當家回家用膳，一天哭兩回，一百天即大哭兩百場。

其實舊伍倫一帶的閩南人家庭也都一樣，打齋期間，每逢午晚供餐時間，女眷必須齊聲痛哭，呼喚男先人回家用膳。舉殯之日孝子賢孫屈膝跪著出門，從屋內跪到街上靈車才可起來，孝子哭得涕淚縱橫，涕液整串下垂，半天吊如鐘乳石，亦萬萬不可擦掉，否則就是不孝。

華人有哭靈習俗，而且都很能哭，往往哭得呼天搶地，捶胸撕發，尤其是蓋棺或棺木入土，孝眷更加作勢撲上前阻止或作勢跳入墓穴，然後有一大堆人擁上前把對方拉住。按習俗，有人大聲哭靈，而且要哭得好慘，才彰顯往生者的福氣，功德亦會迴向陽間眷屬。

舊時的人很注重身後有人擔幡買水，惡毒罵人者，常會咒對方死後無人擔幡買水！其時越南戰亂，獨身漢戰死疆場，無孝子擔幡買水則如何是好？那就得靠職業孝代勞，於大殮時為亡魂擔幡買水，做足規矩。

從前廣肇殯儀館有個阿牛，又叫傻牛，常駐殯儀館，以職業孝子謀生，牛哥很會哭，僱主若多給茶錢，牛哥就會七情六慾上面，呼爹喊娘，哭成淚人，而且牛哥次次都鄭重其事披麻戴孝，買水之餘，還一路哭著護靈上山。

牛哥本姓鄭，富家出身，跟我家同屬中山鄉里。牛哥父親在西貢舊街市開辦公來棧，堂兄鄭華昌是新客衙門孖薦。公來棧專做唐山新客的生意，後來大陸赤化，新客絕跡，公來棧結業，牛哥家道中落，結果淪落到以冷冰冰的殯儀館為家，難得是牛哥馬死落地行，人家不屑做的職業，他就任勞任怨為之，反正自食其力，也沒什麼見不得人。

什麼是擔幡買水？那是扛著招魂幡，「購買」活水給先人作入殮前淨體之儀式。不過儀式若在廣肇殯儀館舉行，那就一切從簡，繞著瞻仰堂走完幾圈，就地打開水龍頭取水，然後丟回幾枚銅幣進水桶就行。

以前舊伍倫的華人民風守舊，買水一定要依照傳統，由道士一路引領到海倫坡河畔公園，即上議院正對面的濱藝河邊，彎身舀取河中的活水，帶回家給先人做入殮前的擦臉抹身。家祖父 32 歲壯年去世，身為長子的家父時年 11，因家窮請不起道士，由同屋的好心「高老伯」牽著到海倫坡打水一桶，回家給祖父洗身，當時我家的蕭條淒涼可想而知！

講完海倫坡買水，我倒憶起「解放後」為阮文森街崇正里一位老翁針灸之往事，老翁下肢水腫，他說起因在一個燠熱晚上，他把帆布床搬到屋外露宿，夢見有小鬼扯他雙腳，一路拖行到海倫坡河裡，老伯醒後心悸不已，發現雙腳腫如豬蹄，從此老伯終日惶恐認定自己一定被海倫坡水鬼纏著，所以撞邪致病。其實那是心肺衰竭前兆，俗云男人忌穿靴、女人忌戴帽（臉腫），老伯果然很快垂危，未幾就辭世了。

南越變天後，我得了很重的傷寒病，連關氏宗親會贈醫所被接管，我都沒法在關門前跟所有老師同學道別，當時我已住進廣肇北院打點滴，有天祖母來探望，一見病房面向成泰街就頻催出院，又不說理由，我只好順她意去辦（還記得同房病人因腳癱被截肢，入夜呻吟不斷，又喃喃自我安慰說做跛子未嘗不好，以後不怕被送新經濟區，我聽了對時局更加絕望），翌日一早準備出院，豈知每早來廣院做甩手晨運的立叔公走進來叫我暫緩出去，因廣院面向阮豸街的二樓病房有人懸樑自盡，叮囑我要迴避。

後來祖母說，我所住的病房位置，原屬一片大山墳，陰氣太重，不宜留醫。廣院前身是墓地及菜田，一戰期間西堤發生鼠疫，死亡甚眾，死者全送來該處埋葬，後來有熱心人士倡議在墓地原址興建廣肇善堂，原有山墳全部遷葬由大善人馮星符捐建的平泰穗義祠，至於北院後面的空出墓地則租給長生店做門市及作坊。

距廣院不多遠的福善醫院，員工常傳廣院「猛」得很，說住院病人臨終前會靈魂出竅，到北院後座的長生店挑選棺木，還說若棺木深夜發出吱吱咯咯響聲，意味翌日必定遇上買家。

開長生店者多為子承父業，雖能賺錢，但經常要面對有色眼光，新年更別想有人來拜年。我有個在海防開長生店的長輩，剛好相反，每逢大年初一有很多親友登門拜年，只因他家門前掛上一對黑漆金字楹聯：「見棺官升三級，看材財進萬金。」

有個晚上，大慈蓮社的陳輝老師引領我參觀廣院的安老院，依稀記得院內建有一排沒門戶的小劏房，裡面住著風燭殘年長者，我參觀時已夜深，老人家的咳嗽和呻吟聲此起彼落，而牆壁的另一邊正好是殯儀館靈堂，打齋聲浪透過牆頂的通風窗花傳進來，一時之間，生與死，詭異得似乎只隔一幅薄牆！據說廣院中醫部深夜很不安寧，有值夜醫師常聽到桌椅移動怪聲，不過醫者父母心，對這些午夜怪聲以平常心視之。

福善醫院也傳鬧鬼，傳出者是我的曹姓父執，其時越南已易幟，他住進福善醫院萬福院，那是一列老式二層樓廊屋，門外有幾株濃蔭蔽日的老榕樹。曹世伯住沒幾天就嚷著要搬出萬安院，說自己被女鬼驅趕，一連好幾晚他都夢見一個唐裝打扮的梳髻老婦牽著小孩立於床頭，用閩南語怪他霸占床位，父執嚇得要立即離去，惟出院沒多久就在家中病逝。

福善醫院前身也是一處荒涼義莊，上世紀初山墳開始遷葬富潤，原址興建為醫院，儘管歷盡滄桑變化，但古老的放生池及晚清所立的石碑仍在，上面清清楚楚留下「福建義祠」四個刻字，下款人是福建狀元王仁堪親題。

從前衛生條件惡劣，小孩雖說天生天養，但夭折率仍然偏高，一場病毒性出血熱來襲，就會奪走很多小生命。我童年除了手肘及膝頭長膿瘡，光是雞咳、肚痛、蕁麻疹，就花了很長時間去治療。法國的 Sirop Phénergan（昔日法國醫生盧比及保祿士最常開的藥劑）及趙大光的桔梗琵琶露，不啻陪著我長大。

試過一次，祖母帶我遠赴舊邑看一名女神醫，說出來真難為情，原來神醫用她的人乳幫人治病，廳子坐滿男男女女，都是為了討「神奶」而來，女神醫還當眾給人擠奶，實在有夠前衛大膽！

以前發燒作噩夢，滿口譫語，祖母就會揮動她的唐裝黑綢褲，幫我驅走床邊「小鬼」，又或抱著我在火炭盆上空來回晃動（燙豬仔），這就是廣東人所謂的「喊驚」。

上一代人每見小孩夜啼，夢囈譫語，便認定小孩衝撞了什麼不乾淨的東西，或在外面受到驚嚇，靈魂出了竅，於是找人幫小孩「喊驚」，把魂魄喚回家，這是新馬路客家婆婆的強項，她們用小孩的衣服在火盆上揮來揮去，唸著乖仔返來囉、返來囉，蛇蟲鼠蟻過路神鬼嚇親唔駛怕，一覺睡到大天光！童年見人夜間喊驚，覺得好玩，還蹲在一旁觀看，長大了就敬而遠之，一個老婆婆半夜在街頭燃起冥鏹喊驚，說不恐怖就假。

古老的西堤似乎鬼屋頗多，察路宗沖街殺人王戴全的凶宅，未拆建前是堤岸第一鬼屋，緊排第二是總督芳街娛樂戲院對面的鬼樓！聞說日軍進駐期間，鬼樓是日人最常光顧的酒吧，因曾有華人吧女在樓上自盡，從此坊間就盛傳鬼樓入夜不安寧，樓梯常有石頭無緣無故滾下來。

古都街的劉亨記大宅也曾被日軍徵用，故也傳鬧鬼，後來劉亨記後人把祖宅賣給同街慶豐茶莊老闆林旭，聽說林家搬進去初期，是不敢關燈睡覺的。劉宅屋深 64 米，分開三進，有兩座各深 6 米的天井，是西堤罕有的大三合院，由於府深牆高，不論哪個角落都會感覺陰風陣陣。據說劉亨記老闆為人慳儉且迷信，得腸熱病也不看西醫，反而就近到金邊市場找五公主討神茶喝。

越戰時的林旭，是出了名的紅頂商人，總理陳善謙夫婦及總統府大特務鄧文光經常到林府飲宴，親友都說大屋即使有鬼都會被主人家的旺盛人氣趕走，更何況世間本來就沒鬼。變天後林家部分親人逃到曼谷，某天接獲噩耗，說林旭及陳城，還有其他數名潮籍大亨，被越共綁送西貢國會前公開處決！大家聽了哭得死去活來，後來才知全屬無稽謠言！

劉亨記天台架設一座大喇叭，每逢盟機空襲，大喇叭就會發出嗚嗚警報，門外綠化島也挖滿防空壕，二戰後越盟和法國人常於深夜交火，翌日天亮防空壕會留下被處決的屍體，需志德善社到來善後。

中華總商會在戰時是日本憲兵總部，誰被抓進這裡必凶多吉少，總商會後座是日軍虐囚之處，每逢入夜，牢房淒厲慘叫直達屋外，聞者心膽俱裂，憲兵部下令對面馬路的華人住戶日夜須緊閉窗戶，不得窺望。

總商會庭院大樹腳有一座「殺人井」，日軍抓到重慶間諜或囤積硫磺燃油商人便送來這裡「觀井」，先喝令對方望井，然後日軍從後大腳一踹，把人踹進井裡，對方在水中掙扎，每次欲攀上來就被日軍用竹篙趕回水裡。有文姓經紀因走私汽油而被押送該處「觀井」，令他生不如死，後來其家屬捧著大疊鈔票找台灣漢奸幫忙疏通，文氏才得以逃出生天。

幼年看過古裝片的投井自盡，從此對井有戒心，總認為井底一定住著幽魂。日人攝製的「午夜凶鈴」把全球觀眾嚇得半死，正是用水井女鬼來嚇人。廣肇大球場的公廁旁植有一株 Cây trứng cá，樹腳是一口終年用鐵蓋封閉的古井，我經常坐在樹下凝望古井，把它跟我看過的鬼片連在一起幻想，結果自己嚇自己，如今回憶，頗覺滑稽。

廣肇學校的印務室有一座地窖，據說該地窖在日軍徵用期間曾用作囚室，有人在裡面被虐致死，連何瀨熊老師也那麼說。學校有一座滑梯沙池，上面靠紙花棚架遮蓋，陽光透射不進去，每次在裡面玩耍都會覺得涼颼颼，大家都傳沙池鬧鬼，有位女學長說她曾目睹打鐘老校工用掃把猛力拍打空氣，嘴裡喃喃自語，彷彿見到什麼似的。

上一輩老人家說，二戰進入尾聲，日軍成強弩之末，陣亡日軍的遺體源源不絕自南洋運抵越南作「身首異處」處置，亦即把頭顱砍下來裝箱運回靖國神社供奉，即所謂「沉默的凱旋」。當時自南洋運抵的日軍屍首集中在富壽跑馬場存放，隨著數量日增，跑馬場變了屍山，好不恐怖，連負責給屍體砍頭的劊子手亦應付不過來，只好出厚酬找堤岸的劏豬佬幫忙分擔工作。

據馮風醫師記述，他的百全堂隔鄰燒臘店有不少豬肉佬為了每天 100 元酬勞，應徵前往跑馬場「大開殺戒」，但幹了一天就走人，因屍首大部分死不瞑目，彷彿瞪著舉刀人，很多劏豬佬害怕冤鬼索命，砍頭錢再多也不賺了。俗語說的殺頭生意有人做，賠錢生意沒人做。事實並非盡然。

吳廷琰倒台後，報章的言論枷鎖消失，報導手法一下子如脫韁野馬，天天炮製謠言來刺激銷路，我家姑丈位於燕杜街 81 號的獨門獨院別墅，曾成為報章謠言的攻擊目標，鬧出了軒然大波。

那時佛教徒氣焰囂張，動輒秋後算賬，由於姑丈父親陳光耀博士與吳廷琰素有交情，在陳文香組閣時還擔任衛生部長，惟在任內因追究瘧疾基金會主席陳子威的貪污美援弊案，此人含恨在心，聯同新西貢 Sài Gòn Mới 媒體造謠，誣指陳家大宅有藏屍地窖，屍體全為僧尼，深夜有神祕哭聲。於是大批佛教徒洶湧而至把陳宅包圍，作勢要衝進去，若非別墅有五頭國際獸醫組織相贈的歐洲巨犬把守，後果難堪想象。

後來陳光耀博士電告革命委員會領袖阮慶，獲其派遣裝甲車趕來把守，僧侶鼓譟稍減，但在門外集體打坐，歷時長達一月。家父偕大姑丈驅車前往探問，惟群情洶湧，無法靠近陳宅。陳光耀博士為了開誠布公，決定邀僧尼及記者分批進入大宅四周查察，當然毫無所獲，證明報章一派胡言。不過媒體新西貢很壞，明知是謠言仍故意說天曉得是否有其他地下密室。據姑丈說，新西貢創業時曾求陳家資助，結果竟恩將仇報。

臨變天前的西堤鬼屋排名，第一鬼屋該落在陳興道大道，位於崇正醫院右鄰的727號總統大廈（Président Building）！

那是由6棟13層大廈組成之建築群，產權屬於越南信義銀行總裁阮進代（Nguyễn Tấn Đời），1960年開幕，530個房間住滿上千美兵，熱鬧到不得了，可惜花無百日紅，1973年阮進代被阮文紹送入志和監房，財產被凍結，同年美軍亦全部「光榮」撤退，整棟大廈人去樓空，留下的是繪影繪聲的鬧鬼傳聞，大廈住戶埋怨午夜長廊有竊竊私語聲，有人還看到美國大兵牽著越南女子在長廊逛來逛去，頂樓又有美軍集體操演之跫音。

據說當年總統大廈蓋建到第13層即意外頻生，阮進代召法師來地盤大做法事，歷時三天。坊間還說某越南風水師徵得老闆同意，向醫院殮房工人偷偷購買四具童貞女屍埋在地基四角，大廈工程始告落成，但第13層仍始終丟空，無人敢住。

越南風水師顯然承襲中國，古時中國堪輿師的確心腸歹毒，認為打樁會觸怒地下冤魂野鬼，而安撫辦法是把拐來的童男童女活埋打樁地基的四角，俗稱「打生樁」。廣東珠海橋兩邊橋墩曾埋下童男童女各一，男在橋頭，女在橋尾，此事乃千真萬確。從前蓋建水壩及防洪堤壩亦流行「打生樁」，粵人稱童子為「塞豆窿」，相信源於此一惡俗，意思是挖一個坑把童子塞進去。據考究，香港大潭水塘動工蓋建之初，家家戶戶禁孩子出門上學，就是害怕孩子被抓去打生樁。早年何文田水利工地即曾挖出若干小童骸骨，疑是香港開埠期間的打生樁，香港無線劇集《收規華》，劇情就有講及香港戰前的拐賣兒童暨打生樁事跡。

香港人把南洋降頭說得很恐怖，老一代人更認為南洋女子都曉降頭術，邵氏鬼才導演桂治洪最喜拍這類南洋降頭電影，故有禽獸導演稱號。

大家可知越南降頭曾經上了港澳八卦報章頭條？很多年前香港相簿大王馮廣發後人發生爭產案，自稱被姐夫下降頭的馮美儀求助風水大師司徒法正，後者騙馮美儀說須要到越南討救兵，向馮女索百萬酬勞，事後又稱自己被對手的降頭弄盲一眼，連他的越南拍檔也賠上性命，所以馮女必須賠償 160 萬巨款以便他去越南私了，馮後來入稟法院，向這位曾經在龔如心爭產案以風水專家身分出庭作證的大炮巫師，追討逾千萬元損失。

司徒法正還騙了馮美儀 200 萬港元說用來為她養鬼仔。然則越南有無養鬼仔？我只聽過有位叫「黑三爺」的下四府人，在第三郡新定市開上海美容院，曾經養過鬼仔。我有一老友跟三爺是杯中物好兄弟，有次兩人喝光一瓶永存心「Ông Già Chống Gậy」藥酒，黑三爺提議合乘機車前往平泰穗義祠拜其亡子，並說要通宵留守墓旁，吸收陰氣，壯大法力，但是兩人醉得左搖右擺，結果連人帶車捽進義祠的洗骨池，僦友嚇一嚇，酒意頓消，趕忙離去，回家大病了一場，幾乎玩完。

講起平泰穗義祠，大家都說那是養屍之地，墓穴挖超過1米就有水滲出來，棺木和遺體不易腐化。義祠規定入土滿5年就得執骨，即掘墳起骨，裝入金塔。假如遺體仍未化為骷髏，後人就得僱越南大叔把遺體搬到洗骨池刮洗，清除骨頭的腐肉。我的一位叔公入土滿5年遺體仍未化，得找人加工才可裝進骨塔。如果家屬多交費用，執骨期限可延長為十年，先人遺體有充足時間自我腐化。

講到西堤廟宇之陳年掌故，娓娓道來，倒也不失趣味。

阮豸街天后婆廟始建18世紀何年？很難準確考據，據說婆廟最初只是一座小廟宇，非建於阮豸街現址，而是座落堤岸不知名的地方。某年婆誕出遊，善信扛抬神龕遊行到現址井旁，奇事突然發生，眾人不論如何使力均無法移動轎駕分毫，有福至心靈者就說此乃天后開示，屬意在現址修殿建廟，堤城天后廟於焉誕生。這段軼事是出自穗城元老馮星符之口。

每年農曆的三月廿二是天后誕，即我們慣稱的婆誕，婆廟除了上演粵劇神功戲，還有百多隻各方善信獻祭的金豬。

舊時華人最愛分享阿婆的拜神燒肉，亦稱祚品，這代表阿婆的福庇恩澤（廣東人講「阿婆墮囊」即阿婆保祐荷包常滿）。為了能夠在婆誕討到燒肉，勞苦大眾會加入廟方的燒肉義會，跟月餅會相同，每月供一點會錢，婆誕之日就可獲得太公分燒肉，所以每年婆誕一到，廟前必定人山人海，人人憑券領取燒肉，而廟方亦動用大批刀手來幫忙斬件，「卜卜」的清脆砍肉聲傳入隔鄰穗城的課室，最要命是燒肉香氣飄送校內，人人禁不住肚子打鼓，口水直流，唸過穗城的人相信都有過此體驗。

從前婆廟的香油制度是採公開招標的，價高者得。中標的承包商為爭取資金回籠，立下諸多明價實碼規矩，善信拜燒豬要付香油錢若干，拜燒鴨油雞則又若干，連作福求籤也各有價碼，廟堂變成一家公司，啥都講錢，就連天后誕阿婆沐浴過的聖水也招標，從來不愁沒人競標。今天中國很多廟宇亦採承包制，九成廟宇的香油收益由莆田人包辦，善信入廟上香不啻進了謀人寺，成萬元的天價香算濕濕碎，成百萬元的除夕子夜頭炷香才嚇人呢！

與穗城天后廟僅一街之隔的三山會館，入門有一尊赤兔馬塑像，從前堤岸孩子入學，常由父母牽著到這裡拜神，小孩要抱著書本從馬腹下鑽過及撫摸馬腹，以示將來滿腹經綸，馬到功成。我的入學則拜學校的孔子像，還拿出毛筆在鏡像前象徵式填寫「上大人、孔乙己」。父親入學還要用毛巾蓋頭，以免看到街上黑狗。大人最愛在孩子的藤書包內放進青蔥，希望孩子求學聰明伶俐，書薄裡面也夾了扁柏葉，寄望將來考試高中。

原籍福建湄洲的媽祖，在越南反而是廣府人的第一主神，人們見面寒暄，最常聽到是：「三餐過得去啦，阿婆俾食。」舊時若有人事糾紛或金錢瓜葛，總有一方挑戰另一方敢不敢一齊到阿婆面前誓神劈願？甚至聲言要在阿婆面前斬雞頭，發毒誓云云。

閩南善信多數供奉關帝及觀世音，而泉州人祖先因有不少是鄭成功舊部的明鄉人，故他們最愛供奉福建南安廣澤尊王（其坐姿是右腿盤膝，左腿下垂）還有就是包括曾在福建力抗元兵的文天祥在內的三忠王。每年農曆二月廿二及八月廿二神誕，他們都會舉辦遊神及神功戲，熱鬧慶祝一番。

西貢舊伍倫的鳳山寺，就是以廣澤尊王及三忠王為主神，媽祖觀世音反屬寺內偏神。每年農曆八月廿二是廣澤尊王寶誕，寺方一連十多天上演閩南歌仔戲，也加插閩聲閣及勵志體育會提供的現代歌舞，連著名音響師林豪也請來給神功戲布置立體身歷聲，歌王歌后如黃慧君、廖景漢等也來登台，極盡視聽之娛，我常是這些節目的常客。

寶誕正日最熱鬧，廣澤尊王聖駕出遊，乩童隨駕大發神威，當街起乩。乩童大叔叫洪德聲，同安人，身材壯胖，常光顧潮州街東發餐廳吃西餐，只吃法式烤排骨或茄汁豬腰通心粉，卻從不鋸牛扒，忌吃牛肉，但會叫一杯溝了梳打的拔蘭地來增進食慾。寺方原有乩童兩名，一人太老跳不動，最後由德聲叔一人扛全責。

出遊吉辰必定是陽氣最盛的午時，聖轎事先移到廟外馬路中心，周圍滿布引頸期待的人群。我會靠近寺門，緊盯左偏殿「錫祜」牌匾下的兩扇木門（右偏殿是「祐安」），期待德聲叔自裡面一個箭步衝將出來。有時等得不耐煩，我禁不住對身邊老人家嘀咕兩句，菩薩今天不顯靈啦？老人家白了我一眼說，小孩別胡說！

德聲叔終於現身了，他猛力把門踹開，赤著雙腳的他身披紅孩兒肚兜，鐵針穿臉，雙眼翻白，身軀戰抖，手拿大刀頻頻往自己背脊猛砍，留下斑斑血痕，這時鑼鼓喧天，聖轎擺盪如波濤，跟在乩童後面，一時繞圈，一時蛇行，抬轎大叔少頃就須換人。手執五色令旗的理事在前面開路，我們小孩尾隨不捨，乩童偶爾會回頭追趕我們，嚇得大家躲進人家店裡，那真是一個練膽子的機會！

然而當共軍入城，一切事物都改觀，遊神賽會、讖筒聖杯全都在嚴禁之列，不從者就送勞造，人人噤若寒蟬，社會一片肅殺，德聲叔雖「法力高強」，終究敵不過大鬍子馬克思，自此收山歸隱，跳乩畫面遂成歷史陳跡，聞說德聲叔後來移民加拿大了。

德聲叔上乩的「聖壇」，後來變作地方黨部的政治學習場所，我有次還被關在這裡直至深夜，原因我拒絕響應加入青年衝鋒隊（知青下放勞動），幹部把我及其他幾個頑固份子關起來徹夜進行「洗腦」，以為我最後一定大受感動，服從黨的感召。1978 年我被徵召加入疫苗注射隊，注射站就設在鳳山寺右偏廳，在這期間我天天在鳳山寺盤桓，方丈釋德本似乎有吃不完的冬菇，每次他燒菜，我都會嗅到陣陣冬菇香味，只可惜我一直無緣分其一杯羹！

鳳山寺與我舊居只隔一條街，我家座落記功街逸仙學校樓下的 63 號，門口正中屹立一株龍腦香老樹，剛搬進去，親友七嘴八舌都說那是一株「頂心杉」，不利家宅風水，於是祖母在門楣懸掛八卦鏡，大廳也加一面大鏡對正門外大樹，每年謝灶後，祖母都會光顧謝好產房外的揮春檔，買一張「對我生財」紅紙，囑我攀上樹幹張貼高處，從此「對我生財」就成為我家的門前標誌。

不知是否出於「頂心杉」的關係？短短幾年內，我家生意頻頻失利，父親還翻車跌碎右肘，要住進陸軍醫院開刀，而我因貪涼爽，愛在大廳睡帆布床，從迷信角度來說，我是夾在「攝魂鏡」和「頂心杉」之間，合該倒霉吧，結果那些年我頻頻生病，還病到一張臉腫如豬頭。

祖母覺得門口的「頂心杉」確實有幾分頂心頂肺，委託大舅父疏通市政廳，申請把大樹砍掉，但始終不獲批准，在無可奈何之下，我們選擇「敬鬼神而遠之」，搬到宗室帖街另覓新家，而承頂舊居的人是一位鴨蛋莊潮籍老闆，他很有辦法，一搬進去就把老樹砍掉。但好景不常，老街坊來報訊說，蛋莊老闆娘在閣樓自縊身亡！

國家圖書館出版品預行編目資料

南城驚夢／郭乃雄著. --初版.--臺中市：白象文化，2021.4

面； 公分

ISBN 978-986-5526-98-6（平裝）

855 109013081

南城驚夢

作　　者　郭乃雄
校　　對　郭乃雄
專案主編　林榮威
出版編印　吳適意、林榮威、林孟侃、陳逸儒、黃麗穎
設計創意　張禮南、何佳諠
經銷推廣　李莉吟、莊博亞、劉育姍、李如玉
經紀企劃　張輝潭、洪怡欣、徐錦淳、黃姿虹
營運管理　林金郎、曾千熏
發 行 人　張輝潭
出版發行　白象文化事業有限公司
412台中市大里區科技路1號8樓之2（台中軟體園區）
出版專線：（04）2496-5995　傳真：（04）2496-9901
401台中市東區和平街228巷44號（經銷部）
購書專線：（04）2220-8589　傳真：（04）2220-8505
印　　刷　普羅文化股份有限公司
初版一刷　2021 年 4 月
定　　價　NT. 750 元；US. 25 元

越南第一大地主黃榮遠堂的三位大當家，左起為二弟黃仲讚、大哥黃仲訓（晚清秀才，鼓浪嶼萬國別墅最大地主）、三弟黃仲評。乃父黃文華，來自晉江泉州，是黃氏地產帝國的締創人。（圖片來源越南營人網站 Doanh Nhan Viet Nam）

人們只知 1967 年有謝榮鬧市槍決案，卻不知在大變天之初西貢也發生好幾起鬧市槍決事件，只是當時人心惶惶，無人敢看「熱鬧」。圖為發生在第三郡燕杜街、第五郡三腳橋的鬧市槍決情景。據說受刑人是一般偷雞摸狗之徒，但一經「人民公審」便就地正法，以收「殺雞儆猴」之效。（越南新聞剪報）

毀於賽瓊林戰火的番禺富善學校，幾經艱辛重建，1971 年新廈始告落成，越南教育部長吳克省（上）、許紹昌大使（下）於開幕之日親臨祝賀。圖中右一是富善老師馮健威，我的同窗。

巴黎華文報有親[illegible]左[illegible]，我還閱
歐洲報對郭記者十分敬重，是「鐵筆
御史」的記者，可賀可喜！。謹祝
新年萬[illegible]
上帝恩賜阿們！
韋約瑟 手上

記者生涯收過不少讀者來信，這是老讀者韋約瑟上尉送我的嘉勉信。韋上尉是我的中法（博愛）老學長，1935 年赴廣州深造神學，大陸赤化後返越，1953 年獲法國教會按立牧師，服役軍旅成為隨軍牧師，足跡踏遍北非國家、大溪地核武基地等，獲戴高樂總統頒授榮譽軍團勛章。

大變天後，很多富人被驅趕到新經濟區落户，簡陋的茅寮連家徒四壁都算不上，每逢夜雨，人們須穿雨衣睡覺，嘗盡了屋漏偏逢連夜雨的淒苦。下圖的 Giấy đi đường（通行證），見證我們失去遷徙自由的日子，當時人們偷渡出海，上路前必須花錢買備這張通行證傍身。

童年三兄妹有很多個週日都是在姑丈位於燕杜街 81 號的別墅快樂渡過，荷塘觀鯉、盪鞦韆、戲弄園中猴子，是我們的最大樂趣。然而這座美麗園子曾被兩百多名僧侶包圍，差點釀成騷亂，起因是小報造謠，指別墅地窖埋藏多具僧侶屍體，晚上還發出嗚嗚嗚之神祕哭泣聲。

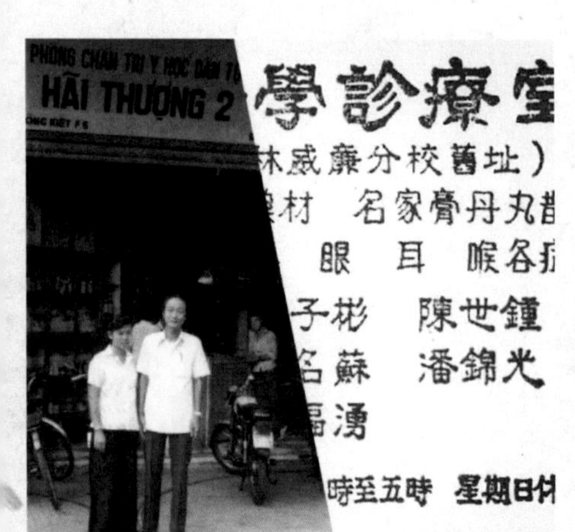

1973 年加入堤岸孫壽祥街關氏宗親總會贈醫所，拜在陳世鍾、陳輝兩位大慈蓮社醫師門下，多蒙兩位老師諄諄教誨，讓我在中醫針灸領域獲益良多，並有幸成為關氏贈醫所針灸團隊的一員。

神眼雕刻家戴頑君教授的象牙微雕 1950 年代在西貢歌劇院展出，場面冠蓋雲集。上圖為戴氏（右二）與嘉賓寒暄，立於其左邊是尹鳳藻總領事。戴頑君曾把馬爾谷福音的十六個章節文字，包括耶穌約旦河受洗及背十字架的插圖，無一錯漏雕在小小象牙片上，珍貴無比，屬非賣品。惟時任外長的武文牡律師奉總統之命來求割愛，戴頑君只好慷慨贈予，吳廷琰一獲此稀世之寶，隨即獻給教廷庇護十二世教宗。

方濟各天主教堂是堤城的百年守護神，但也經歷了無數事故。1963 年萬聖節次日清晨吳廷琰兄弟在此做完最後禱告，即被追蹤而來的革命軍押進裝甲車殺害，在 1968 年賽瓊林戰役，教堂周邊淪為火海，宛如人間地獄。

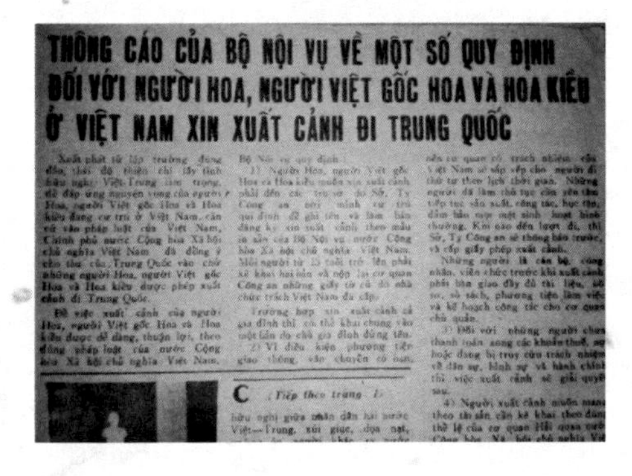

THÔNG CÁO CỦA BỘ NỘI VỤ VỀ MỘT SỐ QUY ĐỊNH ĐỐI VỚI NGƯỜI HOA, NGƯỜI VIỆT GỐC HOA VÀ HOA KIỀU Ở VIỆT NAM XIN XUẤT CẢNH ĐI TRUNG QUỐC

Xuất phát từ lập trường đúng đắn, thái độ thiện chí lấy tình hữu nghị Việt-Trung làm trọng, để đáp ứng nguyện vọng của người Hoa, người Việt gốc Hoa và Hoa kiều đang cư trú ở Việt Nam, căn cứ vào pháp luật của Việt Nam, Chính phủ nước Cộng hòa Xã hội chủ nghĩa Việt Nam đã đồng ý cho tàu của Trung Quốc vào chở những người Hoa, người Việt gốc Hoa và Hoa kiều được phép xuất cảnh đi Trung Quốc.

Để việc xuất cảnh của người Hoa, người Việt gốc Hoa và Hoa kiều được dễ dàng, thuận lợi, theo đúng pháp luật của nước Cộng hòa Xã hội chủ nghĩa Việt Nam, Bộ Nội vụ quy định:

1) Người Hoa, người Việt gốc Hoa và Hoa kiều muốn xin xuất cảnh phải đến các trụ sở do Sở, Ty Công an nơi mình cư trú qui định để ghi tên và làm bản đăng ký xin xuất cảnh theo mẫu in sẵn của Bộ Nội vụ nước Cộng hòa Xã hội chủ nghĩa Việt Nam. Mỗi người từ 15 tuổi trở lên phải kê khai hai bản và nộp lại cơ quan Công an những giấy tờ cũ do nhà chức trách Việt Nam đã cấp.

Trường hợp xin xuất cảnh cả gia đình thì có thể khai chung vào một lần do chủ gia đình đứng tên.

2) Vì điều kiện phương tiện giao thông vận chuyển có hạn, nên cơ quan có trách nhiệm của Việt Nam sẽ sắp xếp cho người đi thứ tự theo lịch thời gian. Những người đã làm thủ tục cần yên tâm tiếp tục sản xuất, công tác, học tập, đảm bảo mọi mặt sinh hoạt bình thường. Khi nào đến lượt đi, thì Sở, Ty Công an sẽ thông báo trước, và cấp giấy phép xuất cảnh.

Những người là cán bộ, công nhân, viên chức trước khi xuất cảnh phải bàn giao đầy đủ tài liệu, hồ sơ, sổ sách, phương tiện làm việc và kế hoạch công tác cho cơ quan chủ quản.

3) Đối với những người chưa thanh toán xong các khoản thuế, nợ hoặc đang bị truy cứu trách nhiệm về dân sự, hình sự và hành chính thì việc xuất cảnh sẽ giải quyết sau.

4) Người xuất cảnh muốn mang theo tài sản cần kê khai theo đúng thể lệ của cơ quan Hải quan nước Cộng hòa Xã hội chủ nghĩa Việt [illegible]

C (Tiếp theo trang 1)

hữu nghị giữa nhân dân hai nước Việt—Trung, xúi giục, dọa nạt, [illegible]

1978 年春節過後，越南內政部公布華人接受中共撤僑之各項出境規定，剪報顯示政府規定每名返國華人只許攜帶黃金半兩出境，後來大家都慶幸中共撤僑以鬧劇告終，否則到了中國大陸還是要千方百計逃出來。（越南新聞剪報）

生逢亂世的華文報，商業廣告密密麻麻，反映當時越南華人經濟之好，讀報率之高。沒有電視及互聯網的競爭，華文報即使經常面臨暗殺及炸彈襲擊之威脅，仍始終維持很強的生命力，直至越共入城為止。

原名水兵街的同慶大道是南國舊夢的回憶之河，圖中的永安和老藥房是廣肇醫院董事長胡小天創於二戰之前，位於陳和窄街內的成功日報當年被炸彈攻擊，員工為了逃生攀入永安和的天台再疏散到街外。圖中的四層樓白色建築物是國際大旅店，新論壇報就位於其右鄰的陳殿街，堤城老鋪如岐生堂、美亞洋服、恆棧鞋店、嶺南暨紅吉影樓，全都座落此街一帶。

在越南為了學針灸，錯過進成功日報當見習記者之機會（獲父執周衡修引薦），移民法國後，意外地再續記者未了緣，而且一當就卅載。上圖攝於歐洲日報編輯部，下圖採訪巴黎雙十國慶酒會，與鳴遠老師費文偉合影。

對別人，不登長城非好漢。對我，不登巴黎鐵塔非英雄！初來巴黎如大鄉里進城，第一個要實現的夢想就是爬樓梯、登鐵塔（乘搭電梯要交費），體會鐵塔凌雲究竟是怎麼樣的感受。當時滿身「難民味」，穿的是法國教會發放的救濟服。